태평천하

한국문학산책 28 장편 소설
태평천하

지은이 채만식
엮은이 김성해
펴낸이 **안용백**
펴낸곳 (주)넥서스

초판 1쇄 인쇄 2013년 4월 25일
초판 1쇄 발행 2013년 4월 30일

출판신고 1992년 4월 3일 제311-2002-2호
121-840 서울시 마포구 서교동 394-2
Tel (02)330-5500 Fax (02)330-5555

ISBN 978-89-6790-055-7 04810

www.nexusbook.com
지식의 숲은 (주)넥서스의 인문교양 브랜드입니다.

한국문학산책 28
장편 소설

채만식

태평천하

김성해 엮음·해설

지식의숲

* 일러두기

1. 시대 분위기와 작가의 개성이 드러나는 문장이나 방언, 속어, 고어 등은 원문 표기를 따랐다.

2. 원본 한자는 한글로 바꾸고 작품의 이해에 필요한 경우에만 한자를 병기하였다.

3. 독자들의 이해를 높이기 위해 필요한 경우 괄호 속에 뜻풀이를 달았다.

차 례

윤 직원 영감 귀택지도

추석을 지나 이윽고, 짙어 가는 가을 해가 저물기 쉬운 어느 날 석양.

저 계동의 이름 난 장자윤 직원 영감이 마침 어디 출입을 했다가 방금 인력거를 척 잡숫고 돌아와, 마악 댁의 대문 앞에서 내리는 참입니다.

간밤에 꿈을 잘못 꾸었던지, 오늘 아침 마누라하고 다툼질을 하고 나왔던지, 아무튼 엔간히 일수 좋지 못한 인력거꾼입니다.

여느 평탄한 길로 끌고 오기도 무던히 힘이 들었는데 골목쟁이로 들어서서는 빗밋이 경사가 진 이십여 칸을 끌어올리기야, 엄살이 아니라 정말 혀가 나올 뻔했습니다.

이십팔 관하고도 육백 몸메……!

윤 직원 영감의 이 체중은, 그저께 춘심이 년을 데리고 진고 개로 산보를 갔다가 경성우편국 바로 뒷문 맞은편, 아따 무어라 더냐 그 양약국 앞에 놓아 둔 앉은뱅이저울에 올라 서 본 결과, 춘심이 년이 발견을 했던 것입니다.

이 이십팔 관 육백 몸메를, 그런데, 좁쌀 계급인 인력거꾼은 그래도 직업적 단련이란 위대한 것이어서, 젖 먹던 힘까지 아끼 잖고 겨우겨우 끌어올려 마침내 남대문보다 조금만 작은 솟을 대문 앞에 채장을 내려놓곤, 무릎에 드렸던 담요를 걷기까지에 성공을 했습니다.

윤 직원 영감은 옹색한 좌판에서 가까스로 뒤를 쳐들고, 자칫 하면 넘어 박힐 듯싶게 휘뚝휘뚝하는 인력거에서 내려오자니 여간만 옹색하고 조심이 되는 게 아닙니다.

"야, 이 사람아……!"

윤 직원 영감은 혼자서 내리다 못해 필경 인력거꾼더러 걱정 을 합니다.

"좀 부축을 히여 줄 것이지. 그냥 그러구 뻐언허니 섰어야 옳 단 말잉가?"

실상인즉 뻔히 섰던 것이 아니라, 가쁜 숨을 돌리면서 땀을 씻고 있었던 것이나, 인력거꾼은 책망을 듣고 보니 미상불 일이 좀 죄송하게 되어, 그래 얼핏 팔을 붙들어 부축을 해 드립니다.

내려선 것을 보니, 진실로 거판진 체집입니다.

허리를 안아 본다면, 아마 모르면 몰라도 한 아름하고도 반은 실히 될까 봅니다. 그런 데다가 키도 알맞게 다섯 자 아홉 치는 넉넉합니다. 얼핏 알아듣기 쉽게 빗대면, 지금 그가 타고 온 인력거가 장난감 같고, 그 큰 대문간이 들어서기도 전에 사뭇 그들먹합니다.

얼굴도 좋습니다.

거금 삼십여 년 전에 몇 해를 두고 부안, 변산을 드나들면서 많이 먹은 용(茸)이며 저혈(猪血), 장혈(獐血)이며, 또 요새도 장복을 하는 인삼 등속의 약효로 해서 얼굴은 불콰하니 동안이요, 게다가 많지도 적지도 않게 꼬옥 알맞은 수염은 눈같이 희어, 과시 홍안백발의 좋은 풍신입니다.

초리가 길게 째져 올라간 봉의 눈, 준수하니 복이 들어 보이는 코, 부리가 축 처진 귀와 큼직한 입모, 다 수부귀다남자(壽富貴多男子)의 상입니다.

나이……? 올해 일흔두 살입니다. 그러나 시뻐 여기진 마시오. 심장 비대증으로 천식기가 있어 망정이지, 정정한 품이 서른 살 먹은 장정 여대친답니다. 무얼 가지고 겨루든 말이지요.

그 차림새가 또한 혼란스럽습니다. 옷은 안팎으로 윤이 지르르 흐르는 모시 진솔 것이요, 머리에는 탕건에 받쳐 죽영(竹纓) 달린 통영갓이 날아갈 듯 올라앉았습니다.

발에는 크막하니 솜을 한 근씩은 두었음직한 흰 버선에, 운두 새까만 마른신을 조그맣게 신고, 바른손에는 은으로 개대가리를 만들어 붙인 화류 개화장이요, 왼손에는 서른네 살배기 묵직한 합죽선입니다.

이 풍신이야말로 아까울사, 옛날 세상이었더면 일도(一道) 방백(方伯)일시 분명합니다. 그런 것을 간혹 입이 비뚤어진 친구는 광대로 인식 착오를 일으키고 동경, 대판의 사탕 장수들은 캐러멜 대장감으로 침을 삼키니 통탄할 일입니다.

인력거에서 내려 선 윤 직원 영감은, 저절로 떡 벌어지는 두루마기 앞섶을 여미려고 하다가 도로 걷어 젖히고서, 간드러지게 허리띠에 가 매달린 새파란 염낭끈을 풉니다.

"인력거 쌕이(삯이) 몇 푼이당가?"

이 이야기를 쓰고 있는 당자 역시 전라도 태생이기는 하지만, 그 전라도 말이라는 게 좀 경망스럽습니다.

"그저 처분해 줍사요!"

인력거꾼은 담요로 팔짱 낀 허리를 굽신합니다. 좀 점잖다는 손님한테는 항투로 쓰는 말이지만, 이 풍신 좋은 어른께는 진심으로 하는 소립니다. 후히 생각해 달란 뜻이지요.

"으응! 그리여잉? 그럼, 그냥 가소!"

윤 직원 영감은 인력거꾼을 짯짯이 바라다보다가 고개를 돌리더니, 풀었던 염낭끈을 도로 비끄러맵니다.

인력거꾼은 어쩐 영문인지를 몰라 뚜렛뚜렛하다가, 혹시 외상인가 하고 뒤통수를 긁적긁적하면서,

"그럼, 내일 오랍쇼니까?"

"내일? 내일 무엇하러 올랑가?"

윤 직원 영감은 지금 심정이 약간 좋지 못한 일이 있는데, 가뜩이나 긴찮이 잔말을 씹힌대서 적이 안색이 변합니다.

그러나 이편 인력거꾼으로 당하고 보면, 무엇하러 오다니, 외상 준 인력거 삯 받으러 오지요라는 것이지만, 어디 무엄스럽게 그런 말을 똑바로 대고 하는 수야 있나요. 그러니 말은 바른 대로 하지 못하고, 그래 자못 난처한 판인데, 남의 그런 속도 몰라주고 윤 직원 영감은 인제는 내 할 말 다했다는 듯이 천천히 돌아서 버리자고 합니다.

인력거꾼은 이러다가는 여느 때도 아니요, 허파가 터질 뻔한 오늘 벌이가 눈 멀뚱멀뚱 뜨고 그만 허사가 되지 싶어, 대체 이어른이 어째서 이러는지는 모르겠어도, 그건 어찌 되었든지 간에 좌우간 이렇게 병신스럽게 우물쭈물하고만 있을 일이 아니라고 크게 과단을 내지 않을 수가 없습니다.

"저어, 삯 말씀이올습니다. 혜······."

크게 과단을 낸다는 게 결국은 크게 조심을 하는 것뿐입니다.

"삯?"

"네!"

"아니 여보소, 이 사람······."

윤 직원 영감은 더러 역정을 내어 하마 삿대질이라도 할 듯이 한 걸음 나섭니다.

"자네가 아까 날더러 처분대루 허라구 허잖있넝가?"

"네!"

"그렇지······? 그런디 거, 처분대루 허람 말은 맘대루 허람 말이 아닝가?"

인력거꾼은 비로소 속을 알았습니다.

알고 보니 참 기가 막힙니다. 농도 할 사람이 따로 있지요. 웬만하면, 허허! 하고 한바탕 웃어 젖힐 노릇이겠지만 점잖은 어른 앞에서 그럴 수는 없고, 그래 히죽이 웃기만 합니다.

"그리서 나넌 그렇기 처분대루, 응······? 맘대루 말이네. 맘대루 허라구 허길래, 아 인력거 삯 안 주어도 갱기찮헌 중 알구서, 그냥 가라구 히였지!"

인력거꾼은 이 어른이 끝끝내 농을 하느라고 이러는가 했지만, 윤 직원 영감의 안색이며 말씨며 조금도 그런 내색이 보이

지 않습니다.

"거 참……! 나는 벨 신통헌 인력거꾼도 다 있다구, 퍽 얌전허게 부았지! 늙은 사람이 욕본다구, 공으루 인력거 태다 주구 허넝 게 쟁히 기특허다구. 이 사람아, 사내대장부가 그렇기 그짓말을 식은 죽 먹듯 헌담 말잉가? 일구이언은 이부지자(一口二言 二父之子)라네. 암만히여두 자네 어매가 행실이 좀 궂었덩개비네!"

인력거꾼쯤이니 일구이언은 이부지자라는 공자님식의 욕이야 알아듣지 못했겠지만, 자네 어매가 행실이 궂었덩개비네 하는 데는 슬며시 비위가 상하지 않을 수가 없습니다. 실상 그렇지 않아도 인력거 삯을 주지 않으려고 농인지 진정인지는 모르겠으되, 쓸데없는 승강을 하려 드는 게 심정이 좋지 않은 참인데 게다가 한 술 더 떠서, 이건 한다는 소리가 거짓말을 한다는 둥, 또 죽은 부모를 편삿놈이 널 머리 들먹거리듯 들먹거리는데야 누군들 좋아할 이치가 있다구요.

사실 웬만한 내기가 인력거를 타고 와설랑, 납작한 초가집 앞에서 그따위 수작을 했다가는 인력거꾼한테 되잡혀 가지곤 뺨따구나 한 대 넙죽하니 얻어맞기가 십상이지요.

"점잖은 어른께서 괜히 쇤네 같은 걸 데리구 그러십니다……! 어서 돈장이나 주어 보냅사요! 헤……."

인력거꾼은 상하는 심정을 눅이고 종시 공순합니다. 그러나 그 돈장이란 말이 윤 직원 영감한테는 저 히틀러라든지 하는 덕국 파락호(破落號)의 폭탄 선언이라는 것만큼이나 놀라운 말입니다.

"머어? 돈장……? 돈장이 무어당가? 대체…….""

"일 환 한 장 말씀입죠! 헤…….""

남은 기가 막혀서 하는 말을, 속없는 인력거꾼은 고지식하게 언해(諺解)를 달고 있습니다.

"헤헤, 나 참, 세상으 났다가 벨일 다 보겄네……! 아니 글씨, 안 받어두 졸드키 처분대루 허라던 사람이, 인제넌 마구 그냥 일 원을 달래여? 참 기가 맥히서 죽겄네……. 그만두소. 용천배기 콧구녕서 마널씨를 뽑아 먹구 말지, 내가 칙살럽게 인력거 공짜루 타겄넝가……! 을매 받을랑가? 바른 대루 말허소!"

인력거꾼은 괜히 돈 몇십 전 더 얻어먹으려다가 짜장 얻어먹지도 못하고 다른 데 벌이까지 놓치지 싶어, 할 수 없이 오십 전을 불렀습니다. 그러나 윤 직원 영감은 여전합니다.

"아니, 이 사람이 시방, 나허구 실갱이를 허자구 이러넝가? 괜시리 자꾸 쓸디읎넌 소리를 허구 있어……! 아, 이 사람아, 돈 오십 전이 뉘 애기 이름인 중 아넝가?"

"많이 여쭙잖습니다. 부민관서 예꺼정 모시구 왔는뎁쇼!"

015

"그러닝개 말이네. 고까짓 것 엎어지면 코 달 년의 디를 태다 주구서 오십 전씩이나 달라구 허닝개 말이여!"

"과하게 여쭙잖았습니다. 그리구 점잖은 어른께서 막걸리 값이나 나우 주서야 허잖겠사와요?"

윤 직원 영감은 못 들은 체하고 모로 비스듬히 돌아서서 아까 풀렀다가 도로 비끄러맨 염낭끈을 다시 풀더니, 이윽고 십 전박이 두 푼을 꺼내 가지고 그것을 손톱으로 싸악싹 갓을 긁어 봅니다. 노상 사람이란 실수를 하지 말란 법이 없는 법이라, 좀 일은 되더라도 이렇게 다시 한 번 손질을 해 보면, 가사 십 전짜린 줄 알고 오십 전짜리를 잘못 꺼냈더라도, 톱날이 있고 없는 것으로 아주 적실하게 분별을 할 수가 있는 것이니까요.

"옜네……. 꼭 십오 전만 줄 것이지만, 자네가 하두 그리싸닝개 이십 전을 주넝 것이니, 오 전을랑 자네 말대루 막걸리를 받어 먹든지, 탁배기를 사먹든지 맘대루 허소. 나넌 모르네!"

"건 너무 적습니다!"

"즉다니? 돈 이십 전이 즉담 말인가? 이 사람아 촌으 가면 땅이 열 평이네, 땅이 열 평이여!"

인력거꾼은, 그렇거들랑 그거 이십 전 가지고 촌으로 가서 땅 열 평 사 놓고서 삼대 사대 빌어먹으라고 쏘아던지고서 홱 돌아서고 싶은 것을, 그러나 겨우 참습니다.

"십 전 한 푼만 더 줍사요. 그리구 체두 픽 무거우시구 허셨으니깐, 헤……."

"아니, 이 사람이 인재넌 벨 트집을 다 잡을라구 허네! 이 사람아, 그럴 티먼 나넌 이 큰 몸집으루 자네 그 쬐외깐헌 인력거 타니라구 더 욕을 부았다네. 자동차나 기차나, 몸 무겁다구 돈 더 받넌 디 부았넝가?"

"헤헤, 그렇지만……."

"어쩔 티여? 이것 받어 갈랑가? 안 받어 갈랑가? 안 받어 간다먼 나 이놈으루 괴기 사다가 야긋야긋 다져서 저녁 반찬이나 히여 먹을라네."

"거저 십 전 한 푼만 더 쓰시면 허실 걸 점잖어신 터에 그러십니다!"

"즘잔? 이 사람아, 그렇기 즘잖을라다가넌 논 팔어 먹겠네……! 에잉 그거 참! 그런 인력거꾼 두 번만 만났다가넌 마구 감수허것다……!"

이 말에 인력거꾼이 바른 대로 대답을 하자면, 그런 손님 두 번만 만났다가는 기절하겠다고 하겠지요.

윤 직원 영감은 맸던 염낭끈을 또 도로 풀더니, 오 전박이 한 푼을 더 꺼냅니다. 이 오 전은 무단스레 더 주는 것이거니 생각하면 다시금 역정이 나고 돈이 아까웠지만, 인력거꾼이 부둥부

둥 떼를 쓰는 데는 배겨 낼 수 없다고, 진실로 단념한 것입니다.

"거 참……! 옜네! 도통 이십오 전이네. 이제넌 자네가 내 허리띠에다가 목을 매달어두 쇠천 한 푼 막무가낼세!"

인력거꾼은 윤 직원 영감이 말도 다 하기 전에 딸그랑하는 대소 백통화 서 푼을 그 육중한 손바닥에다가 받아 쥐고는 고맙다고 하는지 무어라고 하는지 분명찮게 입안의 소리로 두런거리면서, 놓았던 인력거 채장을 집어 들고 씽하니 가 버립니다.

"에잉! 괜시리 그년의 디를 갔다가 그놈의 인력거꾼을 잘못 만나서 실갱이를 허구, 애먼 돈 오 전을 더 쓰구 히였구나! 고년 춘심이 년이 방정맞게 와서넌 명창대횐지 급살인지 헌다구, 쏘사악쏘삭허기 때미 그년의 디를 갔다가……."

윤 직원 영감은 역정 끝에 춘심이더러 귀먹은 욕을 하던 것이나, 그렇지만 그건 애먼 탓입니다. 왜, 부민관의 명창대회를 무슨 춘심이 가자고 해서 갔나요? 춘심은 그저 부민관에서 명창대회를 하는데, 제 형 운심도 연주에 나간다고 자랑 삼아 재잘거리는 것을, 윤 직원 영감 자기가 깜짝 반겨선, 되레 춘심이더러 가자가자 해서 꾀어 가지고 갔으면서…….

사실 말이지, 춘심이 그런 귀띔을 안 해 주었으면 윤 직원 영감은 오늘 명창대회는 영영 못 가고 말았을 것이고, 그래서 다음 날이라도 그걸 알았으면 냅다 발을 굴렀을 것입니다.

무임승차 기술

윤 직원 영감은 명창대회를 무척 좋아합니다. 아마 이 세상에 돈만 빼놓고는 둘째 가게 그 명창대회란 것을 좋아할 것입니다.

윤 직원 영감은 본이 전라도 태생인 관계도 있겠지만, 워낙 남도 소리며 음률 같은 것을 이만저만찮게 좋아합니다.

그렇게 좋아하는 깐으로는, 일년 삼백예순 날을 밤낮으로라도 기생이며 광대며를 사랑으로 불러다가 듣고 놀고 하고는 싶지만, 그렇게 하자면 일월 돈이 여간만 많이 드나요!

아마 일 년을 붙박이로 그렇게 하기로 하고, 어느 권번이나 조선음악연구회 같은 데 교섭을 해서 특별 할인을 한다더라도 하루에 소불하 십 원쯤은 처 주어야 할 테니, 하루에 십 원이면

한 달이면 삼백 원이라, 그리고 일 년이면 삼천…… 아유! 그건 윤 직원 영감으로 앉아서는 도무지 생각할 수도 없게시리 큰돈입니다. 천문학적 숫자란 건 아마 이런 경우에 쓰는 문잘걸요.

한즉, 도저히 그건 아주 생심도 못 할 일입니다.

그런데 그거야말로 사람 살 곳은 골골마다 있다든지, 윤 직원 영감이 그다지도 뜻 두고 이루지 못하는 대원을 적이나마 풀어 주는 게 있으니, 라디오와 명창대회가 바로 그것입니다. 이완(李浣)이 대장으로 치면 군산을 죄꼼은 깎고, 계수를 몇 가지 벤 만큼이나 하다 할는지요. 윤 직원 영감은 그래서 바로 머리맡 연상 위에 삼 구짜리 라디오 한 세트를 매 두고, 그걸 금이야 옥이야 하면서 방송국의 마이크를 통해 오는 남도 소리며 음률 가사 같은 것을 듣고는 합니다.

장죽을 기다랗게 물고는 보료 위에 편안히 드러누워 좋다! 소리를 연해 쳐 가면서 즐거운 그 음악 소리를 듣노라면, 고년들의 이쁘게 생긴 얼굴이나 광대들의 거동이 눈에 보이지 않아서 유감은 유감이지만, 그래도 좋기야 참 좋습니다.

라디오를 프로그램대로 음악을 조종하는 소임은 윤 직원 영감의 차인 겸 비서 겸 무엇 겸 직함이 수두룩한 대복이 맡아 합니다.

혹시 남도 소리나 음률 가사 같은 것이 없는 날일라치면 대복이 생으로 벼락을 맞아야 합니다.

"게, 밥은 남같이 하루에 시 그릇썩 먹으면서, 그래, 어떻기 사람이 멍청허면, 날마당 나오던 소리를 느닷없이 못 나오게 헌단 말잉가?"

이러한 무정지책에 대복은 유구무언, 머리만 긁적긁적합니다. 하기야 대복도 처음 몇 번은 방송국에서 프로그램을 그렇게 정했으니까, 집에 앉아서야 라디오를 아무리 주물러도 남도 소리는 나오지 않는 법이라고 변명을 했더랍니다.

한다 치면, 윤 직원 영감은 더럭,

"법이라니께? 그런 개○ 같은 놈의 법이 어딨당가……? 괜시리 시방 멍청허다구 그러닝개, 그 말이 그리두 고까워서 남한티다가 둘러씨니라구……? 글씨 어떤 놈의 소리가 금방 엊저녁까지 들리던 소리가 오널사 말구 시급스럽게 안 들리넝고? 지상(기생)이랑 재인 광대가 다 급살 맞어 죽었다덩가?"

이렇게 반찬 먹은 고양이 잡도리하듯 지청구를 하니, 실로 죽어나는 건 대복입니다. 방송국에서 한동안, 꼭 같은 글씨로, 남도 소리를 매일 빼지 말고 방송해 달라는 투서를 수십 장 받은 일이 있습니다.

그게 뉘 짓인고 하니, 대복이 윤 직원네 영감한테 지청구를 먹고는 홧김에 써 보고, 핀잔을 듣고는 폭폭하여 써 보내고 하던, 그야말로 눈물의 투서였던 것입니다.

　윤 직원 영감의 불평은 그러나 비단 그뿐이 아닙니다. 소리를 기왕 할 테거든 두어 시간이고 서너 시간이고 붙박이로 하지를 않고서, 고까짓 것 삼십 분, 눈 깜짝할 새 감질만 내다가 그만둔다고, 그래서 또 성홥니다.

　물론 투정이요, 실상인즉 혼잣속으로는, 그놈의 것 돈 십칠 원 들여서 사 놓고 한 달에 일 원씩 내면서 그 재미를 다 보니, 미상불 싸기는 싸다고 은근히 좋아하지 않는 것은 아닙니다.

　그렇지만 또 막상 청취료 일 원야라를 현금으로 내주는 마당에 당해서는 라디오에 대한 불평 겸 돈 일 원이 못내 아까워서,

　"그까짓 놈의 것이 무엇이라구 다달이 돈을 일 원씩이나 또 박또박 받어간다냐?"

　"그럴 티거든 새달부터는 그만두래라!"

　이렇게 끙짜하기를 마지않습니다.

　라디오는 그리하여 아무튼 그러하고, 다음이 명창대횝니다.

　기생이며 광대가 가지각색이요, 그래서 노래도 여러 가지려니와 직접 눈으로 보면서 오래오래 들을 수가 있기 때문에, 감질 나는 라디오보다는 그것이 늘 있는 게 아니어서 흠은 흠이지만, 그때그때만은 퍽 생광스럽습니다. 딱히 윤 직원 영감의 소원 같아서는, 그런즉슨 명창대회를 일 년 두고 삼백예순 날 날

마다 했으면 좋을 판입니다.

이렇듯 천하에 달가운 명창대휜지라, 서울 장안에서 언제고 명창대회를 하게 되면 윤 직원 영감은 세상없어도 참례를 합니다. 만일 어느 명창대회에 윤 직원 영감이 참례를 못 한 적이 있다면 그것은 대복의 태만입니다.

대복은 멀리 타관에 심부름 가지 않은 이상 매일같이 골목 밖 이발소에 나가서 라디오의 프로그램과 명창대회나 조선음악연구회 주최의 공연이 있는지 신문에서 찾아내야 합니다.

대복이 만일 실수를 해서 윤 직원 영감한테 그것을 알려 드리지 못한 결과, 혹시 한 번이라도 그 끔직한 굿(구경)에 참례를 못 하고서 궐을 했다는 사실을 윤 직원 영감이 추후라도 알게 되는 날이면, 그때에는 대복이 집안 가용을 지출하는 데 있어서 (가령 두 모만 사야 할 두부를 세 모를 사기 때문에) 돈을 오 전가량 요외로 더 지출했을 때만큼이나 벼락 같은 꾸중을 듣게 됩니다.

아무튼 그만큼 좋아하는 명창대회요, 그래 오늘만 하더라도 낮에는 한 시부터 시작한다는 걸 윤 직원 영감이 춘심을 앞세우고 댁에서 나선 것이 열한 시 반이 채 못 되어섭니다.

"글쎄 이렇게 일찍 가서 무얼 해요? 구경터에 일찍 가서 우두커니 앉었는 것두 꼴불견인데……."

앞서 가던 춘심이 일껏 잘 가다가 말고 해뜩 돌아서더니, 한

참 까부느라고 이렇게 쫑알거리던 것입니다.

윤 직원 영감은 허연 수염을 한 번 쓰다듬으면서 헤벌심 웃습니다.

"저년이 또 초란이치름 까분다……! 그러지 말구, 어서 가자, 가!"

윤 직원 영감이 살살 달래니까 춘심은 다시 돌아서서 아장아장 걸어갑니다.

아이가 얼굴이 남방 태생답잖게 갸름한 게, 또 토끼화상이 아니라도 두 눈은 또렷, 코는 오똑, 입술은 오뭇, 다 이렇게 생겨나서 대단히 야무집니다. 그렇게 야무지게 생긴 제값을 하느라고 아이가 착실히 좀 까불고요.

나이가 아직 열다섯 살이라, 얼굴이 피지는 않았어도 보고 듣는 게 그런 탓으로, 몸매하며 제법 계집애 꼴이 박였습니다.

머리를 늘쩡늘쩡 땋아 내려 자주 댕기를 드린 머리채가 방둥이에서 유난히 치렁치렁합니다. 그러나 이 머리는 알고 보면 중동을 몽땅 자른 단발머리에다가 다래를 드린 거랍니다.

앞머리는 좀 자르기도 하고 지져서 오그려 붙이기도 하고 군데군데 핀을 꽂았습니다.

빨아서 분홍물을 들인 흔해 빠진 생수 깨끼적삼에, 얼숭덜숭한 주릿대 치마를 휘걷어 넥타이로 동인 게 또한 제격입니다.

살결보다는 버짐이 더 많이 피고, 배내털이 숭얼숭얼해서 분을 발랐다는 게 고루 먹지를 않고 어루러기가 진 것 같습니다.

이만하면 어디다 내놓아도 대광교 천변가로 숱해 많이 지나다니는 그런 모습의 동기(기생)지 갈데없습니다. (그러나 그렇다고 깔보지는 마십시오. 그래 보여도 그 애가 요새 연애를 한답니다.)

춘심은 윤 직원 영감이 달래는 대로 한동안 앞을 서서 찰래찰래 가고 있다가, 무슨 생각이 났는지 또 해뜩 돌려다보면서,

"영감님!"

하고 뱅글뱅글 웃습니다. 이 애는 잠시라도 까불지 못하면 정말 좀이 쑤십니다.

"무어라구 또 촐랑거리구 싶어서 그러냐?"

"이렇게 일찍 가는 대신 자동차나 타고 갑시다, 네?"

"자동차?"

"네."

"그래라, 젠장 맞일……."

춘심은 윤 직원 영감이 섬뻑 그러라고 하는 게 되레 못 미더워서, 짯짯이 얼굴을 올려다봅니다. 아닌 게 아니라, 히물히물 웃는 게 장히 미심쩍습니다.

"정말 타구 가세요?"

"그리어! 이년아."

"그럼, 전화 빌려서 자동차 불러예죠?"

"일부러 안 불러두 죄꼼만 더 가면 저기 있단다."

"어디가 있어요! 안국동 네거리까지 가야 있는걸."

"제까지 안 가두 있어!"

"없어요!"

"있다……! 뻔쩍뻔쩍허게 은칠헌 놈, 크다란 자동차……."

"어이구 참! 누가 빠스 말인가, 뭐……."

춘심은 고만 속은 것이 분해서 뾰롱해 가지고 쫑알댑니다.

"빠쓸 가지구, 아주 자동차래요!"

"자동차라두 그놈이 여니 자동차보담 더 비싸다, 이년아!"

"오 전씩인데 비싸요!"

"타는 찻값 말이간디? 그놈 사올 때 값 말이지……."

윤 직원 영감은 재동 네거리 버스 정류장에서 춘심과 같이 버스를 기다립니다. 때가 아침저녁의 러시아워도 아닌데 웬일인지 만원 된 차가 두 대나 그냥 지나가 버립니다. 그러더니 세 대째 만에, 그것도 여간 분비지 않는 걸, 들이떼밀고 올라타니까 버스걸이 마구 울상을 합니다.

윤 직원 영감은 자기 혼자서 탔으면 꼬옥 알맞을 버스 한 채를 만원 이상의 승객과 같이 탔으니 남이야 어찌 되었든 간에 윤 직원 영감 당자도 무척 고생입니다. 그럴 뿐 아니라, 갓을 버스 천장에다가 치받치지 않으려고 허리를 꾸부정하고 섰자니, 공간을 더 많이 차지해야 됩니다. 그 대신 춘심은 윤 직원 영감의 겨드랑 밑에 가 박혀 있어 만약 두루마기 자락으로 가리기만 하면 찻삯은 안 물어도 될 성싶습니다.

겨우겨우 총독부 앞 종점에 당도하여 다들 내리는 데 섞여 윤 직원 영감도 춘심이로 더불어 내리는데, 버스에 탔던 사람들은 기념이라도 하고 싶은 듯이 제가끔 한 번씩 쳐다보고 갑니다.

윤 직원 영감은 버스에서 내려서 대견하게 숨을 돌린 뒤에, 비로소 염낭끈을 풀어 천천히 돈을 꺼낸다는 것이 십 원짜리 지전입니다.

"그걸 어떡허라구 내놓으세요? 거스를 돈 없어요!"

여차장은 그만 소갈머리가 나서 보풀떨이를 합니다.

"그럼 어떡허넝가? 이것두 돈은 돈인디……."

"누가 돈 아니래요? 잔돈 내세요!"

"잔돈 읎어!"

"지끔 주머니 속에서 잘랑잘랑 소리가 나든데 그러세요? 괜히……."

"으응, 이거……?"

윤 직원 영감은 염낭을 흔들어 잘랑잘랑 소리를 들려주면서,

"이건 못 쓰넌 돈이여, 사전이여……. 정, 그렇다먼 못 쓰넌 돈

이라두 그냥 받을 티여?"

하고 방금 끈을 풀려는 것을, 여차장은 오만상을 찡그리고는,

"몰라요! 속상해 죽겠네……! 어디꺼정 가세요?"

하면서 참으로 구박이 자심합니다.

"정거장."

"그럼 전차에 가서 바꾸세요!"

"그러까?"

잔돈을 두어 두고도 십 원짜리를 낸 것이며, 부청 앞에서 내릴 테면서 정거장까지 간다고 한 것이며가 모두 요량이 있어서 한 짓입니다.

무사히 공차를 탄 윤 직원 영감은 총독부 앞에서부터는 춘심을 앞세우고 부민관까지 천천히 걸어서 갑니다.

"좁은 빠스 타니라구 고생헌 값을 이렇기 도루 찾는 법이다."

그는 이윽고 공차 타는 기술을 춘심한테도 깨우쳐 주던 것인데, 그런 걸 보면 아마 청기와 장수는 아닌 모양입니다.

서양국 명창대회

중로에서 그렇듯 많이 충그리고 길이 터지고 했어도, 회장에 당도했을 때에는 부민관 꼭대기의 큰 시계가 열두 시밖에는 더 되지 않았습니다.

입장권을 사기 전에 윤 직원 영감과 춘심이 사이에는 또 한바탕 상지가 생겼습니다.

윤 직원 영감은 춘심이더러, 네 형이 출연을 한다면서 무대 뒷문으로 제 형을 찾아 들어가 공짜로 구경을 하라고 시키던 것입니다. 그러나 춘심은, 암만 그렇더라도 저도 윤 직원 영감을 따라왔고, 그래서 버젓한 손님이니까 버젓하게 표를 사 가지고 들어가야 말이지, 누가 치사하게 공구경을 하느냐고 우깁니다.

그래 한참이나 서로 고집을 세우고 양보를 않던 끝에, 윤 직원 영감은 슬며시 십 전박이 두 푼을 꺼내서 춘심이 손에 쥐어 주면서 살살 달랩니다.

"옜다. 이놈으루 군밤이나 사 먹구, 귀경(구경)은 공으루 들여 달라구 히여, 웅……? 그렇게 허면 너두 좋구 나두 좋구 허지?"

한여름에도 아이들한테 돈을 주려면 군밤 값이라는 게 윤 직원 영감의 보캐불러리입니다.

춘심은 군밤 값 이십 전에 할 수 없이 매수가 되어 마침내 타협을 하고, 먼저 무대 뒤로 해서 들어갔습니다.

윤 직원 영감은 넌지시 오십 전을 내고 하등표를 달라고 해서, 홍권을 한 장 샀습니다. 그래 가지고는 아래층 맨 앞자리의 맨 앞줄에 가서 척 앉으니까, 미상불 아무도 아직 들어오지 않았고, 갈데없이 첫쨉니다.

조금 앉았노라니까, 아마 윤 직원 영감의 다음은 가게 날쌘 사람이었던지, 한 사십이나 되어 보이는 양복 신사 하나가 비로소 들어오더니, 역시 맨 앞줄을 골라 앉습니다.

그 양복 신사는 웬일인지 처음 들어오면서부터 윤 직원 영감을 연해 흥미 있게 보고 또 보고 해 쌓더니, 차차로 호기심이 더 하는 모양, 필경은 자리를 옮아 옆으로 바싹 와서 앉습니다. 그러고는 잠시 앉아서 윤 직원 영감에게 말없는 경의를 표한다고

할까, 아무튼 몹시 이야기를 붙여 보고 싶어 하는 눈치더니 마침내,

"이번에 인기가 굉장헌 모양이지요?"

하고 은근 공손히 말을 청합니다.

그러나 윤 직원 영감으로 보면 인기란 말이 무슨 뜻인지도 모르거니와, 또 낯모를 사람과 쓰잘데 없이 이야기를 할 맛도 또한 없는 것이라 거저,

"예!"

하고 건성으로 대답을 할 뿐입니다.

양복 신사 씨는 좀 싱거웠던지 잠깐 덤덤하더니 한참 만에,

"거 소릴 얼마나 공불 허면 그렇게 명창이 되시나요?"

하고 묻는 것입니다.

윤 직원 영감은 별 쑥스런 사람도 다 보겠다고 귀찮게 여기며 아무렇게나,

"글씨⋯⋯, 나두 몰루."

"헤헤엣다, 괜히 그러십니다!"

"무얼 귀녀언이 그런다구 그러우⋯⋯? 나넌 소리를 좋아넌 히여두 소리를 헐 중은 모르넌 사램이요!"

"괜히 그러세요! 명창 이동백 씨가 노래헐 줄 모르신다면 누가 압니까?"

원 이럴 데가 있습니까! 어쩌면 윤 직원 영감더러 광대 이동백이라고 하다니요!

윤 직원 영감은 단박 분하고 괘씸하고 창피하고 뭐, 도무지 어떻다고 형언할 수 없습니다. 아무리 예법이 없어진 오늘이라 하더라도, 만일 그 자리가 그 자리가 아니고 계동 자기네 댁만 같았어도 이놈 당장 잡아 내리라고 호령을 한바탕 했을 겝니다.

그러나 산전수전 다 겪고 칼날 밑에서와 총부리 앞에서 목숨을 내걸어 보기 수없던 윤 직원 영감입니다. 또 시속이 어떻다는 것이며, 그래 아무 데서고 함부로 잘못 호령깨나 하는 체하다가는 괜히 되잡혀서 망신을 하는 수가 있다는 것도 잘 알고 있습니다.

윤 직원 영감은 속을 폭신 삭여 가지고 자기 손에 쥔 표를 내보이면서 나도 이렇게 구경을 왔노라고 점잖이 깨우쳐 주었습니다. 그랬더니 양복 신사 씨는 윤 직원 영감이 생각한 바와는 딴판으로 백배사죄도 않고 그저 아 그러냐고, 실례했다고, 고개만 한 번 까닥합니다. 윤 직원 영감은 그게 다시 괘씸했으나 참은 길이라 그냥 눌러 참았습니다.

그럴 때에 마침 또 다른 양복쟁이가 하나가 나타났습니다. 윤 직원 영감한테는 갖추 불길한 날입니다.

그 양복쟁이는 옷깃에다가 가화(假花)를 꽂은 양이, 오늘 여기서 일 서두리를 하는 사람인가 본데, 우연히 지나가다가 윤 직원 영감이 홍권을 사 가지고 어엿하게 백권석에 앉아 있는 것을 발견했던 것입니다. 그는 그 붉은 입장권을 보지 못했다면 설마 이 풍신 좋은 양반이 홍권을 가지고 백권석에 들어앉았으랴는 의심이야 내지도 않았겠지요.

"저어, 여긴 백권석입니다. 저 위층으루 가시지요!"

양복쟁이는 좋은 말로 이렇게 간섭을 합니다. 그러나 윤 직원 영감은 백권석이란 신식 문자는 모르되 이 층으로 가라는 데는 자못 의외였습니다.

"왜 날더러 그리 가라구 허우?"

"여긴 백권석인데요, 노인은 홍권을 사셨으니깐 저 위층 홍권석으루 가셔야 합니다."

"아니……. 이건 하등표요! 나넌 돈 오십 전 주구 하등표 이놈 샀어! 자, 보시오!"

"그러니깐 말씀입니다. 노인 말씀대루 하면 여긴 상등이거든요. 그런데 노인께선 하등표 사 가지구 이 상등에 앉었으니깐, 저 하등석으루 올라가시란 말씀입니다."

"예가 상등이라? 그러구 저 높은 디 이 층이 하등이라?"

"네."

"아니, 여보? 그래, 그런 법이 어디가 있담 말이오? 높은 디가 하등이구 나찬 디가 상등이라니! 나넌 칠십 평생에 그런 말은 츰 듣겄소!"

"그래두 그렇잖습니다. 여기선 예가 상등이구 저 이 층이 하등입니다."

"거 참! 그럼 예는 우리 조선 아니구, 저어 서양국이오? 그렇길래 이렇기 모다 꺼꾸루 되지?"

"허허허허, 그렇지만 신식은 다 그렇답니다. 그러니 정녕 이 자리에서 구경을 허시겄거던 돈을 일 원 더 내시구 백권을 사시지요?"

"나넌 그럴 수 없소! 암만 그래두, 나넌 예가 하등이닝개루, 예서 귀경헐라우!"

우람스러운 몸집과 신선 같은 차림을 하고서 애기처럼 응석을 부리는 데는, 서두리꾼도 어리광을 받아 주는 양 짐짓 지고 말아, 윤 직원 영감은 마침내 홍권으로 백권석에서 구경을 했습니다.

실상 윤 직원 영감은 일부러 그런 어거지를 쓴 것은 아닙니다. 꼭 극장만 여겨서 아래층이 하등인 줄 알았던 것입니다.

윤 직원 영감의 처음 몇 번의 경험에 의하면, 명창대회는 아래층(그러니까 하등이지요.) 맨 앞자리의 맨 앞줄이 제일 좋은 자리였습니다. 기생과 광대들의 일동일정이 바로 앞에서 잘 보이고, 노래가 가까이 들리고, 그리고 하등이라 값이 헐하고.

이러한 묘리를 터득한 윤 직원 영감이라, 오늘도 하등표를 산다고 사 가지고 하등을 간다고 간 것이 삼 곱이나 더 하는 백권석이었던 것입니다.

그러나 뱃심이라고 할지 생억지라고 할지, 아무튼 서두리꾼을 이겨 내고 필경은 그대로 백권석에서 구경을 했습니다.

더욱 좋은 것은, 여느 극장 같으면 하등인 맨 앞자리는 고놈 깍정이 같은 조무래기패가 옴닥옴닥 들어박혀 윤 직원 영감의 육중한 체구가 척 그 틈에 끼여 있을라치면, 놀림감이 되고, 그래 좀 창피했는데, 오늘은 이 상등스러운 하등이 모두 점잖은 어른들이나 이쁜 기생들뿐이요, 그따위 조무래기떼가 없어서 실로 금상첨화라 할 수 있었습니다.

구경을 아주 원만히 마치고 난 윤 직원 영감은, 춘심은 집이 청진동이니까 걸어가라고 보내고, 자기 혼자만 전차 정류장까지 나왔습니다. 그러나 숱해 몰려나온 구경꾼들과 같이서 전차를 탈 일이며, 또 버스를 탈 일이며, 그뿐 아니라 재동서 내려 경사진 계동길을 걸어 올라가자면 숨이 찰 일이며 모두 생각만 해도 대견했습니다. 십 원짜리를 가지고 하면 또 공차를 탈 수도 있을 테지만, 에라 내가 돈을 아껴서는 무얼 하겠느냐고 실로 하늘이 알까 무서운 변심을 먹고, 마침 지나가는 인력거를 불러

탔던 것이고, 결과는 돈 오 전을 가외에 더 뺏겼고, 해서 정히 역정이 났고, 그리고 또 대문이 말입니다.

대문은 언제든지 꽉 잠가 두거니와, 옆으로 난 쪽문도 안으로 잠겼어야 할 것이거늘 그것이 훤하게 열려 있었던 것입니다.

윤 직원 영감은 큰 대문을 열어 놓고 있노라면 어쩐지 집안 엣 것이 형적 없이 자꾸만 대문으로 해서 빠져나가는 것만 같고, 그 대신 상서롭지 못한 것이 자꾸만 술술 들어오는 것만 같고 하여, 간혹 장작바리나 큰짐이 들어올 때가 아니면 큰 대문은 결단코 열어 놓는 법이 없습니다. 이것은 아주 이 집의 엄한 가헌입니다.

큰 대문은 그래서 항상 봉해 두고, 출입은 어른, 아이, 상전, 하인 할 것 없이 한옆으로 뚫어 놓은 쪽문으로 드나듭니다. 그 거나마 꼭꼭 지쳐 두어야지, 만일 오늘처럼 이렇게 열어 놓곤 하면 거지 등속의 반갑잖은 손님이 들어올 위험이 다분합니다.

물론 아무리 밑 질긴 거지가 들어와서 목을 매고 늘어진댔자 동전 한 푼 동냥을 주는 법은 없지만, 그러자니 졸리고 악다구니를 하기가 성가신 노릇이니까요. 그러므로 만일 쪽문을 열어 놓는 것이 윤 직원 영감의 눈에 뜨이고 보면, 기어코 한바탕 성화가 나고라야 마는데, 대체 식구 중에 누가 갈충머리 없이 이런 해망을 부렸는지 참말 딱한 노릇입니다.

역정이 난 윤 직원 영감이, 낙타가 바늘구멍으로 나가는 만큼이나 애를 써서 좁다란 그 쪽문으로 겨우겨우 비비 뚫고 들어서면서 꽝, 소리가 나게 문을 닫는데, 마침 상노 아이놈 삼남이 그제야 뽀르르 달려 나옵니다.

이놈이 썩 묘하게 생겼습니다. 우선 부룩송아지 대가리같이 머리가 곱슬곱슬하고 노랗기까지 한 게 장관이요, 그런 대가리가 어쩌면 그렇게도 큰지 남의 것 같습니다. 눈은 사팔이어서 얼굴을 모로 돌려야 똑바로 보이고, 코는 비가 오면 고개를 숙여야 합니다.

나이는 스무 살인데 그것은 이 애한테만 세월이 특별히 빨리 갔는지, 열 살은 에누리 없이 모자랍니다.

그러나 이 애야말로 윤 직원 영감한테는 대단히 보배스러운 도구입니다. 윤 직원 영감은 상노 아이놈을, 똑똑한 놈을 두는 법이 없습니다. 똑똑한 놈이면 으레 훔치훔치, 즉 태을도(太乙道, 도적질)를 한대서 그러는 것입니다.

실상 전에 시골서 살 때에는 똑똑한 상노놈을 더러 두어 본 적도 있었으나, 했다가 번번이 그 태을도를 하는 바람에 뜨거운 영금을 보았습니다.

이 삼남은 시골 있는 산지기 자식으로, 못난 이름이 근동에 널리 떨친 것을 시험 삼아 데려다가 두고 보았더니 미상불 천하

일품이었습니다.

너무 멍청해서 데리고 부리기가 매우 갑갑한 때도 있지만, 그 대신 일 년 삼백예순 날을 가도 동전 한 푼은커녕 성냥 한 개비, 몰래 축내는 법이 없습니다. 또 산지기의 자식이니, 시속 아이놈들처럼 월급이니 무엇이니 하는 그런 아니꼬운 것도 달라고 않습니다. 해서 참말 둘도 구하기 어려운 보물인 것입니다.

그런지라 윤 직원 영감은 여느 때 같으면 삼남이 나와서 그렇게 허리를 굽신하면, 그저 오냐 하고 좋게 대답을 했을 것이지만, 오늘은 그래저래 역정이 난 판이라 누구든지 맨 처음에 눈에 띄는 대로 소리를 우선 버럭 질러 주어야 할 판입니다.

"야 이놈아! 어떤 손모가지가 문은 그렇기 훠어언허게 열어 누왔냐? 응?"

"저는 안 그렸어라우! 아마 중마내님이 금방 들어오싰넌디, 그렇게 열어 누왔넝개비라우?"

중마나님이라는 건 윤 직원 영감의 며느리로 지금 이 집의 형식상 주부입니다.

"그맀으리라! 짝 찢을 년!"

윤 직원 영감은 며느리더러 이렇게 욕을 하던 것입니다. 그는 며느리뿐만 아니라, 딸이고 손자며느리고, 또 지금은 죽고 없지만 자기 부인이고, 전에 데리고 살던 첩이고, 누구한테든지 욕을 하려면 우선 그 '짝 찢을 년'이라는 서양말의 관사(冠詞) 같은 것을 붙입니다. 남잘 것 같으면 '잡어 뽑을 놈'을 붙이고…….

"짝 찢을 년……! 아, 그년은 글씨 무엇 하러 밤낮 그렇기 싸댕긴다냐?"

"모올라우!"

"옳다, 내가 모르넌디 늬가 알 것이냐……! 짝 찢을 년! 그년이 서방이 안 돌아부아 주닝개 오두가 나서 그러지, 오두가 나서 그리여!"

"아마 그렁개비라우!"

관중이 없어서 웃어 주질 않으니 좀 섭섭한 장면입니다.

윤 직원 영감이 그렇게 쌍소리로 며느리며 누구 할 것 없이 아무한테고 욕을 하는 것은, 그의 입이 험한 탓도 있겠지만 그의 근지(根地)가 인조견이나 도금 비녀처럼 허울뿐이라 그렇다고도 하겠습니다.

윤 직원 영감의 근지야 참 보잘 게 별양 없습니다.

우리만 빼놓고 어서 망해라!

　얼굴이 말처럼 길대서 말대가리라는 별명을 듣던 윤 직원 영감의 선친 윤용규는 본이 시골 토반이더냐 하면 그렇지도 못하고, 그렇다고 아전이더냐 하면 실상은 아전질도 제법 해 먹지 못했습니다. 아전질을 못 해 먹은 것이 시방 와서는 되레 자랑거리가 되었지만, 그때 당년에야 흔한 도서원이나마 한자리 얻어 하고 싶은 생각이 굴뚝같았어도, 도시에 그만한 밑천이며 문필이며가 없었더랍니다.

　말대가리 윤용규 그는 삼십이 넘도록 탈망 바람으로 삿갓 하나를 의관 삼아 촌 노름방으로 으실으실 돌아다니면서 개평푼이나 뜯으면 그걸로 되돌아앉아 투전장이나 뽑기, 방퉁이질이나 하기, 또 그도 저도 못 하면 가난한 아내가 주린 배를 틀어쥐고서 바느질품을 팔아 어린 자식과(이 어린 자식이라는 게 그러니까 지금의 윤 직원 영감입니다.) 입에 풀칠을 하는 것을 얻어먹고는, 밤이나 낮이나 질펀히 드러누워 소대성(蘇大成)이 여대치게 낮잠이나 자기……, 이 지경으로 반생을 살았습니다. 좀 호협한 구석이 있고 담보가 클 뿐, 물론 판무식꾼이고요.

그런데 그런 게 다 운수라고 하는 건지, 어느 해 연분인가는 난데없는 돈 이백 냥이 생겼더랍니다. 시골 돈 이백 냥이면 서울 돈으로 이천 냥이요, 그때만 해도 웬만한 새끼 부자 하나가 왔다 갔다 할 큰 돈입니다.

노름을 해서 딴 돈이라고 하기도 하고, 혹은 그 아내가 친정의 머언 일갓집 백부한테 분재를 타 온 돈이라고 하기도 하고, 또 누구는 도깨비가 져다 준 돈이라고 하기도 하고 하여 자못 출처가 모호했습니다.

시방이야 가난하던 사람이 불시로 큰돈이 생기면 경찰서 양반들이 우선 그 내력을 밝히려 들지만, 그때만 해도 육십년 저쪽 일이니 누가 지날 말로라도 시비 한마딘들 하나요. 그저 그야말로 도깨비가 져다 주었나 보다 하고 한갓 부러워하기나 했지요.

아무튼 그래 말대가리 윤용규는 그날부터 칼로 벤 듯 노름방

발을 끊고, 그 돈 이백 냥을 들여 논을 산다, 대푼변 돈놀이를 한다, 곱장리를 놓는다 해 가면서 일조에 착실한 살림꾼이 되었습니다. 그러노라니까, 정말 인도깨비를 사귄 것처럼 살림이 불일 듯 늘어서, 마침내 그의 당대에 삼천 석을 넘겨받게 되었던 것입니다.

윤 직원 영감(그때 당시는 두꺼비같이 생겼대서 윤 두꺼비로 불리던 윤두섭) 그는 어려서부터 취리에 눈이 밝았고, 약관에는 벌써 그의 선친을 도와 가며 그 큰살림을 곧잘 휘어 나갔습니다. 그리고 1903년 계묘년(癸卯年)부터는 고스란히 물려받은 삼천 석거리를 가지고, 이래 삼십여 년 동안 착실히 가산을 늘려 왔습니다.

그래서 지금으로부터 십여 년 전, 가권을 거느리고 서울로 이사를 해 오던 그때의 집계를 보면, 벼를 실 만 석을 받았고, 요즘 와서는 현금이 십만 원 가까이 은행에 예금되어 있었습니다. 이런 걸 미루어 보면, 그는 과시 승어부(勝於父)라 할 것입니다.

하기야 그 양대(兩代)가, 그 어둔 시절에 그처럼 치산을 하느라고(시절이 어두우니까 체계변이며 장리변의 이문이 숫지고, 또 공문서가 수두룩해서 가산 늘리기가 좋았던 한편으로 말입니다.) 욕심 사나운 수령한테 걸려들어 명색 없이 잡혀 갇혀서는, 형장을 맞아 가며 토색질을 당한 것도 한두 번이 아니요, 화적의 총부리

앞에 목숨을 내걸고 서서 재물을 약탈당하기도 부지기수요, 그러다가 말대가리 윤용규는 마침내 한패의 화적의 손에 비명의 죽음까지 한 것인즉슨, 일변 생각하면 피로 낙관을 친 치산이지, 녹록한 재물이라고 할 수는 없을 것입니다.

윤 직원 영감은 그때 일을 생각하면 시방도 가슴이 뭉클하고, 그의 선친이 무참히 죽어 넘어진 시체 하며, 곡식이 들이쌓인 노적과 곡간이 불에 활활 타던 광경이 눈앞에 선연히 밟히곤 합니다. 잊히지도 않는 계묘년 삼월 보름날입니다. 이 삼월 보름날이 말대가리 윤용규의 바로 제삿날이니까요.

온종일 체곗돈 받고 내주고 하기야, 춘궁에 모여드는 작인(소작인)들한테 장릿벼 내주기야, 몸져누운 부친 윤용규의 병시중 들기야 하느라고 큰살림을 맡아 처리하는 사람의 일례로, 두꺼비 윤두섭, 즉 젊은 날의 윤 직원 영감은 밤늦게야 혼곤히 들었던 잠이 옆에서 아내가 흔들며 깨우는 촉급한 속삭임 소리에 놀라 후닥닥 몸을 일으켰습니다.

한두 번도 아니요, 화적을 치르기 이미 수십 차라, 그는 잠결에도 정신이 들기 전에 육체가 먼저 위급함을 직각했던 것입니다. 장수가 전장에 나가면, 진중에서는 정신은 잠을 자도 몸은 깨서 있다는 것이나 마찬가지 이치라고 할는지요.

실로 그때 당시 윤 씨네 집안은 자나 깨나 전전긍긍, 불안과 긴장과 경계 속에서 일시라도 몸과 마음을 늦추지 못하고, 마치 살얼음을 건너가는 것처럼 위태위태 지내던 판입니다.

젊은 윤 두꺼비는 깜깜 어둔 방 안이라도, 바깥의 달빛이 희유끄름한 옆문을 향해 뛰쳐나갈 자세로 고의춤을 걷어잡으면서 몸을 엉거주춤 일으켰습니다. 보이지는 않으나 아내의 황급한 숨길이 바투 들리고, 더듬어 들어오는 손끝이 바르르 떨리면서 팔에 닿습니다.

"어서! 얼른!"

아내의 쥐어짜는 재촉 소리는, 마침 대문을 총개머린지 몽둥인지로 쾅쾅 들이찧는 소리에 삼켜져 버립니다.

"아버님은?"

윤 두꺼비는 뛰쳐나가려고 꼬느었던 자세와 호흡을 잠깐 멈추고서 아내더러 물어보던 것입니다.

"몰라요……. 그렇지만……. 아이구 어서, 얼른!"

아내가 기색할 듯이 초초한 소리로 팔을 잡아 훑는 힘이 아니라도, 윤 두꺼비는 벌써 몸을 날려 옆문을 박차고 나갑니다.

신발 여부도 없고 버선도 없는 맨발로, 과녁 반 바탕은 될 타작마당을 단숨에 달려, 두 길이나 높은 울타리를 문턱 넘듯 뛰어넘어, 길같이 솟은 보리밭 고랑으로 몸을 착 엎드리고 꿩 기듯 기기 시작하는 그동안이, 아내가 흔들어 깨울 때부터 쳐서 겨우 오 분도 못 되는 순간입니다.

이렇게 윤 두꺼비가 울타리를 넘어, 그러느라고 허리띠를 매지 않은 고의를 건사하지 못해서 홀라당 벗어 떨어뜨린 알몸뚱이로 보리밭 고랑에서 엎드려 기기 시작을 하자, 그제야 방금 저편 모퉁이로부터 두 그림자가 하나는 담총을 하고 하나는 몽둥이를 끌고 마침 돌아 나왔습니다.

뒤 울타리로 해서 도망가는 사람을 잡으려는 파순데, 윤 두꺼비한테는 아슬아슬한 순간의 찰나라 하겠습니다.

그들도 도망가는 윤 두꺼비를 못 보았거니와 윤 두꺼비도 물론 그러한 위경이던 줄은 모르고 기기만 하던 것입니다.

만약 그들의 눈에 띄기만 했더라면 처음에는 쫓아갈 것이고, 그러다가 못 잡으면 대고 불질을 했을 겝니다. 부지깽이 같은 그 화승총을 가지고, 더구나 호미와 쇠스랑을 다루던 솜씨로, 으슥치무레한 달밤에 보리밭 사이로 죽자 사자 내빼는 사람을 쏜다고 쏘았댔자 제법 똑바로 가서 맞을 이치도 없기도 하지만.

그래 아무튼, 발가벗은 윤 두꺼비는 무사히 보리밭을 서넛이나 지나, 다시 솔숲을 빠져나와 나직한 비탈에 왜송이 둘러선 산허리에까지 단숨에 달려와서야 비로소 안심과 숨찬 걸 못 견디어 펄신 주저앉았습니다.

화적이 드는 눈치를 채면, 여느 일 젖혀 놓고 집안 돌아볼 것

없이 몸을 빼쳐 피하는 게 제일 상책입니다.

화적이 인가를 쳐들어와서, 잡아 족치는 건 그 집 대주와 셈든 남자들입니다. 그래서 그들 손에 붙잡히고 보면 우선……(원문 1행 반 탈락)…… 반죽음은 되게 매를 맞아야 합니다.

그렇게 얻어맞고도, 마침내는 재물은 재물대로 뺏겨야 하고, 그 서슬에 자칫 잘못하면 목숨이 왔다 갔다 합니다. 둘이 잡히면 둘이 다, 셋이 잡히면 셋이 다 그 지경을 당합니다.

그러므로 제가끔 먼저 기수를 채는 당장으로, 아비를 염려해서 주춤거리거나 자식을 생각하여 머뭇거리거나 할 것 없이, 그저 먼저 몸을 피해 놓고 보는 게 당연한 일로 되어 있었습니다. 그럴 것이, 가령 자식이 아비의 위태로움을 알고 그냥 버틴다거나 덤벼든다거나 했자, 저편은 수효가 많은 데다가 병장기를 가진, 그리고 사람의 목숨쯤 파리 한 마리만큼도 여기잖는 패들이니까요.

이날 밤 윤 두꺼비도 그리하여 일변 몸져누운 부친이 마음에 걸려, 선뜻 망설이기는 하면서도 사리가 그러했기 때문에, 이내 제 몸을 우선 피해 놓고 보던 것입니다.

말대가리 윤용규는 아니 이미 육십에, 또 어제까지 등이며 볼기며에 모진 매를 맞다가 겨우 옥에서 놓여나온 몸이라 도저히 피할 생각은 내지도 못하고, 그 대신 침착하게 일어나 앉아 등

잔에 불까지 켰습니다.

기위 당하는 일이라서, 또 있는 담보겠다 악으로 한바탕 싸워 보자는 것입니다.

화적패들은 이윽고 하나가 울타리를 넘어 들어와 빗장을 벗기는 대문으로 우 몰려들었습니다.

"개미새끼 하나라도 놓치지 말렸다!"

그중 두목이, 대문 지키는 두 자와 옆으로 비어져 가는 파수 둘더러 호령을 하는 것입니다.

"영 놓치겠거던 대구 쏘아라!"

재우쳐 이른 뒤에 두목이 앞장을 서서 사랑채로 가고, 한 패는 안으로 갈려 들어갑니다. 그렇게도 사납고 짖기를 극성으로 하는 이 집 개들이 처음부터 찍소리도 못 내고 낑낑거리면서 도리어 주인네의 보호를 청하는 걸 보면, 당시 화적들의 기세가 얼마나 기승스러웠는지를 족히 알 수가 있는 것입니다.

"계집이나 어린것들은 손대지 말렸다!"

두목이 잠깐 돌아다보면서 신칙을 하는 데 응하여 안으로 들어가던 패가 몇이,

"예이!"

하고 한꺼번에 대답을 합니다.

이것은 참으로 이상스러운 그네들의 엄한 풍도입니다. 이 밤

에 이 집을 쳐들어온 이 패들만 보아도, 패랭이 쓴 놈, 테머리 한 놈, 머리 땋은 총각, 늙은이 해서 차림새나 생김새가 가지각색 이듯이, 모두 무질서하고 무지한 잡색 인물들이기는 하나, 일반 으로 그들은 어느 때 어디를 쳐서 갖은 참상을 다 저지르곤 할 값에, 좀처럼 부녀와 어린아이들한테만은 손을 대는 법이 없습 니다. 만일 그걸 범했다가는, 그는 당장에 두목 앞에서 목이 달 아나고라야 맙니다.

사랑채로 들어간 두목이, 한 수하를 시켜 윗미닫이를 열어젖 히고서 성큼 마루로 올라설 때에, 그는 뜻밖에도 이편을 앙연히 노려보고 있는 말대가리 윤용규와 눈이 딱 마주쳤습니다.

두목은 주춤하지 않지 못했습니다. 그는 윤용규가 이 위급한 판에 한 발자국이라도 도망질을 치려고 서둘렀지, 이다지도 대 담하게, 오냐 어서 오란 듯이 버티고 있을 줄은 천만 생각 밖이 었던 것입니다. 더욱, 핏기 없이 수척한 얼굴에 병색을 띠고서 도, 일변 악이 잔뜩 올라 이편을 무섭게 노려보는 그 머리 센 늙 은이의 살기스런 양자가 희미한 쇠기름 불에 어른거리는 양이 라니, 무슨 원귀와도 같았습니다.

두목은 만약 제 등 뒤에 수하들이 겨누고 있는 십여 대의 총 부리와 녹슬었으나마 칼들과 몽둥이들과 도끼들이 없었으면, 그는 가슴이 서늘한 대로 물심물심 뒤로 물러섰을는지도 모릅니다.

"으응, 너 잘 기대리구 있다!"

두목은 하마 꺾이려던 기운을 돋우어 한마디 으릅니다. 실상
이 두목(그러니까 오늘 밤의 이 패들)과 말대가리 윤용규는 처음
만나는 게 아니고 바로 구면입니다. 달포 전에 처들어와서 돈
삼백 냥을 빼앗고, 그 밖에 소 한 마리와 패물과 어음 몇 쪽을 털
어 간 그 패들입니다. 그래서 화적패들도 주인을 잘 알려니와
주인 되는 윤용규도 두목의 얼굴만은 익히 알고 있고, 그러고도
또 달리 뼈에 사무치는 원혐이 한 가지 있는 터라, 윤용규는 무
서운 것보다도(이미 피치 못할 살판인지라) 차차로 옳게 뱃속으
로부터 분노와 악이 치받쳐 올랐습니다.

"이놈 윤가야, 네 들어 보아라!"

두목은 종시 말이 없이 앙연히 앉아 있는 윤용규를 마주 노려
보면서, 그 역시 분이 찬 음성으로 꾸짖는 것입니다.

"네가 이놈 관가에다가 찔러서 내 수하를 잡히게 했단 말이
지……? 이놈, 그러구두 네가 성할 줄 알었드냐……? 이놈 네가
분명코 찔렀지?"

"오냐, 내가 관가에 들어가서 내 입으루 찔렀다, 그래……?"

퀄퀄하게 대답을 하면서 도사리고 앉은 윤용규의 눈에서는
불이 이는 듯합니다.

"내가 찔렀으니 어쩔 테란 말이냐……? 흥! 이놈들, 멀쩡하게 도당 모아 갖구 댕기면서 양민들 노략질이나 히여 먹구, 네가 그러구두 성할 줄 알았더냐? 이놈아……!"

치받치는 악에 소리를 버럭 높이면서 다시,

"괴수 놈, 너두 오래 안 가서 잽힐 테니 두구 보아라! 네 모가지에 작두날이 내릴 때가 머잖었느니라, 이노옴!"

하고는 부드득 이를 갈아붙입니다.

목전의 절박한 사실에 대한 일종의 발악임은 틀림이 없을 것입니다. 그러나 그것은 일변 깊이 생각을 하면 하나의 웅장한 선언일 것입니다.

핍박하는 자에게 대한, 뒷날의 보복과 승리를 보류하는 자신 있는 선언…….

사실로 윤용규는, 무식하고 소박하나마 시대가 차차로 금권(金權)이 유세해 감을 막연히 인식을 했던 것입니다. 그것은 그러므로, 비단 화적패들에게만 대한 선언인 것이 아니라, 그 야속하고 토색질을 방자히 하는 수령까지 넣어, 전 압박자에게 대고 부르짖는 선전의 포고였을 것입니다. 가령 그 자신이 그것을 의식하고 못 하고는 고만두고라도 말입니다.

"이놈들! 밤이 어둡다구, 백년 가두 날이 안 샐 줄 아느냐? 두구 보자, 이놈들!"

윤용규는 연하여 이렇게 살기등등하니 악을 쓰는 것입니다.

"하, 이놈, 희떠운 소리 헌다! 허!"

두목은 서글퍼서 이렇게 헛웃음을 치는데, 마침 윗목에서 이제껏 자고 있던 차인꾼이, 그제야 잠이 깨어 푸스스 일어나다가 한참 두릿거리더니, 겨우 정신이 나는지 별안간 버얼벌 떨면서 방구석으로 꽁무니 걸음을 해 들어갑니다.

그러자 또 안으로 들어갔던 패 중에 하나가 총 끝에 흰 무명 고의 하나를 꿰들고 두목 앞으로 나옵니다.

"두령, 자식 놈은 풍겼습니다!"

"풍겼다? 그럼, 그건 무어란 말이냐?"

"그놈이 울타리를 뛰어넘어 가다가 벗어 버린 껍데기올시다. 자다가 허리띠두 못 매구서 달아나느라구, 울타리 밑에서 훌라 당 벗어졌나 봅니다."

발가벗고 도망질을 치는 광경을 연상함인지 몇이 킥킥 하고 소리를 죽여 웃습니다.

"으젓잖은 놈들! 어쩌다가 놓친단 말이냐!"

두목은 혀를 차다가 방 윗목에서 떨고 있는 차인꾼을 턱으로 가리킵니다.

"아니 그런 게 아니라 혹시 저놈이 자식 놈이 아니냐?"

윤 두꺼비는 전번에도 잡히지 않았기 때문에 두목은 그의 얼굴을 몰랐던 것입니다.

두목의 말을 받아 수하 하나가 기웃이 들여다보더니,

"아니올시다, 저놈은 차인꾼이올시다."

"쯧! 그렇다면 헐 수 없고……. 잘 지키기나 해라. 그리고 아직 몽당 숟갈 한 매라도 손대지 말렷다!"

"에이……. 그런데 술이 좋은 놈 한 독 있습니다, 두목……. 닭허구, 돼지두 마침 먹을 감이구요……."

전전해 신축년의 큰 흉년이 아니라도, 화적 된 자치고 민가를 털 제 술이며 고기를 눈여겨보지 않는 법은 없는 법입니다.

"이놈 윤가야, 말 들어라……. 오늘 저녁에 우리가 네 집에를 온 것은……."

두목은 다시 윤용규에게로 얼굴을 돌리고 을러댑니다.

"네놈의 재물보담두 너를 쓸 디가 있어서 온 것이다……. 허니, 어쩔 테냐? 내 말을 순순히 들을 테냐? 안 들을 테냐?"

윤용규는 두목을 마주 거들떠보고 있다가, 말이 끝나자 고개를 홱 돌려 버립니다.

"어쩔 테냐? 말을 못 듣겠단 말이지?"

"불한당 놈의 말 들을 수 없다……! 내가, 생각허면 네놈들을 갈아 먹구 싶은디, 게다가 청을 들어? 흥!"

윤용규는 그새 여러 해 두고 화적을 치러 내던 경험에 비추어 보면, 그들 앞에서 서얼설 기고 네네 살려 줍시사고 굽실거리거나, 마주 대고 네놈, 내놈 하면서 악다구니를 하거나, 필경 매를 맞고 재물을 뺏기기는 일반이던 것을 잘 알고 있습니다.

그러니 어차피 당하는 마당에, 그처럼 굽실거릴 생각은 애초부터 없었을 뿐 아니라, 일변 그, 이 패에게 대하여 그야말로 갈아먹고 싶은 원혐입니다.

달포 전인데 이 패에게 노략질을 당하던 날 밤, 그중에 한 놈, 잘 알 수 있는 자가 섞여 있는 것을 윤용규는 보아 두었습니다. 그자는 박가라고, 멀지 않은 근동에서 사는 바로 그의 작인이었습니다.

"오! 이놈 네가!"

윤용규는 제 자신, 작인에게 어떠한 원한 받을 짓을 해 왔다는 것은 경위에 칠 줄은 모릅니다. 다만 내 땅을 부쳐 먹고 사는 놈이 이 도당에 참예를 하여 내 집을 털러 들어오다니, 눈에서 불이 나고 가슴이 터질 듯 분한 노릇이었습니다.

이튿날 새벽같이 윤용규는 몸소 읍으로 달려 들어가서, 당시 그 고을 원(수령)이요, 수차 토색질을 당한 덕에 안면은 있는 백영규더러, 사분이 이만저만하고 이러저러한데, 그중에 박아무개라는 놈도 섞여 있었다고, 그러니 그놈만 잡아다가 족치면 그 일당을 다 잡을 수가 있으리라고 아뢰어 바쳤습니다. 백영규는 그러나 말대가리 윤용규보다 수가 한길 윗수였습니다.

  그는 자초지종 이야기를 다 듣더니, 아 그러냐고, 그러면 박가라는지 그놈을 잡아오기는 올 것이로되, 그러나 화적패에 투신한 놈을 그처럼 잘 알진댄 윤용규 너도 미심쩍어, 그러니 같이 문초를 해야 하겠은즉 그리 알라고, 우선 윤용규부터 때려 가두었습니다. 약은 수령이 백성의 재물을 먹자고 트집을 잡는데 무슨 사리와 경우가 있나요? 루이 14센지 하는 서양 임금은 짐이 바로 국가라고 호통을 했고, 조선서도 어느 종실 세도 한 분은 반대파의 죄수를 국문하는데, 참새가 찍 한다고 해도 죽이고, 짹 한다고 해도 죽이고, 필경은 찍 짹 합니다 해도 죽였다고 하지 않습니까.

  당시 일읍의 수령이면 그 고장에서는 왕이요, 그가 덮어놓고 하는 공사는 바로 법과 다를 바 없던 것입니다. 항차 그는 화적을 잡기보다는 부자를 토색하기가 더 긴하고 재미가 있는 데야.

  말대가리 윤용규는 혹을 또 한 개 덜렁 붙이고서 옥에 갇히고, 박가도 그날로 잡혀 들어왔습니다. 문초는 그러나 각각 달랐습니다. 박가더러는 그들 일당의 성명과 구혈과 두목을 대라고 족쳤습니다. 박가는 제가 그 도당에 참예한 것은 불었어도, 그 윗것은 입을 꽉 다물고서 실토를 안 했습니다. 주리를 틀려 앞정강이의 살이 문드러지고 허연 뼈가 비어져도 그는 불지를 않았습니다. 일변 윤용규더러는, 네가 그 도당과 기맥을 통하고 있고 그 패들에게 재물과 주식을 대접했다는 걸 자백하라고 문초를 합니다. 박가의 실토를 들으면 과시 네가 적당과 연맥이 있다고 하니, 정 자백을 안 하면 않는 대로 그냥 감영으로 넘겨 목을 베게 하겠다는 것이었습니다.

이것이, 좀 먹자는 트집인 것은 두말할 것도 없는 속이었고, 그래 누가 이러라 저러라 시킬 것도 없이 벌써 줄 맞은 병정이 되어서, 젊은 윤 두꺼비는 뒷줄로 뇌물을 쓰느라고 침식을 잊고 분주했습니다.

오백 냥씩 두 번 해서 천 냥은 수령 백영규가 고스란히 먹고, 또 천 냥은 이방 이하 호장이야, 형방이야, 옥사정이야, 사령이야, 심지어 통인 급창이까지 고루 풀어 먹였습니다.

이천 냥 돈을 그렇게 들이고서야, 어제 아침 달포 만에 말대가리 윤용규는 장독으로 꼼짝 못하는 몸을 보교에 실려 옥으로부터 집으로 놓여나왔던 것입니다.

사맥이 이쯤 되었으니, 윤용규로 앉아서 본다면 수령 백영규한테와 화적패에게 원한이 자못 깊습니다. 그러나 아무리 원한이 깊었자 저편은 감히 건드리지도 못할 수령이라 그 만만하달까, 화적패에게 잔뜩 보복을 벼르고 있었고, 그런 참인데, 마침 그 도당이 또다시 달려들어서는 이러니저러니 하니 그야말로

갉아먹고 싶을 것은 인간의 옹색한 속이 아니라도 당연한 근경이라 하겠지요.

일은 그런데 피장파장이어서 화적패도 또한 말대가리 윤용규에게 원한이 있습니다. 동료 박가를 찔러서 잡히게 했다는 것입니다.

박가가 잡혀가서 그 모진 혹형을 당하면서도 구혈이나 두목이나 도당의 성명을 불지 않은 것은 불행 중 다행입니다. 그러니 그런 만큼 의리가 가슴에 사무치지 않을 수 없던 것입니다.

윤용규한테 대한 원한은 우선 접어놓고, 어디 일을 좀 무사히 펴게 하도록 해 볼까 하는 것이 그들의 첫 꾀였습니다. 만약 그런 꾀가 아니라면야 들어서던 길로 지딱지딱 해 버리고 돌아섰을 것이지요. 두목은 윤용규가 전번과 달라 악이 바싹 올라 가지고 처음부터 발딱거리면서 뻣뻣이 말을 못 듣겠노라고 버티는 데는 물큰 화가 치밀어 오르지 않을 수가 없었습니다.

"진정이냐?"

그는 눈을 부라리면서 딱 을러댑니다. 그러나 윤용규는 종시 까닥 않고 대답입니다.

"다시 더 물을 것 읎너니라!"

"너, 그리 고집 세지 말아……!"

두목은 잠깐 식식거리면서 윤용규를 노리고 보다가, 이윽고 음성을 눅여 타이르듯 합니다.

"그러다가는 네게 이로울 게 없다. 잔말 말구, 네가 뒤로 나서서 삼천 냥만 뇌물을 써라. 너두 뇌물을 쓰구서 뇌여 나왔지? 그럴 테면 네가 옭아 넣은 내 수하도 풀어 놓아 주어야 옳을 게 아니야……? 허기야 너를 시키느니 내가 내 손으로 함직한 일이기는 하지만, 나는 당장 삼천 냥이 없고, 그걸 장만하자면 너 같은 놈 열 놈의 집은 더 털어야 하니 시급스럽게 안 될 말이고, 또 내가 나서서 뇌물을 쓰다가는 됩다 위태할 것이고 허니 불가불 일은 네가 할 수밖에 없다. 허되 급히 서둘러야지 며칠 안 있으면 감영으로 넹긴다드구나?"

두목은 끝에 가서는 거진 사정하듯 목마른 소리로 말을 맺고서 윤용규의 대답을 기다립니다. 윤용규는 그러나 싸늘하게 외면을 하고 앉아서 두목이 하는 소리는 들리지도 않는 체합니다.

"어쩔 테냐? 한다든 못 한다든, 대답을……."

두목은 맥이 풀리는 대신 다시 울화가 치받쳐 버럭 소리를 지르다 말고 입술을 부르르 떱니다.

"못 한다!"

윤용규도 지지 않고 소리를 지릅니다.

"네놈들이 죄다 잽혀가서 목이 쏠리기를 축원허구 있는 내가, 됩다 한 놈이라두 뇌여 나오라구, 내 재물을 들여서 뇌물을 써?

흥! 하늘이 무너져두 못 헌다!"

"진정이냐?"

"오냐!"

윤용규는 아주 각오를 했습니다. 행악은 어차피 당해 둔 것, 또 재물도 약간 뺏겨는 둔 것, 그렇다고 저희가 내 땅에다가 네 귀퉁이에 말뚝을 박고 전답을 떠 가지는 못할 것, 그러니 저희의 청을 들어 삼천 냥을 들여서 박가를 빼놓아 주느니보다는 월등 낫겠다고, 이렇게 이해까지 따진 끝의 각오이던 것입니다.

"진정?"

두목은 한 번 더 힘을 주어 다집니다.

"오냐, 날 죽이기밖에 더 헐 테야?"

"저놈 잡아 내랏!"

윤용규의 말이 미처 떨어지기 전에 두목이 뒤를 돌려다보면서 호령을 합니다.

등 뒤에 모여 섰던 수하 중에 서넛이 나가 우르르 방으로 몰려 들어가더니 왁진왁진 윤용규를 잡아끕니다. 그러자 마침 안채로 난 뒷문이 와락 열리더니, 흰 머리채를 풀어 헤뜨린 윤용규의 노처가 아이구머니 이 일을 어쩌느냐고 울어 외치면서 달려들어 뒤엎으러져 매달립니다.

화적패들은 윤용규를 앞뒤에서 끌고 떠밀고 하고, 윤용규는 안 나가려고 버둥대면서도 그래도 할 수 없이 문께로 밀려 나옵니다. 그러다가 어찌어찌 부스대는 윤용규의 손에 총대 하나가 잡혔습니다.

총을 훌트려 쥔 그는 장독으로 고롱거리는 육십객답지 않게, 불끈 기운을 내어, 총대를 가로, 빗장 대듯 문지방에다가 밀어대면서 발로 문턱을 디디고는 꽉 버팁니다. 그러고 나니까는 아무리 상투를 잡아끌고 몽둥이로 직신거리고 해도 으응 소리만 치지, 꿈쩍 않고 그대로 버팁니다. 수령이 그걸 보다 못해 옆에 섰는 수하의 몽둥이를 채어 가지고 윤용규가 총대에다가 버틴 바른편 팔을 겨누어 으끄러지라고 한 번 내리칩니다. 한 것이 상거는 밭고 또 문지방이며 수하의 어깨하며 걸리적거리는 것이 많아 겨냥은 삐뚜로 나가고 말았습니다.

"따악!"

빗나간 겨냥이 옆으로 비껴 이마를 바스러지게 얻어맞은 윤용규는,

"어이쿠우!"

소리와 한가지로 피를 좌르르 흘리며 털신 주저앉았습니다.

동시에 윤용규의 노처가 그만 눈이 뒤집혀,

"아이구우! 인제는 사람까지 죽이는구나아! 나두 죽여라아! 이놈들아!"

하고 외치면서 죽을 동 살 동 어느 겨를에 달려들었는지 두목의 팔을 덥신 물고 늘어집니다. 윤용규는 주저앉은 채 정신이 아찔하다가 번쩍 깨났습니다. 그는 화적패들이 무슨 내평으로 밖으로 끌어내려고 하는지 그건 몰라도, 아무려나 이롭지 못할 것 같아 되나 안 되나 버팅겨 보았던 것인데, 한 번 얻어맞고 정신이 오리소리한 판에 마침 그의 아내가 별안간,

"인제는 사람까지 죽이는구나!"

하고 왜장치는 소리에 정말로 죽음이 박두한 줄로 알았습니다.

그러면 인제는 옳게 이놈들의 손에 죽는구나, 그렇다면 죽어도 그냥은 안 죽는다. 이렇게 악이 복받치자, 그는 벌떡 일어서면서 눈앞에 보이는 대로 칼 하나를 채어 가지고는 마구 대고 휘저었습니다. 더욱이 눈이 뒤집히기는, 아무리 화적이라도 결단코 하지 않던 짓인데 여인을, 하물며 늙은 여인을 치는 걸 본 것입니다. 그는 그의 아내가 두목의 팔을 물고 늘어진 줄은 몰랐고, 다만 두목이 아내의 머리끄덩을 잡아 동댕이를 쳐서 물린 팔을 놓치게 하는 그 광경만 보았던 것입니다.

아무리 죽자 사자 악이 받쳐 칼을 휘두른다지만 죽어 가는 늙은인 걸, 십여 개나 덤비는 총개머리야 몽둥이야 칼이야 도끼야를 당해 낼 수가 없던 것입니다.

윤용규가 마지막, 목덜미에 도끼를 맞고 엎드러지자, 피를 본

두목은 두 눈이 불덩이같이 벌컥 뒤집어졌습니다. 그는 실상 윤용규를 죽일 생각은 없었습니다.

그렇다고 윤용규 하나쯤 죽이기를 차마 못 해서 그런 것은 아니고, 제 구혈로 잡아가겠던 것입니다. 한때 만주에서 마적들이 하던 그 짓이지요. 볼모로 잡아다 두고서 가족들로 하여금 이편의 요구를 듣게 하겠던 것입니다.

"노적허구 곡간에다가 불질르랏!"

두목은 뒤집힌 눈으로 피투성이가 되어 쓰러진 윤용규를 노려보다 수하를 사납게 호통하던 것입니다. 이윽고 노적과 곡간에서 하늘을 찌를 듯 불길이 솟아오르고, 동네 사람들이 그제야 여남은 모여들어 부질없이 물을 끼얹고 하는 판에, 발가벗은 윤 두꺼비가 비로소 돌아왔습니다. 화적은 물론 벌써 물러갔고요.

윤 두꺼비는 피에 물들어 참혹히 죽어 넘어진 부친의 시체를 안고 땅을 치면서,

"이놈의 세상이 어느 날에 망하려느냐!"

하고 통곡을 했습니다.

그리고 울음을 진정하고도 불끈 일어서 이를 부드득 갈면서,

"오냐, 우리만 빼놓고 어서 망해라!"

하고 부르짖었습니다. 이 또한 웅장한 절규이었습니다. 아울러, 위대한 선언이었고요. 윤 직원 영감이 젊은 윤 두꺼비 적에 겪

던 경난의 한 토막이 대개 그러했습니다.

그러니, 그러한 고난과 풍파 속에서 모아 마침내는 피까지 적신 재물이니, 그런 일을 생각해서라도 오늘날 윤 직원 영감이 단 한 푼을 쓰재도 벌벌 떠는 것도 일변 무리가 아닐 것입니다.

돈을 모으는 데 무얼 어떻게 해서 모았다는 거야 윤 직원 영감으로는 상관할 바 아닙니다. 사실 착취라는 문자를 가져다가 붙이려고 하면, 윤 직원 영감은 거 웬 소리냐고 훌훌 뛸 겝니다.

다 참, 내가 부지런하고 또 시운이 뻗쳐서 부자가 되었지, 작인이며 체곗돈 쓴 사람이며 장릿벼 얻어다 먹은 사람이며가 무슨 관계가 있느냐고 말입니다.

바스티유 함락과는 항렬이 스스로 다르기는 하지만, 아무튼 윤 직원 영감은 그처럼 육친의 피로써 물들인 재산더미 위에 올라앉아 옛날 그다지도 수난 많던 시절과는 딴판이요, 도무지 태평한 이 시절을 생각하면 안심되고 만족한 웃음이 절로 솟아날 때가 많습니다.

하나, 말을 타면 경마도 잡히고 싶은 게 인정이라고 합니다. 시대가 바뀌면서 소란한 세상이 지나가고 재산과 몸이 안전한 세태를 당하자, 윤 두꺼비는 돈으로는 남부러울 게 없어도, 문벌이 변변찮은 게 섭섭한 걸 비로소 느끼게 되었습니다.

하기야 중년에 또다시 양복 청년, 혹은 권총 청년이라는 것 때문에 가끔 혼뜀이 나곤 하지 않은 것은 아니더랍니다.

이런 일이 있었습니다.

기미(己未), 경신(庚申), 바로 경신년 섣달입니다. 논이 마침 욕심나는 게 한 오천 평 수중에 들어오게 되어서, 그 땅값을 치르려고 사천 원을 집에다가 두고 땅 팔 사람이 오기를 기다리던 날입니다. 그런데 그게 귀신이 곡을 할 일이라고, 윤 두꺼비는 두고두고 기막혀하였지마는, 그걸 어떻게 염탐했는지 벌건 대낮에 쏙 빠진 양복쟁이 둘이 들이덤벼 가지고는 그 돈 사천 원을 몽땅 뺏어 가던 것입니다.

뭐, 꿀꺽 소리 못 하고 고스란히 내다가 바쳤지요. 그 싸늘한 쇠끝에 새까만 구멍이 똑바로 가슴패기를 겨누고서 코앞에다가 들이댄 걸, 그러니 염라대왕이 지켜 선 맥이었지요.

옛날 화적들은 밤중에나 들어와서 대문이나 짓부수고 하지요. 그 덕에 잘 하면 도망이나 할 수 있지요. 한데 이건, 바로 대낮에 귀한 손님 행차하듯이 어엿이 찾아와서는, 한다는 짓이 그짓이니 꼼짝인들 할 수가 있었나요.

그래, 사천 원을 도무지 허망하게 내주고는, 윤 두꺼비는 망연자실해서 우두커니 한 식경이나 앉았다가, 비로소 방바닥에 떨어진 종잇장으로 눈이 갔습니다. 돈을 받았다는 영수증을 써 놓고 갔던 것입니다.

"허! 세상이 개명을 허닝개루 불한당 놈들두 개명을 히여서 영수징 써 주구 돈 뺏어 간다?"

윤 두꺼비는 빼앗긴 돈 사천 원이 아까워서 꼬박 이틀 동안, 그리고 세상이 또다시 옛날 화적이 횡행하던 그런 시절이나 되고 보면, 그 일을 장차 어찌하나 하는 걱정으로 꼬박 나흘 동안, 도합 엿새를 두고 밥맛과 단잠을 잃었습니다. 그런 뒤로도 다시 두어 번이나 그런 긴찮은 손님네를 치렀습니다. 돈은 그러나 한 푼도 뺏기지 않았습니다. 처음 겪은 일로 미루어 그 뒤로는 단돈 십 원도 집에다 두지를 않았으니까요. 시골서 돈을 많이 가지고 살면, 여러 가지 공과금이야, 기부금이야, 또 가난한 일가 푸네기들한테 뜯기는 것이야, 그런 것 때문에 성가시기도 하고, 또 제일 왈, 그 양복 입은 그런 나그네가 종시 마음 놓이지 않기도 하고 해서, 윤 두꺼비는 마침내 가권을 거느리고 서울로 이사를 했던 것입니다.

윤 두꺼비가 이윽고 세상이 평안한 뒤엔 집안의 문벌 없음을 섭섭히 여겨 가문을 빛나게 할 필생의 사업으로 네 가지 방책을 추렸습니다. 맨 처음은 족보에다가 도금을 했습니다. 그럼직한 일가들을 추겨 가지고 보소(譜所)를 내놓고는, 윤두섭의 제 몇 대 윤아무개는 무슨 정승이요, 제 몇 대 윤아무개는 무슨 판서요, 제 몇 대 아무개는 효자요, 제 몇 대 아무 부인은 열녀요, 이렇게 그럴싸하니 족보를 새로이 꾸몄습니다. 땅 짚고 헤엄치기지요.

그러노라고 한 이천 원 돈이 들었습니다. 그렇지만 일이 수나로운 만큼, 그러한 족보 도금이야 조상치레나 되었지, 그리 신통할 건 없었습니다. 아무 데 내놓아도 말대가리 윤용규 자식 윤 두꺼비요, 노름꾼 윤용규의 자식 윤두섭인걸요. 자연, 허천들린 뱃속처럼 항상 뒤가 헛헛하던 것입니다.

신 씨 성 가진 친구를 잔나비라고 육장 놀려 주면, 그래 그러던 끝에 그 신 씨가 동물원엘 가서 잔나비를 보면 어찌 생각이 이상하고, 내가 정말 잔나비거니 여겨지는 수가 있답니다. 그 푼수로, 누구 사음이나 한 자리 얻어 할 양으로 보비위나 해 주려는 사람이, 윤 두꺼비네의 그 신편 족보를 외워 가지고 다니면서 매일 몇 번씩 윤정승 아무개 씨의 제 몇 대손 윤두섭 씨, 윤판서 아무개 씨의 제 몇 대손 윤두섭 씨, 이렇게 대고 불러 주었으면, 가족보나마 적이 실감이 나서, 듣는 당자도 좋아하고 하겠지만, 어디 그런 영리하고도 실없는 사람이야 있나요. 혹은 작곡을 해 가지고 그것을 시체 유행 가수를 시켜 소리판에다 넣어서 육장 틀어 놓고 듣는다면 모르지요마는.

족보는 아무튼 그래서 득실이 상반이었고, 그다음은 윤 두꺼비 자신이 척 벼슬을 한자리 했습니다. 시골은 향교라는 게 있어서, 공자님 맹자님을 비롯하여 옛날 여러 성현을 모시는 공청이 있습니다. 춘추로 소를 잡고 돼지를 잡고 해서 제사를 지내고 하지요. 돌이켜서는 그게 바로 학교더랍니다. 이 향교의 맨 우두머리 가는 어른을 직원(直員)이라고 합니다.

직원을, 옛날에는 그 골에서 학문과 덕망이 높은 선비가 여러 사람의 촉망으로 뽑혀서 지내곤 했는데, 근년 향교의 재정이며 모든 범백을 군청에서 맡아 보게 된 뒤로부터는 전과는 기맥이 좀 달라졌는지, 장의(掌議)라고, 바로 직원의 아랫길 가는 역원들이 있는데 그 사람들한테 사음이며 농토 같은 것을 줄 수 있는 다액 납세자라면 직원 하나쯤 수월한 모양입니다.

윤 두꺼비로서야 과거를 보아 벼슬을 해서 양반이 되겠습니까, 능참봉을 하겠습니까. 아쉰 대로 향교 직원이 만만했지요. 그래 그는 직원이 되었습니다. 그래서 윤두섭이란 석 자 위에 무어나 직함이 붙기를 자타가 갈망하던 끝이라 윤 두꺼비는 넙죽 뛰어 윤 직원 영감이 되었던 것입니다. 그 뒤로 삼 년 동안, 윤 두꺼비(가 아니라) 윤 직원 영감은 직원으로 지내면서 춘추 두 차례씩 향교에 올라가,

"흥."

"바이."

소리에 맞추어 누가 기운이 더 세었던지 모르는 공자님과 맹

자님을 비롯하여 여러 성현께 절을 하는 양반이요, 선비 노릇을 착실히 했습니다. 공자님과 맹자님이 누가 기운이 더 세었던지 모르겠다는 말은, 윤 직원 영감이 창조해 낸 억만고의 수수께끼랍니다. 다른 게 아니라, 어느 해 여름인데 윤 직원 영감이 향교엘 척 올라오더니 마침 풍월을 하느라고 흥얼흥얼하고 앉았는 여러 장의와 선비들더러 밑도 끝도 없이,

"대체 거, 공자님허구 맹자님허구 팔씨름을 히였으면 누가 이겼으꼬?"

하고 물었더랍니다.

장의와 선비들은 웃어야 할지 울어야 할지 분간 못 해서 입만 떡 벌렸고, 아무도 윤 직원 영감의 궁금증을 풀어 주지는 못했답니다. 삼 년 동안 직원을 지내다가, 서울로 이사를 해 오는 계제에 그 직책을 내놓았습니다. 그러나 직원이라는 영광스런 직함은, 공자님과 맹자님이 팔씨름을 했으면 누가 이겼을까? 하는 수수께끼로 더불어 영원히 쳐졌던 것입니다.

그다음, 윤 직원 영감이 집안 문벌을 닦는 데 또 한 가지의 방책은 무어냐 하면, 양반 혼인이라는 좀 더 빛나는 사업이었습니다. 외아들(서자 하나가 있기는 하니까 외아들이랄 수는 없지만 아무튼) 창식은 나이 근 오십 세요, 벌써 옛날에 시골서 아전 집과 혼인을 했던 터이라 치지도외하고, 딸은 서울 어느 양반집으로 시

집을 보냈습니다. 오막살이에 가랑이가 찢어지게 가난한 집인데, 그나마 방정맞게시리 혼인한 지 일 년 만에 사위가 전차에 치여 죽고, 딸은 새파란 과부가 되어 지금은 친정살이를 하지만, 아무려나 양반 혼인은 양반 혼인이었습니다.

또 맏손자며느리는 충청도의 박 씨네 문중에서 얻어 왔습니다. 역시 친정이 가난은 해도 패를 찬 양반의 씹니다.

둘째손자며느리는 서울 태생인데, 시구문 밖 조 씨네 집안이나, 그렇다고 배추장수네 딸은 아니고, 파계를 따지면 조 대비와 서른일곱 촌인지 아홉 촌인지 된다고 합니다.

이렇게 해서 버젓하게 양반 사돈을 세 집이나 두게 된 것은 윤 직원 영감으로 가히 한바탕 큰기침을 할 만도 합니다.

그다음 마지막 또 한 가지가 무엇이냐 하면, 이게 가장 요긴하고 값나가는 품목입니다. 집안에서 정말 권세 있고 실속 있는 양반을 내놓자는 것입니다.

군수 하나와 경찰서장 하나…….

게다가 마침맞게 손자가 둘이지요.

하기야 군수보다는 도장관(도지사)이 좋겠고, 경찰서장보다는 경찰부장이 좋기는 하겠지만, 그건 너무 첫술에 배불러지라는 욕심이라 해서, 알맞게 우선 군수와 경찰서장을 양성하던 것입니다.

마음의 빈민굴

윤 직원 영감은 그처럼 부민관의 명창대회로부터 돌아와서, 대문 안에 들어서던 길로 이 분풀이, 저 화풀이를 한데 얹어 그 알뜰한 삼남이 녀석을 데리고 며느리 고 씨더러, 짝 찢을 년이 니 오두가 나서 그러느니 한바탕 귀먹은 욕을 걸쭉하게 해 주고 나서야 적이 직성이 풀려, 마침 또 시장도 한 판이라 의관을 벗고 안방으로 들어갔습니다.

아랫목으로 펴 놓은 돗자리 위에 방 안이 온통 그들먹하게시리 발을 개키고 앉아 있는 윤 직원 영감 앞에다가, 올망졸망 사기 반상기가 그득 박힌 저녁상을 조심스레 가져다 놓는 게 둘째손자며느리 조 씹니다. 방금, 경찰서장감으로 동경 가서 어느

사립대학의 법과에 다니는 종학의 아낙입니다.

서울 태생이요, 조 대비의 서른일곱 촌인지 아홉 촌인지 되는 양반집 규수요, 시구문 밖이 친정이기는 하지만 배추장수 딸은 아니라도 학교라곤 근처에도 못 가 보았고 얼굴은 얇디얇은 납작 바탕에 주근깨가 다닥다닥 박혀서, 그닥 출 수는 없는 인물입니다. 그런 중에도 더욱 안된 건 잡아 뽑아 놓은 듯이 뚜하니 나온 위아래 입술입니다. 이 쑥 나온 입술로, 그 값을 하느라고 그러는지 새수빠진 소리를 그는 퍽도 잘 합니다. 새서방 종학이한테 눈 밖에 나서 소박을 맞는 것도, 죄의 절반은 그 입술과 새수빠진 소리 잘 하는 것일 겝니다.

종학은 동경으로 유학을 가면서부터 아주 털어 내놓고서 이혼을 해 달라고 줄창 치듯 편지로 집안 어른들을 졸라 대지만, 윤 직원 영감으로 앉아서 본다면 천하 불측한 놈의 소리지요.

아무튼 그래서 생과부가 하나…….

밥상 뒤를 따라 쟁반에다가 양은 주전자에 술잔을 받쳐 들고 들어서는 게 맏손자며느리 박 씹니다. 이 집안의 엉덩어립니다. 얌전하고 바지런해서, 그 크나큰 안살림을 곧잘 휘어 나가고, 게다가 시할아버지의 보비위까지 잘하니 더할 나위 없습니다. 인물도 얼굴이 동그름하고 눈이 시원스럽게 생겨서, 올해 나이 서른이로되 도리어 스물다섯 살 먹은 동서보다 젊어 보입니다.

다만 한 가지, 맏아들 경손이 금년 열다섯 살인 것, 아직도 아우를 못 보는 게 흠이라면 흠이라고 하겠지만, 하기야 손이 귀한 건 이 집안의 내림이니까요.

한데, 이 여인 역시 신세가 고단한 편입니다. 무슨 소박이니 공방이니 하는 문자까지 가져다 붙일 것은 없어도 남편이요, 이 집안의 장손인 종수가 시골로 내려가서 첩살림을 하기 때문에, 할 수 없이 생과부 축에 끼지 않을 수가 없던 것입니다.

종수는 윤 직원 영감의 가문을 빛내기 위한 네 가지 사업 가운데 군수와 경찰서장을 만들어 내려는 품목 중에 편입된, 그 군수 재목입니다. 그래 오륙 년 전부터 고향의 군에서 군서기 노릇을 하느라고, 서울서 들인 기생첩을 데리고 치가를 하는 참이랍니다.

이래서 생과부가 둘……

맏손자며느리 박 씨가 들고 들어오는 술반을 받아 가지고 윗목 화로 옆으로 다가앉아 술을 데우는 게, 윤 직원 영감의 딸 서울 아씨라는 진짜 과붑니다. 양반 혼인을 하느라고, 서울 어느 가랑이가 찢어지게 가난한 집으로 시집을 갔다가, 새서방이 일 년 만에 전차에 치여 죽어서 과부가 된 그 여인입니다.

이마가 좁고 양미간이 넓고, 콧잔등은 푹신 가라앉고, 온 얼굴에 검은 깨를 끼얹어 놓았고, 목이 옴츠러지고, 이런 생김새가 아닌 게 아니라 청승맞게는 생겼습니다.

"네가 소갈머리가 고따우루 생깄으닝개루, 저 나이에 서방을 잡어먹었지!"

윤 직원 영감은 딸더러 이렇게 미운 소리를 곧잘 하곤 합니다. 그러나 그런 말을 할 때면, 소갈머리뿐 아니라 생김새도 그렇게 생겨 먹었느니라고 으레 생각을 합니다.

젊은 과부다운 오뇌는 없지 않지만, 자라기를 호강으로 자랐고, 또 이내 포태도 해 보지 못했기 때문에, 스물여덟이라는 제 나이보다 훨씬 앳되기는 합니다.

이래서 생과부, 통과부 등 합하여 과부가 셋……

그러나 과부가 셋뿐인 건 아닙니다. 시방 건넌방에서 잔뜩 도사리고 앉아, 무어라고 트집거리가 생기기만 하면 시아버지 되는 윤 직원 영감과 한바탕 맞다대기를 할 양으로 벼르고 있는 이 집의 맏며느리 고 씨, 이 여인 또한 생과붑니다.

그리고 또 아까 안중문께로 나갔다가 마침 윤 직원 영감이 삼남이 녀석을 데리고 서서 며느리 고 씨더러 군욕질을 하는 걸 듣고 들어와서는, 그 말을 댓 발이나 더 잡어 늘여 고 씨한테 일러바친 침모 전주댁, 이 여인이 또 진짜 과붑니다.

이래서 이 집안에 과부가 도합 다섯입니다. 도합이고 무엇이고 명색 여인네치고는 행랑어멈과 시비 사월이만 빼놓고는 죄다 과부니 계산이야 순편합니다.

이렇게 생과부, 통과부, 떼과부로 과부 모를 부어 놓았으니 꽃모종이나 같았으면 춘삼월 제철을 기다려 이웃집에 갈라 주기나 하지요. 이건 모는 부어 놓고도 모종으로 갈라 줄 수도 없는 인간 모종이니 딱한 노릇입니다.

밥상을 받은 윤 직원 영감은 방 안을 한바퀴 휘 둘러보더니,

"태식은 어디 갔느냐?"

하고 누구한테라 없이 띄워 놓고 묻습니다.

윤 직원 영감이 인간 생긴 것치고 이 세상에서 제일 귀애하는 게 누구냐 하면, 시방 어디 갔느냐고 찾는 태식입니다.

지금 열다섯 살이고 나이로는 증손자 경손과 동갑이지만, 아들은 아들입니다. 그러나 본실 소생은 아니고, 시골서 술에미를 상관한 것이 그걸 하나 보았던 것입니다.

배야 뉘 배를 빌려 생겨났든 간에 환갑이 가까워서 본 막내둥이니, 아버지로 앉아서야 이뻐할 건 당연한 노릇이겠지요. 하물며 낳은 지 삼칠일 만에 어미한테서 데려다가 유모를 두고 집안의 뭇 눈치 속에서 길러 낸 천덕꾸러기니, 여느 자식보다 불쌍히 여겨서라도 한결 귀애할 게 아니겠다고요.

윤 직원 영감은 밥을 먹어도 꼭 태식을 데리고 같이 먹곤 하는데, 오늘 저녁에는 마침 눈에 뜨이지 않으니까 숟갈을 들려고

않고서 그 애를 먼저 찾던 것입니다.

윗목께로 공순히 서서 있던 두 손자며느리는, 이거 또 걱정을 한바탕 단단히 들어 두었나 보다고 송구해하는 기색만 얼굴에 드러내고 있고, 그러나 딸 서울 아씨는 친정아버지의 성화쯤 그다지 겁나지 않는 터라,

"방금 마당에서 놀았는걸!"

하고 심상히 대답을 하면서 술 주전자를 들고 밥상 옆으로 내려 옵니다.

"방금 있었넌디 어디루 갔단 말이냐? 눈에 안 뵈거덜랑 늬가 잘 동촉히여서, 찾어보구 좀, 그래야지……."

아니나 다를까, 윤 직원 영감은 딸더러 하는 소리는 소리지만, 온 집안 식구들한테다 대고 나무람을 하던 것입니다.

"동촉이구 무엇이구, 제멋대루 나가 돌아다니는 걸 어떻게 일일이 참견허라구 그러시우? 인젠 나이 열다섯 살이나 먹었으니 아버니두 제발 얼뚱애기 거천허드끼 그러시지 좀 마시우!"

"흥! 내가 그렇게라두 돌아부아 부아라……? 늬들이 작히 그걸 불쌍히 여겨서 조석이라두 제때 챙겨 멕이구 헐 듯싶으냐?"

"아버지가 너무 역성이나 드시구, 떠받아 주시구 그러시니깐 집안 식구는 다 믿거라구 모른 체헌다우!"

"말은 잘헌다만, 인제 나 하나 발 뻗어 부아라? 그것이 박적

(바가지) 들구 고살 담박질헐 티닝개."

"제 몫으루 천 석거리나 전장해 주실 테믄서 그러시우? 천석 꾼이 거지가 되믄 오백 석거리밖엔 못 탄 년은 금시루 기절을 해 죽겠수!"

서자요 병신인 태식이한테는 천 석거리를 못 지어 놓고, 서울 아씨 저한테는 오백 석거리밖엔 주지 않았대서, 그걸 물고 뜯는 수작입니다. 서울 아씨로는 육장 계제만 있으면 내놓는 불평이 지요.

이렇게 부녀가 태각태각하려고 하는 판인데, 방 윗미닫이가 사르르 열리더니 문제의 장본인 태식이 가만히 고개를 들이밀 고는 방 안을 휘휘 둘러봅니다. 그러다가 윤 직원 영감의 눈에 띄니까는 천둥한 것처럼 우당퉁탕 뛰어들어 윤 직원 영감의 커 단 무릎 위에 펄신 주저앉습니다.

그 서슬에 서울 아씨는 손에 들고 있던 술 주전자를 채고서 이맛살을 찌푸리고, 윤 직원 영감은 턱을 치받쳤으나 헤벌씸 웃 으면서,

"허허어 이 자식아, 원!"

하고 귀엽다고 정수리를 만져 줍니다.

상노 아이놈 삼남과 동기간이랬으면 꼭 맞게 생겼습니다.

열다섯 살이라면서, 몸뚱이는 네댓 살배기만큼도 발육이 안

되고, 그렇게 가냘픈 몸 위에 가서 깜짝 놀라게 큰 머리가 올라 앉은 게 하릴없이 콩나물 형국입니다.

"이 자식아, 좀 죄용죄용허지 못허구, 그게 무슨 놈의 수선이 냐? 응……? 이 코! 이 코 좀 보아라……."

엿가래 같은 누런 콧줄기가 들어 가지고는 숨을 쉴 때마다 이 건 바로 피스톤처럼 바쁘게 들락날락합니다.

"코가 나오거덜랑 휑 풀던지, 좀 씻어 달라구 허던지 않구서, 이게 무어란 말이냐? 응? 태식아……."

윤 직원 영감은 힐끔, 딸과 손자며느리들을 건너다보면서, 손 수 두 손가락으로 태식의 콧가래를 잡아 뽑아냅니다. 맏손자며 느리가 재치 있게 걸레를 집어 들고 옆으로 대령을 합니다.

"아빠!"

태식은 코를 풀리고 나서 고개를 되들고 아빠를 부릅니다.

"오냐?"

"나, 된……."

돈이란 말인데, 어리광으로 입을 가래비쌔고 말을 하니까 된 이 됩니다.

"돈? 돈은 또 무엇허게? 아까 즘심때두 주었지? 그놈은 갖다 가 무엇 히였간디?"

"아탕 사 먹었저."

"밤낮 그렇게 사탕만 사 먹어?"

"나, 된 주엉!"

"그리라……. 이놈은 잘 두었다 내일 사 먹어라? 응?"

"응."

윤 직원 영감이 염낭에서 십 전박이 한 푼을 꺼내 주니까, 아이는 히히 하고 그의 독특한 기성을 지르면서 무릎으로부터 밥상 앞으로 내려앉습니다.

윤 직원 영감은 이렇게 한바탕 막내둥이의 재롱을 보고 나서야, 서울 아씨가 부어 주는 석 잔 반주를 받아 마십니다. 그동안에 태식은 씨근버근 넘싯거리면서 밥상에 있는 반찬들을 들이 손가락으로 거덤거덤 집어다 먹느라고 정신이 없습니다. 집어다 먹고는 옷에다가 손을 쓱쓱 씻고 집어 오다가 질질 흘리고 해도 서울 아씨는 아버지 앞에서라 지청구는 차마 못 하고 혼자 이맛살만 찌푸립니다.

반주 석 잔이 끝난 뒤에 윤 직원 영감은 비로소 금으로 봉을 박은 은숟갈을 뽑아 들고 마악 밥을 뜨려다가 문득 고개를 쳐들더니 심상찮게 두 손자며느리를 건너다봅니다.

"아니, 야덜아……."

내는 말조가 과연 졸연찮습니다.

"늬들, 왜 내가 시키넌 대루 않냐? 응?"

두 손자며느리는 벌써 거니를 채고서 고개를 떨어뜨립니다.

윤 직원 영감은 밥이 새하얀 쌀밥인 걸 보고서, 보리를 두지 않았다고 그걸 탄하던 것입니다.

"보리, 벌써 다 먹었냐?"

"안직 있어요!"

맏손자며느리가 겨우 대답을 합니다.

"워낙 아직 있을 티지……. 그런디, 그러면 왜 이렇기 맨쌀만 히여 먹냐? 응?"

조져도 아무도 대답이 없습니다.

"그래, 내가 허넌 말은 동네 개 짖넌 소리만두 못 예기넝구나? 어찌서 보리넌 조깨씩 누아 먹으라닝개 쥑여라구 안 듣구서, 이렇게 허연 쌀만 쌂어 먹으러 드냐……?"

"그 궁상스런 소리 작작 허시우, 아버지두……."

서울 아씨가 듣다못해 아버지에게 핀잔을 주는 것입니다.

"쌀밥 좀 먹기루서니 만석꾼이 집안이 당장 망헐까 바서 그러시우? 마침 보리쌀을 삶은 게 없어서 그랬대요……. 고만두시구, 어여 진지나 잡수시우!"

"아니, 보리쌀은 삶잖구 그냥 누아 두면, 머 제절루 삶어진다더냐? 삶은 놈이 읂거던 다 요량을 히여서, 미리미리 조깨씩 삶어 두구 끄니때면 노아 먹어야지! 그게 늬덜이 모다 호강스러

서 보리밥이 멕기 싫으닝개루 펑계 대넌 소리다, 펑계 대넌 소
리여. 공동뫼지를 가 부아. 펑계 읎넌 무덤 하나 있데야……?"

윤 직원 영감은 아까운 듯이 밥을 한술 떠 넣고 씹으면서, 씹
으면서 생각하니 더욱 아깝던지, 또다시 뇌사립니다. 자기 자신
이 부연 쌀밥만 먹기가 아깝거든, 이 아까운 쌀밥을 온 집안 식
구와 심지어 종년이며 행랑것들까지 다들 먹을 것이고, 솥글겅
이와 밥티가 쌀밥인 채로 수챗구멍으로 흘러 나갈 일을 생각하
면, 그야 소중하고 아깝기도 했을 겝니다.

"글씨 야덜아, 그 보리밥이랑게, 사람 몸에 무척 좋단다. 또 먹
기루 말허더래두 볼깡볼깡 십히닝게 맨쌀밥만 먹기보다는 훨
씬 입맛이 나구……. 그런디 늬덜은 왜 그걸 안 먹으러 드냐?"

태식이 밥을 먹느라고 째금째금 시근버근 요란을 떨 뿐이지,
아무도 대답이 없고, 두 손자며느리는 그저 지당하신 말씀이십
니다고 순종하겠다는 빛을 얼굴에 드러내기에 애가 쓰입니다.

"그러나마 늬덜더러 구찬헌 보리방애를 찌여 먹으랬세 말
이지, 아 시골서 작인덜 시키서 대껴서, 그리서 올려 온 것이니,
흔헌 물으다가 북북 씻어서 있는 나무에 푹신 삶어 두구 조깨씩
노아 먹기가 그리 심이 들 게 무어란 말이냐……? 허어, 참 딱헌
노릇이다……!"

말을 잠깐 멈추더니, 그다음엔 썩 구수허게 음성도 부드럽게,

"야덜아, 그러구 말이다, 거 보리밥이 그런 성불러두, 그걸 노상 먹느라면 글씨, 애기 못 낳던 여인네가 포태를 헌단다! 포태를 헌대여! 응?"

과부나 생과부가 남편이 없이 공규는 지켜도 보리밥만 노상 먹노라면 아기를 밴단 말이겠다요. 그러나 그 말의 반응은 실로 효과 역력했습니다. 한 것이, 맏손자며느리는, 그렇다면 내일 아침부터 꼭꼭 보리밥을 먹어야 하겠다고 좋아했고, 둘째손자 며느리는 아무려나 나도 먹어는 보겠다고 유념을 했고, 서울 아씨는 나도 먹었으면 좋겠는데, 하는 생각을 했으니 말입니다.

다만, 이편 건넌방에서 시방 싸움을 잔뜩 벼르고 앉아 있는 며느리 고 씨만은, 저 영감태기가 또 능청맞게 애들을 속여 먹는다고 안방으로 대고 눈을 흘깁니다.

참말이지 조금만 무엇했으면, 우르르 쫓아와서 그 허연 수염을 움켜쥐고 쌀쌀 들이잡아 동댕이를 쳐 주고 싶게 하는 짓이 일일이 밉광머리스럽습니다.

이 고 씨는, 말하자면 이 세상 며느리의 썩 좋은 견본이라고 하겠습니다.

'암캐 같은 시어머니, 여우나 꽁꽁 물어가면 안방 차지도 내 차지, 곰방조대도 내 차지.'

대체 시어머니라는 종족이 며느리라는 종족한테 얼마나 야속스러운 생물이거드면, 이다지 박절할 속담까지 생겼습니다.

열여섯 살에 시집을 온 고 씨는 올해 마흔일곱이니, 작년 정월 시어머니 오 씨가 죽는 날까지 꼬박 삼십일 년 동안 단단히 그 시집살이라는 걸 해 왔습니다.

사납대서 살쾡이라는 별명을 듣고, 인색하대서 진지리꼽재기라는 별명을 듣고, 잔말이 많대서 담배씨라는 별명을 듣고 하던 시어머니 오 씨(그러니까 바로 윤 직원 영감의 부인이지요.), 그 손 밑에서 삼십일 년 동안 서러운 눈물 많이 흘리고 고 씨는 시집살이를 해 오다가, 작년 정월에야 비로소 그 압제 밑에서 해방이 되었습니다. 남의 집 종으로 치면 속량이나 된 셈이지요. 그러나 막상 이 고 씨라는 여인이 하 그리 현부였더냐 하면 그런 것도 아닙니다. 하기야 아무리 흠잡을 데 없이 얌전스럽고 덕이 있고 한 며느리라도, 야속한 시어머니한테 걸리고 보면 반찬 먹은 개요, 고양이 앞에 쥐요 하지 별수가 없는 것이지만, 고 씨로 말하면 사람이 몸집 생김새와 같이 둥실둥실한 게 후덕하기는 하나, 대단히 이퉁이 세어 한 번 코를 휘어붙이면 지렛대로 떠 곤질러도 꿈쩍을 않고, 또 몹시 거만진 성품까지 없지 않습니다. 사상의더러 보라면 태음인이라고 하겠지요.

그래 아무튼 고 씨는, 그 말썽 많은 시집살이 삼십일 년을 유난히 큰 가대를 휘어잡아 가면서 그래도 쫓겨난다는 큰 파탈은 없이 오늘날까지 살아왔습니다. 그러는 동안에 종수와 종학 두 아들을 낳아서 윤 직원 영감으로 하여금 군수와 경찰서장을 양성할 동량도 제공했고, 그리고 이제는 나이 마흔일곱에 근 오십이요, 머리가 반백에, 손자 경손이 중학교 이 년급을 다니게까지 되었던 것입니다.

그러자 계제에, 작년 정월에는 암캐 같은 시어머니였든지 테리어 같은 시어머니였든지 간에 좌우간, 그 시어머니 오 씨가 여우가 꽁꽁 물어 간 것은 아니나 당뇨병으로 세상을 떠났고, 그러므로 주부의 자리가 비었은즉 제일 첫째로 며느리인 고 씨가 곰방조대야, 피종을 피우는 터이니 차지를 안 해도 상관없겠지만, 안방 차지는 응당히 했어야 할 게 아니겠다구요?

장모는 사위가 곰보라도 이뻐하고, 시아버지는 며느리가 뻐드렁이에 애꾸눈이라도 이뻐는 하는 법인데, 윤 직원 영감은 어떻게 된 셈인지 며느리 고 씨를 미워하기를 그의 부인 오 씨 못잖게 미워했습니다. 노마나님 오 씨의 초종범절을 치르고 나서, 서울 아씨가 올케 되는 고 씨한테 안방을 (섭섭하나마) 내줘야 하게 된 차인데 윤 직원 영감이 척 간섭을 한다는 말이…….

"야야! 너두 아다시피 내가 조석을 꼭꼭 안방에 들와서 먹넌디, 아 늬가 안방을 네 방이라구 이름 지어 갖구 있을 양이면 내가 편찮히여서 어디 쓰겄냐? 그러니 나 죽넌 날까지나 그냥저

냥 웃방(건넌방)을 쓰구 지내라."

핑계야 물론 그럴듯합니다. 그래서 안방은 노마나님 오 씨의 시체만 나갔을 뿐이지 전대로 서울 아씨가 태식을 데리고 거처를 하고, 고 씨는 건넌방에 눌러 있게 되었던 것입니다.

"흥! 만만한 년은 제 서방 굿도 못 본다더니, 나는 두 다리 뻗는 날까지 접방살이(곁방살이, 행랑살이) 못 면헐걸!"

고 씨는 방 때문에 비위가 상할 때면 으레 이런 구느름을 잊지 않곤 합니다. 그러나 고 씨의 억울한 건 안방 차지를 못 하는 것 따위만이 아닙니다.

시어머니 오 씨는 마지막 숨이 지는 그 시각까지도 며느리 고 씨를 못 먹어 했습니다.

"오냐, 인재년 지긋지긋허던 내가 급살 맞어 죽으닝개, 시언 허구 좋아서 춤출 사람 있을 것이다!"

이건 물론 며느리 고 씨를 물고 뜯는 말이요, 이제 자기가 죽고 나면 며느리 고 씨가 집안의 안어른이 되어 가지고 마음대로 휘둘러 가면서 지낼 터라서, 그 일을 생각하면 안타깝고 밉고 하여 숨이 넘어가는 마당에서까지 그대도록 야속한 소리를 했던 것입니다.

미상불 고 씨는 어머니의 거상을 입으면서부터 기를 탁 폈습니다. 예를 들자면 드리없지만, 가령 밤늦게까지 건넌방에서 아

무리 성냥 긋는 소리가 나도 이튿날 새벽같이,

"밤새두룩 담배질만 허니라구 성냥 열일곱 번 그신(그은) 년이 어떤 년이냐?"

하고 야단을 치는 사람이 없어, 잠 못 이루는 밤을 담배로 동무 삼아 밝히기도 무척 임의로웠습니다.

또 나들이를 한 사이에 건넌방 문에다가 못질을 해서 철갑을 하는 꼴을 안 당하게 된 것도 다 좋은 일입니다.

그러나 그렇게 기만 조금 펴고 지내게 되었을 뿐이지, 실상 아무 실속도 없고 말았습니다. 시아버지 윤 직원 영감이 처결하기를, 집안의 살림살이 전권이 마땅히 물려받아야 할 주부 고 씨는 젖혀 놓고서, 한 대를 껑충 건너뛰어 손자대로 내려가게 했던 것입니다. 고 씨의 며느리 되는 종수의 아낙인 박 씨, 즉 윤 직원 영감의 맏손자며느리가 시할머니의 뒤를 바로 이어서 집안의 안살림을 도맡아 하게 되었던 것입니다.

그러고 보니, 묻지 않아도 내가 주부로 들어앉아 며느리를 거느리고 집안 살림을 해 가는 어른이 되겠거니 했던 고 씨는 그만 개밥의 도토리가 되어 버리고, 도리어 시어머니 오 씨 대신에 며느리 박 씨한테 또다시 시집살이를 하게쯤 된 셈평이었습니다. 선왕의 뒤를 이어 즉위는 했으나 권력은 왕자가 쥐게 된 그런 판국과 같다고 할는지요.

그런 데다 시아버지 윤 직원 영감은, 죽고 없는 마누라 몫까지 해서 갈수록 더 못 먹어 으릉으릉 뜯지요. 시누이 되는 서울 아씨는, 내가 주장입네 하듯이 안방을 차지하고 누워서 사사이 할퀴려 들지요. 그런데 또 더 큰 불평과 심홧거리가 있으니……

고 씨는 시방 동경엘 가서 경찰서장감으로 공부를 하고 있는 둘째아들 종학을 낳은 뒤로부터 스물네 해 이짝, 남편 윤 주사 창식과 금실이 뚝 끊겨 생과부로 좋은 청춘을 늙혀 버렸습니다.

윤 주사는 시골서부터 첩장가를 들어 딴살림을 했고, 서울로 올라올 때도 그 첩을 데리고 와서 지금 동대문 밖에다가 치가를 하고 있습니다.

그리고 요새는, 그새까지는 별로 않던 짓인데 새 채비로 기생첩 하나를 더 얻어서 관철동에다 살림을 차려 놓고는, 이 집으로 가서 놀다가 저 집으로 가서 누웠다 하며 지냅니다.

그리고는 본집에는 돈이나 쓸 일이 있든지, 또 부친 윤 직원 영감이 두 번, 세 번 불러야만 마지못해 오곤 하는데, 오기는 와도 사랑방에서 부친이나 만나 보고 그대로 횡하게 돌아가지, 안에는 도무지 발걸음도 않습니다.

이 윤 주사라는 사람은 성미가 그의 부친 윤 직원 영감과는 딴판이요, 좀 호협한 푼수로는 그의 조부 말대가리 윤용규를 닮았다고나 할는지, 그리고 살쾡이요, 진지리꼽재기요, 담배씨라던 그의 모친 오 씨와는 더욱 딴 세상 사람입니다.

도무지 철을 안 이후로 나이 마흔여섯이 되는 이날 이때까지 남과 언성을 높여 시비 한 번인들 해 본 적이 없습니다.

남이 아무리 낮게 해야, 그저 그런가 보다고 모른 체할 따름이지, 마주 대고 궂은소리라도 하는 법이 없습니다. 본시 사람이 이렇게 용하기 때문에 그를 낮아하는 사람도 별반 없지만……

가산이고 살림 같은 것은 전혀 남의 일같이 불고하고, 또 거두잡아서 제법 살림살이를 할 줄도 모릅니다. 부친 윤 직원 영감의 말대로 하면, 위인이 농판이요, 오십이 되도록 철이 들지를 않아서 세상일이 죽이 끓는지 밥이 넘는지 통히 모르고 지내는 사람입니다. 미워서 꼬집자면 그렇게 말도 할 수가 없는 건 아니겠지요. 그러나 또 좋게 보자면 세상 물욕을 초탈한 사람이라고도 하겠지요. 누가 어려운 친척이나 친구가 찾아와서 아쉬운 소리를 할라치면, 차마 잡아떼지를 못하고서 있는 대로 털어 줍니다. 남이 빚 얻어 쓰는 데 뒷도장 눌러 주고는 그것이 뒤집혀 집행을 맞기가 일쑤입니다.

윤 직원 영감은 몇 번 그런 억울한 연대 채무란 것에 몇 만 원 돈 손을 보던 끝에 이래서는 못쓰겠다고 윤 주사를 척 준금치산

선고를 시켜 버렸습니다.

그렇지만 그랬다고 쓸 돈 못 쓸 리는 없는 것이어서, 윤 주사는 준금치산 선고를 받은 다음부터는 윤두섭이라는 부친의 도장을 새겨서 쓰곤 합니다.

윤두섭의 아들 윤창식이가 찍은 도장이면 그것이 위조 도장인 줄 알고서도 몇 천 원, 몇 만 원의 수형을 받아 주는 사람이 수두룩하고, 차용 증서도 그 도장으로 통용이 되니까요.

나중에 가서 일이 뒤집어지면 윤 직원 영감은 그래도 자식을 인장 위조죄로 징역은 보낼 수가 없으니까, 그런 걸 울며 겨자 먹기라든지, 할 수 없이 그 수형이면 수형, 차용 증서면 차용 증서를 물어 주곤 합니다.

윤 주사 창식 그는 아무튼 그러한 사람으로서, 밤이고 낮이고 하는 일이라고는 쌍스럽지 않은 친구 사귀어 두고 술 먹으러 다니기, 활쏘기, 제철 따라 승지로 유람 다니기, 옛 한서 모아 놓고 뒤지기, 한시 지어서 신문사에 투고하기, 이 첩의 집에서 술 먹다가 심심하면 저 첩의 집으로 가서 마작하기, 도무지 유유자적한 게 어떻게 보면 신선인 것처럼이나 탈속이 되어 보입니다.

물론 첩질이나 하고, 마작이나 하고, 요정으로 밤을 도와 드나드는 걸 보면 갈데없는 불량자고요.

사람마다 이상한 괴벽은 다 한 가지씩 있게 마련인지, 윤 주사 창식도 야릇한 편성이 하나 있습니다. 그가 마음이 그렇듯 활협하고 남의 청을 거절 못 하는 인정 있는 구석이 있다는 소문을 듣고서, 어느 교육계의 명망 유지 한 사람이 그의 문을 두드린 일이 있었습니다.

소간은 그 명망 유지 씨가 후원을 하고 있는 사학 하나가 있는데, 근자에 재정이 어렵게 되어 계제에 돈을 한 이십만 원 내는 특지가가 있으면 그 나머지는 달리 수합을 해서 재단의 기초를 완성시키겠다는 것이고, 그러니 윤 주사더러 다 좋은 사업인즉 십만 원이고 이십만 원이고 내는 게 어떠냐고, 참 여러 가지 말과 구변을 다해 일장 설파를 했습니다.

윤 주사는 자초지종 그러냐고, 아 그러다뿐이겠느냐고, 연해 맞장구를 쳐 주어 가면서 듣고 있다가 급기야 대답할 차례에 가서는 한단 소리가,

"학교가 없어서 공부를 못 하기보다는 돈이 없어서 있는 학교도 못 다니는 사람이 많지 않습니까?"

하고 엉뚱한 반문을 하더라나요. 그래 명망 유지 씨는 신명이 풀려, 두어 마디 더 이야기를 하다가 돌아갔습니다.

아닌 게 아니라, 윤 주사는 남의 사정을 쏙쏙히 보아 주는 사람이면서도 공공사업이나 자선사업 같은 데는 죽어라고 일전 한 푼 쓰지를 않습니다.

부친 윤 직원 영감은 그래도 곧잘 기부는 하는 셈이지요. 시골서 살 때엔 경찰서의 무도장을 독담으로 지어 놓았고, 소방대에다가 백 원씩, 오십 원씩 두어 번이나 기부를 했고, 보통학교 학급 증설 비용으로 이백 원 내놓은 일이 있었고, 또 연전 경남 수재 때에는 벙어리를 새로 사다가 동전으로 일 원 칠십이 전을 넣어서 태식을 주어서 신문사로 보내서 사진까지 신문에 난 일이 있는걸요. 그 위대한 사진 말입니다.

그러나 윤 주사 창식은 도무지 그런 법이 없습니다. 영 졸리다 졸리다 못하면, 온 사람을 부친 윤 직원 영감한테 슬그머니 따 보내 버릴망정 기부 같은 건 막무가내로 하지를 않습니다.

속담에, 부자라는 건 한정이 있다고 합니다. 가령 천석꾼이 부자면 천 석까지 먹이 찬 뒤엔, 또 만석꾼이 부자면 만 석까지 먹이 찬 뒤엔, 그런 뒤에는 항상 그 근처에서 오르고 내리고 하지, 껑충 뛰어넘어서 한정 없이 불어 나가지는 못한다는 그 뜻입니다. 미상불 그렇습니다. 가령 윤 직원 영감만 놓고 보더라도, 일년에 벼로다가 꼭 만 석을 받은 지가 벌써 십 년이 넘습니다. 그러니 그게 매년 십만 원씩 아닙니까?

또 현금을 가지고 수형을 해서, 일 년이면 이삼만 원씩 새끼를 칩니다.

그래서 매년 수입이 십 수만 원이니 그게 어딥니까? 가령, 세

납이야 무엇이야 해서 일반 공과금과 가용을 다 쳐도 그 절반 오륙만 원이 다 못 될 겝니다. 그렇다면 그 나머지 오륙만은 해마다 처져서, 십 년 전에 만 석을 받은 백만 원짜리 부자랄 것 같으면, 십 년 후 시방은 백오십만 원의 일만 오천 석짜리 부자가 되었어야 할 게 아니겠습니까? 그런데 글쎄, 그다지도 가산 늘리기에 이골이 난 윤 직원 영감이건만 십 년 전에도 만석, 십 년 후 시방도 만석……. 그렇습니다그려.

그렇다고 윤 직원 영감이 무슨 취리에 범연해서 그랬겠습니까? 결국 아들 창식이 그런 낭비를 하고, 또 맏손자 종수가 난봉을 부리고, 군수를 목표한 관등의 승차에 관한 운동비를 쓰고 그러는 통에 재산이 그 만석에서 더 붇지를 못하고 답보를 한 거랍니다.

윤 직원 영감은 가끔 창식의 그런 빚을 물어 주느라고 사뭇 날뛰면서, 단박 물고라도 낼 듯이 호령호령, 그를 잡으러 보냅니다. 그러나 창식은 부친이 한 번쯤 불러서는 냉큼 와 보는 법이 없고, 세 번, 네 번 만에야 겨우 대령을 합니다.

"야, 이 수염 잡어 뽑을 놈아, 이놈아!"

윤 직원 영감은 혼자서 실컷 속을 볶다가 아들이 척 들어와서 시침을 뚝 따고 앉는 양을 보면, 마구 속이 지레 터질 것 같아 냅다 욕이 먼저 쏟아져 나옵니다.

그렇다 치면 창식은 아주 점잖게,

"아버지두 무슨 말씀을 그렇게 허십니까……!"

하고 되레 부친을 나무랍니다.

"아, 손자 놈들이 다 장성을 허구, 경손이 놈두 전 같으면 벌써 가속을 볼 나인데, 그것들이 번연히 듣구 보구 하는 걸, 아버지는 노오 말씀을 그렇게……."

"아니, 무엇이 어찌여?"

윤 직원 영감은 그만 더 말을 못 합니다. 노상 아들한테 입 더럽게 놀린다고 핀잔을 먹은 그것을 부끄러워할 윤 직원 영감이 아니건만, 어쩐 일인지 그는 아들 창식이한테만은 기를 펴지를 못합니다.

혼자서야, 이놈이 오거든 인제 어쩌구저쩌구 단단히 닦달을 하려니 하고 굉장히 벼르지요. 그렇지만 딱 마주쳐서는 첫마디에 기가 죽어 버리고 되레 꼼짝을 못 합니다.

"그놈이 호랭이나 화적보담두 더 무선 놈이라닝개! 천하 무선 놈이여!"

윤 직원 영감은 늘 이렇게 아들을 무서운 놈으로 칩니다. 그러니 세상에 겁날 것이 없이 지내는 윤 직원 영감을 힘으로도 아니요, 아귓심도 아니요, 총으로 아니면서 다만 압기로다가, 그러나마 극히 유순한 것인데, 그것 하나로다가 그저 꼼짝 못하게 할 수 있는 창식은 미상불 호랑이나 화적보다 더 무서운 사람일 수밖에 없는 것입니다.

번번이 그렇게 윤 직원 영감은 꼼짝도 못 하고서는 할 수 없이 한단 소리가,

"돈 내누아라, 이놈아……! 네 빚 물어 준 돈 내누아!"

"제게 분재시켜 주실 데서 잡아 까시지요!"

창식은 종시 시치미를 떼고 앉아서 이렇게 대답을 합니다.

윤 직원 영감은 그제는 아주 기가 탁 막혀서 씨근버근하다가,

"뵈기 싫다, 이 잡어 뽑을 놈아!"

하고 고함을 치고는 돌아앉아 버립니다.

이래서 결국 윤 직원 영감이 지고 마는 싸움은 싸움이라도, 한 달에 많으면 두세 번 적어서 한 번쯤은 싸움을 해야 합니다.

이런 빚 조건으로 생긴 싸움이, 아들 창식뿐 아니라 맏손자 종수하고도 종종 해야 하니, 엔간히 성가실 노릇이긴 합니다.

또 그런 빚을 물어 주는 싸움은 아니라도, 윤 직원 영감은 가끔 딸 서울 아씨와도 싸움을 해야 합니다. 작은손자며느리와도 싸움을 해야 하고, 방학에 돌아오는 작은손자 종학과도 싸움을 해야 합니다. 며느리 고 씨하고는 말할 것도 없고, 사랑방에 있는 대복이나 삼남과도 싸움을 해야 합니다.

맨 웃어른 되는 윤 직원 영감이 그렇게 싸움을 줄창 치듯 하

는가 하면, 일변 경손은 태식과 싸움을 합니다.

서울 아씨는 올케 고 씨와 싸움을 하고, 친정 조카며느리들과 싸움을 하고, 경손과 싸움을 하고, 태식과 싸움을 하고, 친정아버지와 싸움을 합니다.

고 씨는 시아버지와 싸움을 하고, 며느리들과 싸움을 하고, 시누이와 싸움을 하고, 다니러 오는 아들과 싸움을 하고, 동대문 밖과 관철동의 시앗집엘 가끔 쫓아가서는 들부수고 싸움을 합니다.

그래서 싸움, 싸움, 싸움, 사뭇 이 집안은 싸움을 근저당해 놓고 씁니다. 그리고 그런 숱한 여러 싸움 가운데 오늘은 시아버지 윤 직원 영감과 며느리 고 씨와의 싸움이 방금 벌어질 켯속입니다.

관전기

고 씨는 그리하여, 그처럼 오랫동안 생수절을 하고 살아오다가 마침내 단산할 나이에 이르렀습니다. 여자 아닌 여자로 변하는 때지요.

이때를 당하면 항용의 좋은 부부생활을 해 오던 여자라도 히스테리라든지 하는 이상야릇한 병증이 생기는 수가 많답니다. 그런 걸 고 씨로 말하면, 이십오 년 청춘을 홀로 늙히다가, 이제 바야흐로 여자로서의 인생을 오늘 내일이면 작별하게 되었은즉, 가령 히스테리를 젖혀 놓고 보더라도 마음이 안존할 리가 없을 건 당연한 노릇이겠지요. 윤 직원 영감의 걸쭉한 입잣대로 하면, 오두가 나는 것도 그러므로 무리가 아닐 겝니다.

그러한 데다가 집안 살림을 맡아서 하니 그 재미를 봅니까. 자식들이라야 다 장성해서 뿔뿔이 흩어져 살고 어미는 생각도 않지요. 손자 경손이 놈은 귀엽기는커녕 까불고 앙똥해서 얄밉지요. 남편이라야 남이 아니면 원수지요. 시아버지라는 영감은 괜히 못 먹어서 으르렁으르렁하고, 걸핏하면 짝 찢을 년이네, 오두가 나서 그러네 하고 군욕질이지요.

그러니 고 씨로 앉아서 당하고 보면 심술에다가 악밖에 날 게 더 있겠습니까.

그래도 작년 정월 시어머니 오 씨가 살아 있을 때까지는 삼십 년 눌려서 살아온 타성으로, 고양이 앞에 쥐같이 찍소리도 못 하고 마음으로만 앓고 살았지만, 이제는 그 폭군이 하루아침에 없고 보매 기는 탁 펴지는데, 그러나 세상은 여전히 뜻과 같지 않으니, 불평은 할 수 없이 악으로 변해 버리게만 되었던 것입니다.

시어머니가 죽고 없은 뒤로는 집안에서 어른이라면 시아버지 윤 직원 영감 하나뿐이요, 그 밖에는 죄다 재하자들입니다.

한데 그는 윤 직원 영감쯤 망령 난 동네 영감태기 푼수로나 보이지, 결단코 시아버지요, 위하고 어려워할 생각은 털끝만큼도 없습니다.

그러니까 그는 집안의 어른이고 아이고 간에 트집거리만 있으면 상관없이 들이대고 싸웁니다.

시방 오늘 저녁만 하더라도, 아까 쪽대문을 열어 놓았다고 윤 직원 영감이 군욕질을 했대서 그 원혐으로다가 기어코 한바탕 화룡도를 내고라야 말 작정으로 그렇게 벼르고 있는 참입니다.

하기야 쪽대문을 열어 놓은 것도 실상 알고 보면, 일부러 그런 것이지요. 윤 직원 영감이 보고서 속 좀 상하라고. 그리고 그 끝에 무어라고 욕이나 하게 되면 싸움거리나 장만할 양으로…… 용 못 된 이무기 심술만 남더라고, 앉아서 심술이나 부려야 속이나 시원하지요.

어쨌든, 그러니 속이 후련하도록 싸움을 대판거리로 한바탕 해야만 할 텐데, 이건 암만 도사리고 앉아 들어야 영감태기가 음충맞게시리 어린 손자며느리들더러 보리밥을 먹으면 애기 밴다는 소리나 하고 있지, 종시 이리로 대고는 무어라고 그 더러운 구습을 놀리는 것 같지가 않습니다.

그렇다고 그냥 참고 말잔즉 더 부아가 나기도 할뿐더러, 대체 무엇이 대끼며 뉘 코 무서운 사람이 있다고, 그 부아를 참거나 조심을 할 며리도 없는 것이고 해서, 시방 두 볼이 아무튼 상말로 오뉴월 무엇처럼 축 처져 가지고는 숨길이 씨근버근, 코가 벌씸벌씸, 입이 삐쭉삐쭉, 깍짓손으로 무르팍을 안았다 놓았다, 담배를 비벼 껐다 도로 붙였다, 사뭇 부지를 못 합니다. 미상불 사람이란 건 싸우고 싶은 때 못 싸우면 더 부아가 나는 법이니까요.

집 안은 안방에서 윤 직원 영감이 태식을 데리고 앉아서 저녁을 먹으면서 잔소리를 씹느라고 웅얼거리는 소리, 태식이 딸그락딸그락 째금째금 하는 소리, 그 외에는 누구 하나 기침 한 번 크게 하는 사람 없고, 모두 조심을 하느라 죽은 듯 조용합니다.

바깥은 황혼이 또한 소리 없이 짙어 가고, 으슴푸레하던 방 안에는 깜박 생각이 난 듯이 전등이 반짝 켜집니다.

마침 이 전등불을 신호 삼듯, 집 안의 조심스런 침정을 깨뜨리고 별안간 투덕투덕 구둣발 소리가 안중문께서 요란하더니, 경손이 안마당으로 들어섭니다.

교복 정모에 책가방을 걸멘 것이 학교로부터 지금에야 돌아오는 길인가 본데, 이 애가 섬뻑 그렇게 들어서다 말고 대뜰에 저의 증조부의 신발이 놓인 걸 힐끔 넘겨다보더니, 고개를 움칠 혓바닥을 날름하면서 발길을 돌려 살금살금 뒤채께로 피해 가고 있습니다.

눈에 띄었자 상 탈 일 없고, 잘못하면 사날 전에 태식을 골탕 먹여 울린 죄상으로 욕이나 먹기 십상일 테라, 아예 몸조심을 하던 것입니다.

저는 아무도 안 보거니 했는데, 그러나 조모 고 씨가 빤히 내다보고 있었습니다. 실상 고 씨가 본댔자 영감태기한테야 혓바닥을 내미는 것 말고 그보다 더한 주먹질을 해도 상관할 바 아니지만, 그러니까 그걸 가려 어쩌자는 게 아닙니다. 그 애를 통해 생트집을 잡자는 모양이지요.

"네 이놈, 경손아!"

유리쪽으로 내다보고 있던 미닫이를 냅다 벼락 치듯 와르르 따악 열어젖히면서, 집 안이 온통 떠나가게 왜장을 칩니다. 온 집안이 모두 놀란 건 물론이지만, 경손은 그만 질겁을 했습니다. 그 애는, 증조부 윤 직원 영감이 아니고 아무 상관도 없는 조모가 그렇게 내닫는 게 뜻밖이어서 더욱 놀랐습니다.

그러나 놀란 것은 순간이요, 이내 침착하여 돌아서면서,

"네?"

하고 의젓이 마주 올려다봅니다.

이편은 살기가 사뭇 뚝뚝 듣는데, 저는 아무렇지도 않은 듯이 시침을 뚝 따고 서서 도무지 눈도 한 번 깜짝 않는 양이라니, 앙 뚱하기 아니 할 말로 까 죽이고 싶게 밉살머리스럽습니다.

고 씨는 영영 시아버지와 싸움거리가 생기지를 않으니까, 아무고 걸리는 대로 붙잡고 큰소리를 내서 시아버지의 비위를 건드려서, 그래서 욕이 나오면 언덕이야 트집을 잡아 가지고 싸움을 하쟀던 것인데, 그놈 경손이 놈이 하는 양이 우선 비위에 거

슬리고 본즉, 가뜩이나 부아가 더 치밀고, 그렇지만 이판에 부아를 돋우어 주는 거리면 차라리 해롭잖을 판 속입니다.

이편 경손더러 바른 대로 말을 하라면, 집 안이 제한테는 모두 어른이건만 하나도 사람 같은 건 없고, 그래서 누가 무어라고 하건 죄꼼도 무섭지가 않습니다.

증조부 윤 직원 영감이 그렇고, 대고모 서울 아씨가 그렇고, 대부 태식은 문제도 안 되고, 제 부친 종수나 숙모 조 씨가 그렇고, 조부 윤 주사의 첩들이 그렇고, 해서 열이면 아홉은 다 시쁘고 깔보이기만 합니다.

그래 시방도 속으로는,

'흥! 누구 말마따나 오두가 났나? 왜 저 모양인구……? 암만 그래 보지? 내가 애먼 화풀이를 받아 주나…….'

하면서 제 염량 다 수습하고 있습니다.

고 씨는 당장 무슨 거조를 낼 듯이 연하여 높은 소리로,

"네 이놈!"

하고 한 번 더 을러댑니다. 그러나 이놈 이놈, 두 번이나 고함만 쳤지, 그다음은 무어라고 나무랄 건덕지가 없습니다.

하기야 시아버지가 진짓상을 받고 계신데, 며느리 된 자 어디라고 무엄스럽게 문소리, 목소리를 크게 내서 어른을 불안케 했은즉, 응당 영감태기로부터, 어허 그 며느리 대단 괘씸쿠나! 하

여 필연 응전 포고가 올 것이고, 그 응전 포고만 오고 보면 목적한 바는 올바로 들어맞는 켯속이니 그만일 터입니다. 그러나 지금 당장은 저기 저놈 경손이 놈이 사람 여남은 집어삼킨 능청맞은 얼굴을 얄밉살스럽게시리 되들고 서서, 그래 무엇이 어쨌다고 소리나 꽥꽥 지르고 저 모양인고! 할 말 있거든 해 보아요? 내 참 별꼴 다 보겠네……! 이렇게 속으로 빈정대는 게 아주 번연하니, 썩 발칙스럽기도 하려니와 일변 어째 그랬든 한 번 개두를 한 이상 뒷갈무리를 못 해서야 어른의 위신과 체모가 아니던 것입니다.

"이놈, 너넌 어디 가서 무얼 허니라구 인자사 이러구 오냐?"

고 씨는 겨우 꾸짖는다는 게 이겝니다.

거상에 손자 놈이 학교를 잘 다니건 말건, 공부를 착실히 하건 말건, 통히 알은체도 안 해 오던 터에, 오늘 밤이야 말고서 갑작스레 그런 소리를 하는 게 다 속 앗길 짓이기는 하지만, 다급한 판이니 옹색한 대로 둘러댈 수밖에 없던 것입니다.

"전람회 준비했어요! 그러느라구 학교서 늦었어요!"

경손은 고 씨의 말이 떨어지기가 무섭게 다뿍 시쁘하는 소리로 대답을 해 줍니다. 그때 마침 그 애의 모친 박 씨가 당황히 안방에서 나오더니 조용조용,

"너는 학교서 파하거던 일찍일찍 오지는 않구서 무슨 해망을

허느라구 이렇게 저물구……. 할머니 걱정허시게 허구, 그래!"

하고 며느리답게 시어머니를 대접하느라 아들을 나무랍니다.

"어머닌 또 무얼 안다구 그래요?"

경손은 버럭, 미어다 부듯듯 제 모친에게 지천을 하는데, 그야 물론 조모 고 씨더러 배채이란 속이지요.

"전람회 준비 때문에 학교서 늦었단밖에 어쩌라구 그래요? 왜 속두 몰라 가지구들 그래요?"

"아, 저놈이!"

"가만있어요, 어머닐랑……. 대체 집에 들앉은 부인네들이 무얼 안다구 그래요? 내가 이 집에선 제일 어리니깐 만만헌 줄 알구, 그저 속상헌 일만 있으면 내게다 화풀이 허려 들어! 왜? 괜히 나인 어려두 인제 이 집안에선 맨 어른 될 사람이라우, 나두……. 왜 걸핏하면 날 잡두리우? 잡두리가……. 어림없이!"

한마디 거칠 것 없이, 굽힐 것 없이, 쾰쾰히 멋스려 댑니다.

"아, 이 녀석이!"

저의 모친 박 씨가 목소리를 짓눌러 가면서 나무라다 못해 때려라도 주려고 달려 내려올 듯이 벼르는 것을, 그러나 경손은 본체만체 쾅당쾅당 요란스럽게 발을 구르면서 뒤꼍으로 들어갑니다.

"흥! 잘은 되야 먹는다, 이놈의 집구석……."

고 씨는 차라리 어처구니가 없다고 혀를 끌끌 차다가, 미닫이를 도로 타악 닫으면서 구느름이 나오기 시작합니다.

"잘 되야 먹어! 이마빡으 피두 안 마른 것두 어른이 무어라구 나무래면 천장만장 떠받구 나서기부터 허구……! 흥! 뉘 놈의 집구석 씨알머리라구, 워너니 사람 같은 종자가 생길라더냐!"

이 쓸어 넣고 들먹거려 하는 욕이 고 씨의 입으로부터 떨어지자마자, 마침내 농성코 나지 않던 적은, 드디어 성문을 좌우로 크게 열고(가 아니라) 안방 미닫이를 벼락 치듯 열어젖히고, 일원 대장이 투구 철갑에 장창을 비껴들고(가 아니라) 성이 치달은 윤 직원 영감이, 필경 싸움을 걸어 맡고 나서는 것입니다.

실상 윤 직원 영감은 저편이 싸움을 돕는 줄을 몰랐던 건 아닙니다. 다 알고서도, 어디 얼마나 하나 보자고 넌지시 늦추 잡도리를 하느라, 고 씨가 처음 꽥 소리를 칠 때도 손자며느리와 딸을 건너다보면서,

"저, 짝 찢을 년은 왜 또 지랄이 나서 저런다냐!"
하고 입만 삐죽거렸습니다.

서울 아씨는 친정아버지를 따라 입을 삐죽거리고, 두 손자며느리는 고개를 숙이고 있다가 박 씨만 조심조심 경손을 나무라느라고 마루로 나오고, 경손이 온 줄 안 태식은 미닫이의 유리로 밖을 내다보다가 도로 오더니,

"아빠 아빠, 저 경존이 잉? 깍쟁이 자식야, 잉? 아주 옘병헐 자식이야!"

하고 떠듬떠듬 말재주를 부리고 했습니다.

"아서라! 어디서 그런……."

"잉? 아빠, 경존이 깍쟁이 자식야. 도족놈의 자식야, 잉? 아빠, 그치?"

"아서어! 그런 욕 허면 못쓴다!"

윤 직원 영감은 이 육중한 막내둥이를 나무란다고 하기보다도, 말재주가 느는 게 신통하대서 빙그레 웃고 있었습니다.

두 번째 건넌방에서 고 씨의 큰소리가 들렸을 때도 윤 직원 영감은 딸과 작은손자며느리를 번갈아 건너다보면서 혼잣말을 하듯이, 저년이 또 오두가 나서 저러느니, 서방한테 소박을 맞고 지랄이 나서 저러느니, 원체 쌍놈 아전의 자식이요, 보고 배운 데가 없어 저러느니 하고, 고 씨더러 노상 두고 하는 욕을 강하듯 내씹고 있었습니다.

하다가 필경 전기는 익어, 마침내 고 씨의 입으로부터 집안이 어떻다는 둥, 뉘 놈의 씨알머리가 어떻다는 둥, 가로로는 온 집안을, 세로로는 신주 밑구멍까지 들먹거리면서 군욕질이 쏟아져 나왔고, 그리하여 윤 직원 영감은 기왕 받아 주는 싸움에 이런 고패를 그대로 넘길 머리가 없는 것이라, 드디어 결전을 각

오했던 것입니다.

"아니, 야야……?"

미닫이를 타앙 열어 젖히고 다가앉는 윤 직원 영감은 그러기 전에 벌써 밥 먹던 숟갈은 밥상 귀퉁이에다 내동댕이를 쳤고요.

"너, 잘허넝 건 무엇이냐? 너, 잘허넝 건 대체 무엇이여? 어디 입이 꽝지리(광주리) 구녁 같거던, 말 좀 히여 부아라? 말 좀 히여 부아?"

집안이 떠나가게 소리가 큽니다. 몸집이 크니까 소리도 클 거야 당연하지요. 이렇게 되고 보면 고 씨야 기다리고 있던 판이니 어련하겠습니까.

"나넌 아무껏두 잘못헌 것 읎어라우! 파리 족통만치두 잘못헌 것 읎어라우! 팔자가 기구히여서 이런 징글징글헌 집으루 시집온 죄 말고넌 아무 죄두 읎어라우! 왜, 걸신허먼 날 못 잡어먹어서 응을거리여? 삼십 년 두구 종질히여 준 보갚음으루 그런대여? 머 내가 살이 이렇게 쪘으닝개루, 소징(素症)이 나서 괴기라두 뜯어 먹을라구? 에이! 지긋지긋히라! 에이 숭악히라."

신사(또는 숙녀)적으로 하는 파인 플레이라 그런지 어쩐지 몰라도, 하나가 말을 하는 동안 하나가 나서서 가로막는 법이 없고, 한바탕 끝이 난 뒤라야 하나가 나서곤 합니다.

"옳다! 참 잘헌다! 참 잘히여. 워너니 그게 명색 며누리 체것이 시애비더러 허넌 소리구만? 저두 그래, 메누리 자식을 둘썩이나 은어다 놓고, 손자 자식이 쉬엠이 나게 생깄으면서, 그래, 그게 잘허넌 짓이여?"

"그러닝개루 징손주까지 본 이가 그래, 손자까지 본 메누리넌더러 육장 짝 찢을 년이네, 오두가 나서 싸돌아댕기네 허구, 구십을 놀리너만? 그건 잘허넌 짓이구만? 똥 묻은 개가 저(겨) 묻은 개 나무래지!"

"쌍년이라 헐 수 읎어! 천하 쌍놈, 우리게 판백이 아전 고준평이 딸자식이, 워너니 그렇지 별수 있겄냐!"

"아이구! 그, 드럽구 칙살스런 양반! 그런 알량헌 양반허구넌 안 바꾸어……. 양반, 홍……! 양반이 어디 가서 모다 급살 맞어 죽구 읎덩갑만……. 대체 은제 적부터 그렇게 도도헌 양반인고? 읍내 아전덜한티 잽혀가서 볼기 맞으면서 소인 살려 줍시사 허던 건 누군고? 그게 양반이여? 그 밑구녕 들칠수룩 구린내만 나너만?"

아무리 아귓심이 세다 해도 본시 남자란 여자의 입심을 못 당하는 법인데, 가뜩이나 이렇게 맹렬한 육탄(아닌 언탄)을 맞고 보니, 윤 직원 영감으로는 총퇴각이 아니면, 달리 기습이나 게릴라 전술을 쓸 수밖엔 별 도리가 없습니다.

사실 오늘의 이 싸움에 있어선, 자기 딴은 입이 광주리 구멍

같아도 고 씨가 그쯤들이 폭로를 시키는 데야 꼼짝 못하고 되잡히게만 경우가 되어 먹었습니다.

그러니 가장 좋은 도리는, 전자에 그의 부인 오 씨가 하던 법식으로 냅다 달려들어 며느리의 머리끄덩이를 잡아 엎지르고, 방치 같은 걸로 능장질을 했으면야 효과가 훌륭하겠지요.

그러나 그 시어머니라는 머자와 시아버지라는 버자가 획 하나 덜하고 더하고 한 걸로, 시아버지는 시어머니처럼 며느리를 때려 주지는 못하게 마련이니, 그 법을 그다지 야속스럽게 구별해 논 자 삼대를 빌어먹을 자라고, 윤 직원 영감으로는 저주하지 않을 수가 없습니다.

"야, 이놈 경손아!"

육집이 큰 보람도 없이 뾰족하니 몰린 윤 직원 영감은 마침내 마루로 쿵 하고 나서면서 뒤채에 대고 소리를 지릅니다.

경손은 제 방에서 감감하게 대답을 하나, 윤 직원 영감은 들었는지 못 들었는지 연해 소리소리 외칩니다.

한참 만에야 경손이 양복 고의 바람으로 가만가만 나와서 한옆으로 비껴 섭니다.

"너 이놈, 시방 당장 가서 네 할애비 불러오니라. 당장!"

"네."

"요새 시체년 거, 이혼이란 것 잘덜 헌다더라, 이혼……. 이놈,

오널 저녁으루 담박 제 지집을 이혼을 안 히였다 부아라! 이놈
을 내가……."

과부댁 종놈은 왕방울로 행세한다더니, 윤 직원 영감은 며느
리 고 씨와 싸우다가 몰리면 이혼하라고 할 테라고, 아들 창식
을 불러 오라는 게 유세통입니다.

그러나 부르러 간 놈한테 미리 소식 다 듣는 윤 주사는, 따고
안 오기가 일쑤요, 몇 번 만에 한 번 불려 와선, 네 내일 수속하
지요 하고 시원히 대답은 해도, 그 자리만 일어서면 죄다 잊어
버려 버립니다. 그래도 좋게시리 윤 직원 영감은 그 이튿날이고
이혼 수속 재촉을 하는 법이 없으니까요.

"아 이놈, 넹금 가서 불러 오던 않구, 무얼 뻐언허구 섰어?"

윤 직원 영감은 주춤거리고 섰는 경손이더러 호통을 합니다.

경손은 그제야 대답을 하고 옷을 입으러 가는 체 뒤꼍으로 들
어갑니다. 눈치 보아 가면서 밖으로 나갔다가 들어오든지, 무엇
하면 그냥 잠자코 있다가 넌지시 입을 씻고 말든지, 없어서 못
데리고 왔다고 하든지 할 요량만 대고 있으니까 별로 힘들잘 것
도 없는 노릇입니다.

"두구 보자!"

윤 직원 영감은 마루가 꺼져라고 굴러 디디면서 대뜰로 내려
섭니다.

"두구 부아, 어디……. 내가 그새까지넌 말루만 그렇지만, 인지 두구 부아라. 저허구 나허구 애비 자식 천륜을 끊든지, 지집을 이혼을 허든지 좌우양단간 오널 저녁 안으루 요정을 내구래야 말 티닝개루……. 두구 부아!"

윤 직원 영감은 으르면서 구르면서 사랑으로 나가고, 고 씨는 그 뒤꼭지에다 대고 제발 좀 그럽시사고, 이혼을 한다면 누가 무서워서 설설 기고 엉엉 울 줄 아느냐고 퀄퀄스럽게 받아넘깁니다.

이래서 시초 없는 싸움은 또한 끝도 없이 휴전이 되고, 각기 장수가 진지로부터 퇴각을 하자, 집안은 다시 평화가 회복되었습니다.

모두들 태평합니다.

계집종인 삼월이는 부엌에서 행랑어멈과 같이서 얼추 설거지를 하고 있고, 행랑아범은 안팎 아궁이를 찾아다니면서 군불을 조금씩 지피고, 그 나머지 식구들은 고 씨만 빼놓고 다 안방으로 모여 저녁밥을 시작합니다.

서울 아씨, 두 동서, 경손이, 태식이, 전주댁 이렇습니다. 그들은 아무도 방금 일어났던 풍파를 심려한다든가 윤 직원 영감이 저녁밥을 중판 맨 것을 걱정한다든가, 고 씨가 밥상을 도로 쫓은 걸 민망히 여긴다든가 할 사람은 하나도 없고, 따라서 아무도 입맛이 없어 밥 생각이 안 날 사람도 없습니다.

다만, 먼저의 싸움의 입가심같이 그다음엔 조그마한 싸움 하나가 벌어집니다.

태식이 구경에 세마리가 팔렸다가 싸움이 끝이 나니까 다시 밥 시작을 하는데, 마침 경손이 툭 튀어들더니, 윤 직원 영감이 앉았던 자리에 털썩 주저앉아서는, 두말 않고 그 숟갈로 그 밥을 퍼먹습니다.

태식은 이 깍쟁이요 도적놈인 경손이 아빠의 숟갈로 아빠의 밥을 먹어 대는 게 밉기도 하려니와, 또 맛있는 반찬을 뺏길 테니, 그래저래 심술이 나지 않을 수가 없습니다.

"히잉, 우리 아빠 밥야!"

태식은 밥숟갈을 둘러메는 것이나, 경손은 거들떠보지 않고,

"왜 이 모양야! 밥그릇에다가 문패 써 붙였나?"

하고 놀려 줍니다.

"히잉, 깍쟁이!"

"무어 어째……? 잠자꾸 있어, 괜히…….''

"히잉, 도족놈!"

"아, 요게! 병신이 지랄해요! 대갈쟁이가…….''

"깍쟁이! 도족놈!"

"가만둬 두니깐……! 저거 봐요! 숟갈을 둘러메믄 제가 누굴

112

때릴 텐가? 요것 하나 먹구퍼? 요것……."

"저 애가……! 경손아!"

경손이 주먹을 쥐어 밥상 너머로 을러대는 걸, 마침 저의 모친 박 씨가 들어서다가 보고 깜짝 놀라던 것입니다.

"병신이 괜히 지랄허니깐, 나두 그리지……! 내 이름이 깍쟁이구 도독놈이구, 그런가? 머……."

"아따, 그런 소리 들으믄 어떠냐? 밥이나 먹으려무나."

"이 병신, 다시 그따위 소릴 해 봐? 죽여 놀 테니깐……."

"저 녀석이 말래두, 아니 듣구서……! 너 그리다간 큰사랑 할아버지께 또 꾸중 듣는다?"

"피이! 무섭잖아."

"허는 소리마다. 너 그렇게 버릇없이 굴믄 귀양 간다! 귀양……."

"곤충 채집허구, 수영허구, 등산허구 실컷 놀다가 도루 오지, 무슨 걱정이우?"

서울 아씨가 손을 씻으면서 방으로 들어오다가 태식이 여태 밥상을 차고 앉아, 그러나마 먹지도 않고 떼가 나서 엿가래 같은 코를 홀쩍거리고 있는 것을 보고는 상을 잔뜩 찌푸립니다.

"누나!"

"왜 그래?"

역성이나 들어줄 줄 알고 불러 본 것이, 대고 쏘아 버리니, 이제는 울기라도 해서 아빠를 불러 대는 수밖에 없습니다.

과연 태식은 입이 비죽비죽, 얼굴이 움질움질하는 게 방금 아앙 하고 울음이 터질 시초를 잡습니다.

만약 태식을 울려 놓고 보면 큰일입니다. 약간 아까, 고 씨와 싸우던 그따위 풍파가 아니고, 온통 집이 한 귀퉁이 무너나게시리 벼락이 내릴 판이니까요. 윤 직원 영감은 다른 잘못도 잘 용서를 않지만, 그중에도 누구든지 태식을 울린다든가 하는 죄는 단연 용서를 하지 않던 것입니다.

"어서 밥 먹어라. 밥 먹다가 떼 쓰구 그러면 못써요!"

서울 아씨가 할 수 없이 목소리를 눅여 살살 달랩니다. 박 씨도 코를 씻어 주면서 경손이더러 눈을 끔적끔적합니다

"대부 할아버지?"

경손은 눈치를 채고서, 빈들빈들, 버엉떼엥, 엎어삶느라고,

"어서 진지 잡수! 그리구 대부 덕분에 손자두 이런 존 반찬 좀 얻어 먹어예지, 응? 우리 대부가 참 착해, 그렇지?"

파계를 따지자면, 열다섯 살 먹은 경손은, 같은 열다섯 살 먹은 태식의 손자요, 태식은 경손의 할아버지가 갈데없습니다. 일가 망한 건 항렬만 높단 말로, 눙치고 넘기자니, 차라리 이 조손 관계(祖孫關係)는 비극이라 함이 옳겠습니다.

114

쇠가 쇠를 낳고

사랑방에는 언제 왔는지 올챙이 석 서방이, 과시 올챙이같이 통통한 배를 안고 윗목께로 오도카니 앉아 있습니다.

시쳇말로는 브로커요, 윤 직원 영감 밑에서 거간을 해 먹는 사람입니다.

돈도 잡기 전에 배 먼저 나왔으니 갈데없이 근천스런 ○배요, 납작한 체격에 형적도 없는 모가지에, 다 올챙이 별명 타자고 나온 배지 별게 아닐 겝니다.

"진지 잡수셨습니까?"

올챙이는 오꼼 일어서면서 공순히, 그러나 친숙히 인사를 합니다.

윤 직원 영감은 속으로야, 이 사람이 저녁에 다시 온 것이 반가울 일이 있어서 느긋하기는 해도 짐짓,

"안 먹었으면 자네가 설넝탱이라두 한 뚝배기 사 줄라간디, 밥 먹었나구 묻넝가?"

하면서 탐탁잖아하는 낯꽃으로 전접스런 소리를 합니다.

"아, 잡수시기만 하신다면야 사 드리다뿐이겠습니까?"

생김새야 아무리 못생겼다 하기로서니, 남의 그런 낯꽃 하나 여새겨 볼 줄 모르며, 그런 보비위 하나 할 줄 모르고서, 몇 천 원 더러는 몇 만 원 거간을 서 먹노라 할 위인은 아닙니다.

옳지, 방금 큰소리가 들리더니, 정녕 안에서 무슨 일로 역정이 난 끝에 밥도 안 먹고 나오다가, 그 화풀이를 걸리는 대로 나한테 하는 속이로구나, 이렇게 단박 눈치를 채고는 선뜻 흠선을 피우면서, 마침 윤 직원 영감이 발이나 넘는 장죽에 담배를 재어 무니까, 냉큼 성냥을 그어 댑니다.

"그렇지만 어디 지가 설마한들 설렁탕이야 사 드리겠어요! 참 하다못해 식교자라두 한 상……"

"체에! 시에미가 오래 살면 구정물통에 빠져 죽넌다더니, 내가 오래 사닝개루 벨일 다 많얼랑개비네! 인재넌 오래간만으 목구녁의 때 좀 벳기넝개비다!"

윤 직원 영감 입에서는 담배 연기가 피어올라 자옥하니 연막

을 치고, 올챙이는 팽팽한 양복 가랑이를 펴면서 도사렸던 다리를 퍼근히 하고 저도 마코를 꺼내서 붙입니다.

"원 영감두……! 지가 영감 식교자 한 상 채려 드리기루서니 그게 그리 대단하다구, 그런 말씀을……."

"글씨 이 사람아, 말만 그렇기, 어따 저어 상말루, 줄 듯 줄 듯 허면서 안 주더라구, 말만 그렇기 허지 말구서 한 상 척 좀 시기다 주어 보소? 늙은이 괄셰넌 히여두 아덜 괄셰넌 않넌다데마넌, 늙은이 대접두 더러 히여야 젊은 사람이 복을 받고 허넌 법이네. 그렇잖엉가? 이 사람……."

윤 직원 영감은 히죽이 웃기까지 하는 것이, 방금, 그다지 등등하던 기승은 그새 죄다 잊어버린 모양으로 아주 태평입니다. 워너니 그도 그래야 할 것이, 만약 그 숱해 많은 싸움을, 싸움하는 족족 오래 두고 화가 풀리지 않을래서야 사람이 지레 늙을 노릇이지요.

"아니 머, 빈 말씀이 아니라……."

올챙이는 금세 일어서서 밖으로 나갈 듯이 뒤를 들먹들먹합니다.

"시방이라두 나가서, 무어 약주 안주나 될 걸루 좀 시켜 가지구 오지요. 전화루 시키면 곧 될 테니깐두루……. 정녕 저녁 진질 아니 잡수셨어요? 그러시다면 그 요량을 해서……."

"헤헤엣다! 참, 엎질러 절 받기라더니, 야 이 사람, 그런 허넌 첼랑 구만 히여 두소. 자네가 암만히여두 딴 요량장이 있어 갖구서 시방 그러넌 속 나두 다 알구 있네!"

"네? 딴 요량요? 원, 천만에!"

"아까 아참나잘에 와서 이 애기허던 조간 때미 그러지? 웅?"

"아니올시다, 원……! 그건 그거구 이건 이거지, 어쩌면 절 그런 놈으루만 치질 하십니까! 허허허."

"그러구저러구 간으, 그건 아침에 말헌 대루 이화리 아니구넌 안 되니 그렇게 알소잉?"

윤 직원 영감은 정색을 하느라고 담뱃대를 입에서 뽑고, 올챙이도 다가앉을 듯이 앉음새를 도사립니다.

"그리잖어두 허긴 그 사람 강 씰 방금 또 만나구 오는 길인데요……. 그래 그 말씀두 요정을 내구 허기는 해야겠습니다마는……."

"그럼 이화리 히여서라두 쓴다구 그러덩가?"

"그런데 거, 이번 일은 제 얼굴을 보시구서라두 좀 생각해 주서야 하겠습니다!"

"생각이라께 별것 있넝가? 돈 취히여 주넝 것이지."

"물론 주시긴 주시는데, 일 할만 해 주세요!"

"건, 안 될 말이래두!"

"원, 자꾸만 그러십니다. 칠천 원짜리 삼십 일 수형에 일 할이 라두, 자아, 보십시오, 선변을 제하시니깐 육천삼백 원 주시구 서 한 달 만에 칠백 원을 얹어서 칠천 원으루 받으시니 그만 해 두 그게 어딥니까……? 아무리 급한 돈이래두, 쓰는 사람이 생 각하면 하늘이 내려 볼까 무섭잖겠어요……? 그런 걸 글쎄, 이 할이나 허자시니!"

"허! 사람두……! 이 사람아, 돈이 급허면 급헐수룩 다 요긴 허구, 그만침 갭이 나갈 게 아닝가? 그러닝개루 변두 더 내구서 써야지?"

"그렇더래두 영감 말씀대루 허자면 칠천 원 액면에 오천육백 원을 쓰구서 한 달 만에 일천사백 원 이자를 갚게 되니, 돈 쓰는 사람이 억울하잖겠습니까?"

"억울허거던 안 쓰면 구만이지……? 머, 내가 쓰시요, 쓰시요 허구 쫓아댕김서 억지루 처맽긴다덩가? 그 사람 참!"

윤 직원 영감은 이렇게 배부른 흥정으로 비스듬히 드러누우 려고는 하지만, 올챙이의 말이 아니라도, 육천삼백 원에 한 달 이자 칠백 원이 어디라고, 이 거리를 놓치고 싶지는 않습니다.

에누리를 하는 셈이지요. 해서 이 할을 뗄 수 있으면 더할 나 위 없고, 눈치 보아서 일 할 오 부로 해 주어도 괜찮고, 또 정 무 엇하면 일 할이라도 그리 해롭지는 않고……. 그게 그러나마 달리 융통을 시켜야 할 자본일세 말이지, 은행의 예금장에서 녹슬고 있는 돈인 걸, 두고 놀리느니보다 이문이 아니냔 말입니다.

"영감이 무가내루 이 할만 떼신다면, 아마 그 사람두 안 쓰기 쉽습니다……."

올챙이는 역시 윤 직원 영감의 배짱을 아는 터라, 마침내 이렇게 슬그머니 한 번 덜미를 눌러 놓습니다. 그리고는 한참 있다가 다시,

"그러니 자아 영감, 그러구저러구 하실 것 없이, 일 할 오 부만 하시지요……. 일 할 오 부라두 일칠은 칠, 오칠 삼십오허구, 일천오십 원입니다!"

"아니 이 사람, 자네넌 내 밑으서 거간 서구, 내 덕으 사넌 사람이, 육장 그저 내게다가 해만 뷀라구 드넝가?"

"원 참! 그게 손해 끼쳐 드리는 게 아닙니다! 일을 다 되도록 마련하자니깐 그리지요. 상말루, 싸움은 말리구 홍정은 붙이라구 않습니까? 그런데 그게 남의 일이라두 모를 텐데 항차 영감의 일인 걸……."

"아따, 시방 허넌 소리가……! 야 이 사람아, 구문이 안 생겨두 자네가 시방 이러구 댕길 팅가?"

"허허, 그야……. 허허허, 그런데 참 구문이라니 말씀이지, 저두 구문만 많이 먹기루 들자면 할 이가 많은 게 좋답니다. 그렇

120

지만 세상일을 어디 그렇게 제 욕심대루만 할래서야 됩니까?"

"이 사람아, 그런 소리 말소. 욥심 읎이 세상 살라다가넌 제 창사구(창자) 뽑어서 남 주어야 허네!"

"것두 옳은 말씀은 옳은 말씀입니다……. 그런데 자, 어떡허실렵니까? 제 말씀대루 일 할 오 부만 해서 주시지요? 네?"

"아이, 모르겠네! 자네 쇠견대루 허소!"

"허허허허, 진즉 그러실 걸 가지구……. 그럼 내일 당자 강 씰 데리구 올 텐데, 어느만 때가 좋을는지……? 내일 은행 시간까진 돈을 써야 할 테니깐요."

"글씨……. 대복이 와야 헐 틴디. 오늘 저녁으 온댔으닝개 오기넌 올 것이구, 오머넌 내일 아무 때라두 돈이사 주겠지만……. 자리넌 실수 읎을 자리겄다?"

"그야 지가 범연하겠습니까? 아따, 만창상점이라구, 바루 저 철물교 다리 옆입니다. 머 그 사람이 부랑자루 주색잡기하느라구 쓰는 돈이 아니구, 내일 해전으루다가 은행에 입금을 시켜야만 부도가 아니 나게 됐다는군요……! 글쎄 은행에서들 돈을 딱 가두어 놓군 돌려주질 않기 때문에, 너나 할 것 없이 모두 죽는 소립니다……! 그러나저러나 간에 이 사람 강 씬 아무 염려 없구요. 다 조사해 보시면 아시겠지만……."

"내가 무얼 알겄넝가마는……."

윤 직원 영감은 담뱃대를 놓고 일어서더니, 벽장 속에서 조선 백지로 맨 술 두꺼운 장부 한 권을 찾아냅니다.

이것이 대복의 주변으로, 종로 일대와 창안 배오개 등지와, 그 밖에 서울 장안의 들뭇들뭇한 상고들을 뽑아 신용 정도를 조사해 둔 블랙리스트입니다.

신용이라도 우리네가 보통 말하는 신용이 아니라, 가산은 통 얼마나 되는데, 갚을 빚은 얼마나 되느냐는 그 신용입니다.

이걸 만들어 놓고, 대복은 날마다 신문이며 흥신내보(興信內報)며 또는 소식 같은 걸 참고해 가면서, 그들의 신용의 변동에 잔주(註解)를 달아 놓습니다.

그러니까 생기기는 아무렇게나 백지로 맨 한 권의 문서책이지만, 척 한 번 떠들어만 보면, 어디서 무슨 장사를 하는 아무개는 암만까지는 돈을 주어도 좋다는 것을 휑하니 알 수가 있는 것입니다.

윤 직원 영감은 시골 사람, 그중에도 부랑자가 돈을 쓴다면 으레 매도 계약까지 첨부한 부동산을 저당 잡고라야 돈을 주지만, 시내에서 장사하는 사람들한테는 대개 수형을 받고서 거래를 합니다. 그는 수형의 효험과 위력을 잘 알고 있으니까, 안심을 합니다.

세상에 수형처럼 빚 쓴 사람한테는 무섭고, 빚 준 사람한테는 편리한 것이 없답니다. 기한이 지나면 거저 불문곡직하고 수형 액면에 쓰인 만큼 차압을 해서 집행딱지를 붙여 놓고는 경매를 한다나요. 가령 그게 사기에 걸린 돈이라고 하더라도, 수형이고 보면 안 갚고는 못 배긴다니, 무섭지 않고 어쩌겠습니까.

윤 직원 영감은 이 편리하고도 만능한 수형 장사를 해서 매삭 이삼만 원씩 융통을 시키고, 그 이문이 적어도 삼천 원으로부터 사천 원은 됩니다.

일 할 이상 이 할까지나 새끼를 치는 셈이지요.

송도 말년(松都末年)에는 쇠가 쇠를 먹었다고 합니다. 그러던 게 지금은 다 세태가 바뀌고, 을축갑자(乙丑甲子)로 되는 세상 이라서 그런 것도 아니겠지만, 쇠가 쇠를 낳기로 마련이니 그건 무슨 징조일는지요.

아무튼 그놈 돈이란 물건이 저희끼리 목족(睦族)은 무섭게 잘 하는 놈인 모양입니다. 그렇길래 자꾸만 있는 데로 모이지요?

윤 직원 영감은 허리에 찬 풍안집에서 풍안을 꺼내더니, 그걸 코허리에다가 척 걸치고는 그 육중한 자가용 흥신록을 뒤적거 립니다.

올챙이는 이제 일이 거진 성사가 되었대서 엔간히 마음이 놓 이는지 담배를 피워 물고 앉아서는 하회를 기다립니다.

윤 직원 영감은 만창상회의 강 무엇이를 찾아내어 대강 입구

구를 따져 본 결과, 빚이 더러 있기는 해도 아직 칠팔천 원은 말고 이삼만 원쯤은 돌려주어도 한 달 기간에 낭패가 생기지는 않을 만큼 정정한 걸 알았습니다.

"거 원, 우선 내가 뵈기는 괜찮얼 상부르네마는……."

윤 직원 영감은 이쯤 반승낙을 하고는, 장부를 도로 벽장에다가 건사하고, 풍안을 코끝에서 떼어 내고, 그러고서 담뱃대를 집어 물면서 자리에 앉습니다. 아까 먼젓번에 한 승낙은, 말은 없어도 신용 조사에 낙방이 안 돼야만 돈을 준다는 얼수락이요, 이번 것이 진짜 승낙한 보람이 날 승낙이던 것입니다.

그러나 이러이러 하네마는 하고, 그 '마는'이 붙었으니 온승낙이 아니고 반승낙인 것입니다. 대복이 없으니까 그와 다시 한번 상의를 할 요량이지요. 그래서 혹시 대복이 불가하다고 한다든지 하면, 말로만 반승낙을 했지 무슨 계약서라도 쓴 게 아니고 한즉, 이편 마음대로 자빠져 버리면 고만일 테니까요.

"그러면……."

올챙이는 윤 직원 영감의 그 마는이라는 말끝을 덮어씌우노라고 다시금 다지려 듭니다.

"내일 은행 시간 안 으루는 실수 없겠죠?"

"글쎄, 우선은 그러기루 히여 두지."

"그래서야 어디 저편이 안심을 하나요? 영감이 주장이시니깐, 영감이 아주 귀정을 지어서 말씀을 해 주셔야 저 사람두 맘 놓구 있지요!"

"그렇기두 허지만, 실상 이 사람아, 자네두 늘 두구 보지만, 내사 무얼 아넝가……? 대복이 다 알어서 이러라구 허면 이러구, 저러라구 허면 저러구 허지. 괜시리 속두 잘 모르구서 돈 그까짓것 일천오십 원 은어먹을라다가, 웬걸, 일천오십 원이나마 나혼자 죄다 먹간디? 자네 구문 백오 원 주구 나면, 천 원두 채 못 되넝 것, 그것 먹자구, 잘못허다가 내 생돈 육천 원 업어다 난장 맞히게?"

"글쎄 영감! 부실한 자리면 지가 애초에 새에 들질 않는답니다. 그새 사오 년 지간이나 두구 보시구서두 그러십니까? 언제 머 지가 천거한 자리루 동전 한 푼 허실한 일이 있습니까?"

"아는 질두 물어서 가랬다네. 눈 뜨구서 남의 눈 빼먹넌 세상인 중 자네두 알면서 그러넝가?"

"허허허허, 영감은 참 만년 가두 실수라구는 없으시겠습니다! 다 그렇게 전후를 꼭꼭 재 가면서 일을 하셔야 실수가 없긴 하지요……. 그럼 아무튼지 대복이 오늘루 오긴 오죠?"

"늦더래두 올 것이네."

"그럼 대복이만 가한 양으루 말씀하면 돈은 내일루 실수 없으시죠?"

"그럴 티지."

"그러면 아무려나 내일 오정 때쯤 해서 당자 강 씰 데리구 오지요……. 좌우간 그만해두 한시름 놓았습니다, 허허……."

"자네넌 시언헌가 부네마넌, 나넌 돈 천이나 더 먹을 걸 못 먹은 것 같어서 섭섭허네!"

"허허허허, 그럼 이 댐에나 들무웃한 걸 한자리 해 오지요……. 가만히 계십시오. 수두룩합니다. 은행에서 돈을 아니 내주기 때문에 거얼걸들 합니다. 제일 죽어나는 게 은행돈 빚 얻어다가는 땅 장수니 집 장수니 하던 치들인데, 머 일보 사오십 전이라두 못 써서 쩔쩔맵니다!"

"이 판으 누가 일보 오십 전 받구 빚을 준다덩가? 소불하 일 원은 받어야지……. 주넌 놈이 아순가? 쓰넌 놈이 아수닝개로 그거라두 걸어 쓰지……."

윤 직원 영감은 요새 새로 발령된 폭리 취체 속을 도무지 모릅니다. 그러나 안다고 하더라도 이미 십 년 전부터 벌써 법이 금하는 고패를 넘어서 해 먹는 돈장사니까, 시방 새삼스럽게 폭리 취체쯤 무서울 것도 없으려니와, 좀 까다롭겠으면 다 달리 이러쿵저러쿵 하는 수가 얼마든지 있은즉 만날 떵그렁입니다.

"그러면 그 일은 그렇게 허기루 허구……."

올챙이는 볼일 다 보았으니 선뜻 일어설 것이로되, 그러나 두고두고 뒷일을 좋도록 하자면, 이런 기회에 듬씬 보비위를 해야 하는 것인 줄을 잘 알고 있습니다.

"그런데, 정녕 저녁 진질 아니 잡수셨습니까?"

"먹다가 말었네! 속상히여서……."

윤 직원 영감은 그새 잊었던 화가 그 시장기로 해서 새 채비로 비어지던 것이고, 그래 재떨이에 담배 터는 소리도 절로 모집니다.

"거 원, 그래서 어떡허십니까! 더구나 연만하신 노인이!"

"그러닝개 그게 다 팔자라네!"

또 역정을 낼 줄 알았더니, 그런 게 아니고 방금, 아무 근심기 없던 얼굴이 졸지에 해질 무렵같이 흐려들면서 음성은 풀기 없이 가라앉습니다.

"내가 이 사람아, 나락으루 해마닥 만 석을 추수를 받구, 돈으루두 멫만 원씩을 차구 앉었던 사람인디, 아 그런 부자루 앉어서 글씨, 가끔 이렇기 끄니를 굶네그려! 으응?"

과연 일 년 추수하는 쌀만 가지고도 밥을 해 먹자면 백년 천년을 배불리 먹고도 남을 테면서, 그러나 이렇게 배고픈 때가 있으니, 곰곰이 생각을 하면 한심하여 팔자 탄식이 나오기도 할 겝니다.

"여보게 이 사람아……! 아 자네부터두 날더러 팔자 좋다구 그러지? 그렇지만 이 사람아, 팔자가 존 게 다 무엇잉가! 속 모르구서 괜시리 허넌 소리지……. 그저 나 같언 사람은 말이네, 그저 도둑놈이 노적가리 짊어져 갈까 버서, 밤새두룩 짖구 댕기는 개, 개 신세여! 허릴없이 개 신세여……!"

윤 직원 영감은 잠잠히 말을 그치고, 담배 연기째 후르르 한숨을 내쉬면서, 어디라 없이 한눈을 팝니다.

거상에 짜증 난 얼굴이 아니면, 불콰하니 마음 편안한 얼굴, 호리를 다투는 뜩뜩한 얼굴이 아니면, 남을 꼬집어 뜯는 전접스런 얼굴, 그러한 낯꽃만 하고 지내는 이 영감한테 이렇듯 추레하니 침통한 기색이 드러날 적이 있다는 것은 자못 심외라 않을 수 없습니다.

돈을 흥정하는 저자에서 오고 가고 하는 속한일 뿐이지, 올챙이로서야 어디 그러한 방면으로 들어서야 제법 깊은 인정의 기미를 통찰할 재목이 되나요. 그저 백만금의 재물을 쌓아 놓고 자손 번창하겠다, 수명장수, 아직도 젊은 놈 여대치게 정정하겠다, 이런 천하에 드문 호팔자를 누리면서도, 근천이 질질 흐르게시리 밥을 굶네, 속이 상하네, 개 신세네, 하고 풀 죽은 기색으로 탄식을 하는 게, 이놈의 영감이 그만큼 살고 쉬 죽으려고 청승을 떠는가 싶어 얼굴이 다시금 쳐다보일 따름이었습니다.

상평통보 서 푼과

올챙이는 윤 직원 영감이 자기가 자청해서 자기 입으로 개라고 하니, 차라리 그렇거들랑 어디 컹컹 한바탕 짖어 보라고 놀리기나 하고 싶습니다. 그렇지만 그런 버릇없는 농담을 할 법이야 있습니까. 속은 어디로 갔든 좋은 말로다 자손이 번창하고 가운이 융성하게 되면, 집안 어른 된 이로는 그런 근심 저런 걱정 노상 아니할 수도 없는 것인즉, 그걸 가지고 과히 상심할 게 없느니라고 위로를 해 줍니다.

"아, 여보소?"

윤 직원 영감은 남이 애써 위로해 주는 소리는 귀로 듣는지 코로 맡는지 종시 우두커니 한눈을 팔고 앉았다가, 갑자기 긴한

낯으로 고개를 내밀면서,

"자네, 사람 죽었을 때 염허넝 것 더러 부았넝가?"

하고 묻습니다.

자기 딴에는 따로이 속내평이 있어서 하는 소리겠지만, 이건 느닷없이 송장 일곱 매 묶는 이야기가 불쑥 나오는 데는, 등이 서늘하고 그다지 긴치 않기도 했을 것입니다.

"더러 부았으리……. 그런데 말이네……."

윤 직원 영감은 올챙이가 이렇다 저렇다 얼른 대답을 못 하고 우물우물하는 것을 상관 않고 자기가 그 뒤를 잇습니다.

"아, 우리 마니래(마누라)가 작년 정월에 죽잖있넝가?"

"네! 아 참, 벌써 그게 작년 정월입니다그려! 세월이 빠르긴 허군!"

"게, 그때, 수험을 헌다구 날더러두 들오라구 허기에, 시쳇방으를 들어가잖있덩가. 들어가서 가만히 보구 섰으닝개, 수의를 죄다 갈아 입히구 나서넌 일곱 매를 묶기 전에, 어따 그놈의 것을 무어라구 허데마는……. 쌀 한 숟가락을 떠서 맹인 입으다가 놓는 체허면서 천 석이요오 허구, 두 숟가락 떠느면서 이천 석이요오 허구, 세 숟가락 떠느면서 삼천 석이요오 허구, 아 이런단 말이네……! 그구 또, 시방은 쓰지두 않넌 옛날 돈 상평통보(常平通寶) 한 푼을 느주면서 천 냥이요오, 두 푼 느주면서 이

천 냥이요오, 스 푼 느주먼서 삼천 냥이요오, 이러데그려!"

"그렇지요! 그게 다……."

올챙이는 비로소 윤 직원 영감의 말하고자 하는 속을 알아차렸대서 고개를 까댁까댁 맞장구를 칩니다.

"그게 맹인이 저승길 가면서 노수두 쓰구, 또 저승에 가서두 부자루 잘 지내라구 그러잖습니까?"

"웅 그리여. 글씨 그런 줄 나두 알기넌 알어. 또, 우리 어머니, 아버지 때두 다 보구 그래서, 츰으루 보딩 건 아니지. 그러닝개 츰 귀경히였다넝 게 아니라, 내 말은 그런 말이 아니구……. 아니 글씨 여보소, 우리 마니래만 히여두 명색이 만석꾼으 집 여편네가 아닝가? 만석꾼으……. 그런디 필경 두 다리 쭈욱 뻗구 죽으닝개넌 저승으루 갈라면서, 쌀 게우 세 숟가락허구, 돈 엽전 스 푼허구, 게우 고걸 갖구 간단 말이네그려, 웅? 만석꾼이 죽어 저승으로 가면서넌 쌀 세 숟가락에 엽전 스 푼을 달랑 얻어 갖구 간단 말이여!"

올챙이는 자못 엄숙해하는 낯으로 고즈넉이 앉아 듣고 있고, 윤 직원 영감은 뻐끔뻐끔 한참이나 담배를 빨더니 후우 한숨을 한 번 내쉬고는 말끝을 다시 잇댑니다.

"게, 그걸 보구서 고옴곰 생각을 허닝개루, 나두 한 번 눈을 감구 죽어지먼 벨수 읎이 저렇기 쌀 세 숟가락허구 엽전 스 푼

허구, 달랑 고걸 읃어 갖구 저승으루 가졌거니……! 그럴 것 아닝가? 머, 나라구 무덤을 죄선만허게 파구서, 그 속으다가 나락을 수천 석 쟁여 주며, 돈을 수만 냥 딜이띠려 주졌넝가? 또오, 그런대두 아무 소용 읎넌 짓이구……. 그렇잖엉가?"

"허허, 다 그런 게지요!"

"그렇지? 그러니 말이네. 아, 내 손으루 만석을 받구, 수만 원을 주물르던 나두, 죽어만지면 별수 읎이 쌀 세 숟가락허구 엽전 달랑 스 푼 얻어 갖구 저승으루 갈 테면서 말이네……. 글씨 그럴라면서 왜 내가 시방 이 재산을 지키니라구 이대두룩 악을 쓰구, 남안티 실인심허구, 자식 손자 놈덜안티 미움받구, 나 쓰구 싶은 대루, 나 지내구 싶은 대루 못 지내구 이러넝고! 응? 그 말뜻 알어들어?"

"네네……. 허허, 참 거……."

"그러나마, 그러나마 말이네……. 내가 앞으루 백 년을 더 살 것잉가? 오십 년을 더 살 것잉가? 잘 히여야 한 십 년 더 살다가 두 다리 뻗을 티면서. 그러니 나 한 번 급살 맞어 죽어 삐리면 아무것두 모르구 다 잊어버릴 년의 세상……. 그런디 글씨, 어쩌자구 내가 이렇기 아그려쥐구 앉어서, 돈 한 푼에 버얼벌 떨구, 뭇 놈녇덜 눈치코치 다 먹구, 늙발에 호의호식, 평안히 못 지내구……. 그것뿐잉가? 게다가 한 푼이라두 더 못 모야서 아둥아

등허구······. 허니, 원 내가 이게 무슨 놈의 청승이며, 무슨 놈의 지랄 짓잉고오? 이런 생각이 가끔, 그 뒤부터는 들더란 말이네 그려!"

윤 직원 영감이 그런 마음을 먹고 이런 소리를 함부로 하다니, 올챙이의 소견이 아니라도, 이건 정말 죽으려고 마음이 변했나 봅니다.

주객이 잠시 말이 없고 잠잠합니다. 올챙이는 무어라고 위로를 해야겠어서 말긋말긋 윤 직원 영감의 눈치를 살핍니다.

아무래도 노망이 아니면 환장한 소린 것 같은데, 혹시 그게 정말이어서, 이놈의 영감태기가, 여보소, 나는 인제는 재산이고 무엇이고 죄다 소용없네······. 없으니, 자 이걸 가지고 자네나 족히 평생을 하소······. 이렇게 선뜻 몇 만 원 집어 주지 말랄 법도 노상 없진 않으려니 싶어(싶다기보다도) 그렇게 횡재를 했으면 좋겠다고 다뿍 허욕이 받쳐서, 올챙이는 시방 궁상으로 부른 헛배가 가뜩이나 더 부르려고 하는 판입니다. 눈에 답신 고이도록 보비위를 해 줄 필요가 그래서 더욱 간절했던 것입니다.

"영감님?"

"어이?"

부르는 소리도 은근했거니와 대답 소리도 다정합니다.

"지가 꼬옥 영감님께 한 가지 권면해 드릴 게 있습니다!"

"권면?"

"네, 다름이 아니라……."

"아니, 자네가 시방 또, 은제치름 날더러 저 무엇이냐, 핵교 허년 디다가 돈 기부허라구, 그런 권면헐라구 그러잖넝가? 그런 소리거덜랑, 이 사람아, 애여 말두 내지두 말소!"

이렇게 황망히 방색을 하는 것이, 윤 직원 영감은 어느덧 꿈이 깨고 생시의 옳은 정신이 들었던 모양입니다.

미상불 여태까지 그 가라앉은 침통한 목소리나 암담한 안색은 씻은 듯이 어디로 가고 없고, 활기 있는 여느 때의 그의 얼굴을 도로 지니고 앉았습니다.

"아니올시다! 원……."

올챙이는 그만 속으로 떡심이 풀리고 입이 헤먹으나, 그럴수록이 더욱 잘 건사를 물어야 할 판이어서 흔감스럽게 말을 받아 넘깁니다.

"천만에 말씀이지, 그때 한 번 영감이 안 되겠다구 하신 걸 또 말을 낼 리가 있습니까? 그게 무슨 그다지 유익한 일이라구……. 실상 그때 그 말씀을 한 것두 달리 그런 게 아니랍니다. 다 학교라두 하나 만드시면 신문에두 추앙이 자자할 것이구, 또 동상두 서구 할 테니깐, 영감님 송덕이 후세에 남을 게 아니겠다구요? 그래서 저두 머, 지나는 말루다가 한 번 말씀을 비쳐 본

거지요……. 사실 또 생각하면, 괜히 돈 낭비나 되지, 그게 그리 신통한 소일두 아니구말구요!"

"신통이구 지랄이구 이 사람아, 왜 글씨 제 돈 디려가면서 학교를 설시허네 무얼허네, 모두 남 존 일을 헌단 말잉가? 천하 시러베 개아덜 놈덜이지……. 인제 보소마넌, 그런 놈덜은 손복을 히여서, 오래잔히여 박적을 차구 빌어먹으러 댕길 티닝개루, 두구 보소!"

과연 윤 직원 영감은 환장한 것도 아니요, 노망이 난 것도 아니요, 정신이 초랑초랑합니다. 아마 아까 하던 소리는 잠꼬댈 시 분명합니다. 따라서 올챙이에게는 미안하나 어쩔 수 없는 노릇입니다. 올챙이는 윤 직원 영감의 비위를 맞추자던 것이 되레 건드려 논 셈이 되었고 본즉, 땀이 빠지도록 언변을 부려 가면서 공공사업에 돈을 내는 게 불가한 소치를 한바탕 늘어놓습니다. 그러고 나서 비로소 처음 초를 잡다가 만 이야기를 다시금 꺼내던 것입니다.

"참 지가 하루 이틀 영감님을 뫼시구 지내는 바가 아니구, 그래 참 저렇게 상심이나 하시구, 그런 끝에 노인이 퀄식이나 하시구, 그러시는 걸 뵙기가 여간만 민망스런 게 아니에요. 저두 늙은 부모가 있는 놈인데, 남의 댁 어른이라구 그런 근경 못 살피겠습니까……? 그래 제 간에는 두루 유념을 하구 지내지요.

이건 참 입에 붙은 말씀이 아니올시다!"

"그렁개루 설렁탕 사 준다구 허넝가?"

"원! 영감두……! 이거 보세요, 영감님?"

"왜 그러넝가?"

"지가 꼬옥 맘을 두구서 권면하는 말씀이니, 저어 마나님 한 분 얻으시는 게 어떠세요?"

윤 직원 영감은 대답 대신 히물쭉 웃으면서 눈을 흘깁니다. 네 이놈 괘씸은 하다마는 그럴듯하기는 그럴듯하구나……. 이 뜻이지요.

올챙이도 히죽히죽 웃으면서 없는 모가지를 늘여 가지고 조 촘 한 무릎 다가앉습니다.

"거, 아직 기운두 좋으시구 허니, 불편허신 때 조석 마련이며, 몸시중이며, 살뜰히 들어 주실 여인네루, 나이나 좀 진득헌 이를 하나 구허셔서, 이 근처 가까운 데다가 치가나 시키시구 허시면, 아 좀 좋아요? 허기야 따님까지 와서 기시구 허니깐 머어 범연하겠습니까마는, 그래두 잘 하나 못 하나 마나님이라구 이 름 지어 두구 지내시면, 시중드는 것두 훨씬 맘에 드실 것이구, 또 아직 정하시겠다 밤저녁으루 적적하시면 내려가서 위로두 더러 받으시구, 헤헤!"

"네라끼 사람!"

올챙이의 말조가 매우 근경 속이 있고, 더욱이 그 끝에 한 대문은 썩 실감적이고 보매, 윤 직원 영감은 눈을 흘기고 히물쭉 웃는 것만으로는 못 견디겠던지 담뱃대를 뽑는 입에서 지르르 침이 흘러내립니다.

"헤헤……. 거, 좋잖습니까……? 그러니 여러 말씀 마시구, 마나님 구허실 도리를 하십시오, 네?"

"허기사 이 사람아!"

윤 직원 영감은 마침내 까놓고 흉중을 설파합니다.

"자네가 다 참, 내 근경을 알아채구서 기왕 말을 냈으니 말이지, 낸들 왜 그 데숙이에 서캐 실은 예편네라두 하나 있으면 졸 생각이 읎겄넝가……? 아, 그렇지만, 그렇다구 내가 이 나이에 어디 가서 즘잔찮게 여편네 읃어 달라구 말을 낼 수야 없잖넝가? 그렇잖엉가?"

"아, 그야 그러시다뿐이겠습니까! 그러신 줄 저두 아니깐……."

"글씨, 그러니 말이네……. 그런 것두 다 내가 인복이 읎어서 그럴 티지만, 거 창식이허며 또 종수허며 그놈덜이 천하에 불효막심헌 놈덜이니! 마구 잡어 뽑을 놈덜이여. 웨 그렇고 허면, 아 글씨, 즈덜은 네 기, 첩년을 모두 둘씩, 셋씩 읃어서 데리구 살면서, 나넌 그냥 그저 모르쇠이네그려……! 아, 그놈덜이 작히나

138

사람 된 놈덜이머넌 허다못히서 눈 찌그러진 예편네라두…….
흔헌 게 예편네 아닝가? 허니 눈 찌그러지구 코 삐틀어진 예편
네라두 하나 줏어다가 날 주었으믄, 자네 말대루 내가 몸시중두
들게 허구, 심심파적두 허구 그럴 게 아닝가? 그런디 그놈덜이,
내가 모야 준 돈은 갖구서 즈덜만 밤낮 그 지랄을 허지, 나넌 통
히 모른 체를 허네그려! 그러니 그놈덜이 잡어 뽑을 놈덜 아니
구 무엇이람 말잉가?"

　속이 본시 의뭉하고, 또 전접스런 소리를 하느라고 그러지,
실상 알고 보면 혼자 지내는 게 작년 가을 이짝 일 년 지간이고,
그전까지야 첩이 끊일 새가 없었더랍니다.

　시골서 살 때에 첩을 둘씩 얻어 치가를 시키고, 동네 술에미
가 은근하게 있으면 붙박이로 상관을 하고 지내고, 또 촌에서
계집애가 북실북실한 놈이 눈에 뜨이면 다리 주무른다는 핑계
로 데려다가 두고서 재미를 보고, 두루 이러던 것은 그만두고라
도, 서울로 올라와서 지난 십 년 동안 첩을 갈아세운 것만 해도
무려 십여 명은 될 것입니다.

　기생첩이야, 가짜 여학생 업이야, 명색 숫처녀첩이야, 가지각
색이었지요. 모두 일 년 아니면 두서너 달씩 살다가 갈아세우고
하던 것들입니다.

　그래 오던 끝에, 재작년인가는 좀 그럴듯한 과부 하나를 얻어

바로 집 옆집을 사 가지고 치가를 시키면서 쏠쏠히 탈 없이 일 년 넘겨 이태 가까이 재미를 본 일이 있었습니다.

나이는 서른댓이나 되었고, 인물도 그리 추물은 아니고, 신식 계집들처럼 되바라지지도 않고, 그리고 근경 속 있고 솜씨 얌전하고 해서, 참 마침감이었습니다.

윤 직원 영감은, 제가 그대로 병통 없이 말치 없이 자기 종신 토록 잘 살아만 주면 마지막 임종에 가서, 그 집하고 또 땅이나 벼 백 석거리하고 떼어 주어 뒷고생 않게시리 해 주려니, 이쯤 속치부를 잘 해 두었습니다.

아 그랬는데 글쎄, 그 여편네만은 결코 그러지 않으려니 했던 게, 웬걸, 제 버릇 개 못 준다더니, 남의 첩데기 짓을 하느라고 끝내는 요게 샛밥을 날름날름 집어 먹다가, 필경은 이웃집에 기식하고 있는 젊은 보험회사 외교원 양반과 찰떡같이 배가 맞아가지고는 어느 날 밤엔가 패물이야 옷 나부랑이를 말끔 쓸어 가지고 야간도주를 해 버렸습니다.

늙은 영감한테 매달려, 얼마 아니 남은 인생을 멋없이 흐지부지 늙혀야 하느냐, 혹은 내일은 삼수갑산을 갈 값에 셰퍼드 같은 젊은 놈과 붙어서 지내야 하느냐 하는 그 우열과 이해의 타산은 제각기 제 나름이겠지만, 윤 직원 영감은 그걸 보고서, 그년이 제 복을 제가 털어 버렸다고, 그년이 인제 논두덕 죽음 하지야고, 두고두고 욕을 했습니다.

그 여편네의 신세를 가긍히 여겨 그랬다느니보다, 보물은 아니라도 썩 마음에 들던 손그릇이나 하나 잃어버린 것같이 신변이 허전하고, 그래 오기가 나 욕으로 화풀이를 했던 것이지요.

아무튼 한 번 그렇게, 알뜰한 첩에 맛을 들인 뒤로는 여느 기생첩이나 가짜 여학생첩이나 그런 것은 다시 얻을 생각이 없고, 꼭 그런 놈만 마침 골라서 전대로 재미를 보고 싶습니다.

그러잖았으면야 그게 작년 가을인데 벌써 그동안 둘은 들고 나고 했지, 그대로 지냈을 리가 있나요.

첩을 얻어 들이는 소임으로, 몇 해 단골 된 곰보딱지 방물장수가, 그 운덤에 허파에서 바람이 날 지경이지요. 일껏 골라다가는 선을 뵐라치면 트집을 잡아 가지굴랑 탁탁 퇴짜를 놓고, 그러면서 속히 서둘지 않는다고 성화를 대곤 해요.

윤 직원 영감으로야 일 년짝이나 혼자 지내고 보니, 급한 성미에 중매가 더디다고 야단을 치는 게 무리도 아니요, 그러니 자연 늙은이다운 농엄이나 심술로다가, 첩 아니 얻어 주는 맏아들 창식이 윤 주사나 큰손주 종수가 밉고, 미우니까 전접스런 소리며 욕이 나올 밖에요.

저희들은 마음대로 골라잡아 마음대로 데리고 살면서, 그러니까 마음만 있게 되면 썩 좋은 놈을 뽑아다가 부친(또는 조부의) 봉친거리로 바칠 수가 있을 테련만, 잡아 뽑을 놈들이라 범연하여 그래 주지를 않는대서요.

윤 직원 영감은 혹시 무슨 다른 일로라도, 아들 윤 주사나 큰손주 종수를 잡아다가 앉혀 놓고 욕을 하던 끝이면 으레,

"야, 이 수언 불효막심헌 놈덜아! 그래, 느놈덜은 이놈덜, 밤낮 지집 둘셋 은어 놓구……. 그러면서 이 늙은 나넌 이렇기 죽으라구 내빼려 두어야 옳단 말이냐. 이 수염 잡아 뽑을 놈덜아!"

이렇게, 충분히 노골적으로 공박을 하곤 합니다. 그러니까 시방 올챙이를 데리고 앉아서 그쯤 꼬집어 뜯는 것은 오히려 점잖은 편이라 하겠습니다.

올챙이는 보비위 삼아 생색을 내자던 노릇이라, 구하다 못하면 썩은 나무토막이라도 짊어져다 들이안길 값에, 기왕 낸 말이니 입맛 당기게시리 뒷갈무리를 해 두어야만 할 판입니다.

"지가 불일성지루, 썩 그럴듯한 놈, 아니 참 저 마나님 하나를 방구어 보지요……. 실상은 말씀이야 오늘 저녁에 첨으루 냈지만, 그새두 늘 그런 유념을 하구설랑 눈여겨보기두 허구, 그럴 만한 자리에 연통두 해 보구 그래 왔더랍니다!"

"뜻이나마 고맙네만, 구만두소, 원……."

말은 그렇게 나왔어도, 실눈으로 갠소름하니 웃는 눈웃음하며, 헤벌어지는 입하며, 다뿍 느긋해하는 게 갈데없습니다. 너

같으면 발이 넓어 먹는 골도 여러 갈래고, 또 게다가 주변도 있고 하니까, 쉽사리 성사를 하리라, 이렇게 미더운 생각이 들었던 것입니다.

"괜히 그리십니다! 저 하는 대루 가만 두고 보십시오, 인제……."

"더군다나 거 지상(기생)이니 여학생이니, 그런 것이나 어디 가서 줏어올라구? 돈이나 뜯어낼라구 허구, 건방지기나 허구, 밤낮 샛밥이나 처먹구……. 그것덜은 쓰겄덩가, 어디……."

"못쓰구말구요! 전 그런 것은 애여 천거두 않습니다. 인제 보십시오마는, 어쨌든 진득허니 한 오십 먹은 과부루다가……."

"네라끼 사람! 쉰 살 먹은 늙은이를 데리다가 무엇이다 쓴다덩가!"

"허허허허……. 네네, 그건 지가 영감님 속을 떠보느라구 짐짓 그랬답니다, 허허허허……."

"허! 그 사람 참……."

"허허허허……. 헌데, 그러면 한 서른댓 살이나, 그렇잖으면 사십이 갓 넘었던지……."

"허기사 너머 젊어두 못쓰겄데마는……."

"네, 알겠습니다. 다 제게 맡겨 두구 보십시오. 나이두 듬직허구, 생김새두 숫두루움허구, 다 얌전스럽구 까리적구 살림 잘허구 근경 속 있구……. 어쨌든지…….”

마침 골목 밖에서 신문 배달부의 요란스런 방울 소리가 울려 와서 두 사람의 이야기를 막고 문득 긴장을 시켜 놓습니다. 호외가 돌던 것입니다.

사변 중일 전쟁은 국지 해결이 와해가 되고 북지 사변으로부터 전단이 차차 중남지로 퍼지면서 지나(청국) 사변에로 확대가 되어 가고, 그에 따라 신문의 호외도 잦은 판입니다.

물론 호외 그것의 방울 소리가 아무리 잦더라도, 여느 수재나 그런 것이라면 흥미가 오히려 무디어지는 수가 있지만, 이건 전쟁이라는 커다란 사변인지라, 호외가 잦으면 잦을수록 사건의 확대와 진전을 의미하는 게 되어서, 사람의 신경은 더욱더욱 날이 서던 것입니다.

호외 방울 소리에 말은 끊기고 주객은 다 잠잠합니다. 제가끔 사변 현실에 대한 저네의 인식 능력을 토대 삼아, 그 발전을 호외 방울 소리에 의해서 제 마음대로 상상하고 있던 것입니다.

“어디 또 한 군디 함락시켰넝개비네, 잉?”

이윽고 방울 소리가 멀리 사라지자 윤 직원 영감이 비로소 침묵을 깨뜨리던 것입니다.

“글쎄요……. 아마 그랬는 게지요.”

“거 머, 청국이 여지읎넝개비데? 워너니 즈까짓 놈덜이 어디라구, 세계서두 첫찌 간다넌 일본허구 쌈을 헐라구 들 것잉가?"

"그렇구말구요! 지나 병정이라껀 허잘것없습니다. 앞에서 총
소리 나면 총칼 내던지구서 도망 뺄 궁리부터 하구요. 그래서
지나는 병정이 두 가지가 있답니다. 앞에서 전쟁하는 병정이 있
구, 또 그놈들 못 도망가게 하느라구 뒤에서 총을 대구 지키는
병정이 있구. 도망을 가는 놈은 그대루 쏘아 죽인다니깐요!"

"원, 저런 놈덜이……! 아니 그 지랄을 히여 가면서 무슨 짓
이라구 쌈은 헌다넝가? 응? 들이닝개루, 이번으두 즈가 먼첨 찝
적거리서 쌈이 되얐다네그려?"

"그렇죠. 그놈들이 다 어리석어서 그래요!"

"아니 글씨, 좋게 호떡 장수나 히여 먹구 인죄견 장수나 히여
먹을 일이지, 어디라구 글씨 덤비냔 말이여!"

"즈이는 별조 없어두, 믿는 구석이 있어 그랬다나 바요?"

"믿다니?"

"아라사(러시아)를 찜믿구서 그랬다구요!"

"아라사를?"

"네. 그것두 달리 그랬으꼬마는, 아라사가 쏘삭쏘삭해서 지
나의 장개석일 충동질 시켰대요. 이애 너 일본하구 싸움 않니?
아니해? 어 병신 바보 녀석아, 그래 그렇게 꿈쩍 못 해……? 싸
움해라, 싸움해. 하기만 하면 내가 뒤에서 한몫 거들아 줄 테니,

145

응? 아무 걱정 말구서 덤벼들어라. 덤벼서 싸움만 하란 말이다. 하면 다 좋은 수가 있으니……. 이렇게 충동질 놀았대요!"

"오옳지, 아라사가 그랬다! 그런디 아라사가 왜? 저 거시기 그때 러일 전쟁에 진 그 원혐으루? 그 분풀이루……."

"아니지요. 거런 게 아니구, 아라사가 지나를 집어삼킬 뱃심으루 그랬지요!"

"청국을 집어먹을 뱃심이라……? 아니, 그거야 집어먹자구 들라면, 차라리 청국허구 맞붙어서 헌다녕 건 몰라두……."

"그건 모르시는 말씀입니다……. 아라사루 말허면 아따 저 무엇이냐, 사회주의를 하는 종족이거든요!"

"거 참 아라사 놈덜은 그렇다데그려……. 그놈의 나라으서넌 부자 사람의 것을 말끔 뺏어다가 멋이냐 농군 놈덜허구 노동꾼 놈덜허구 나눠 주었다지?"

"그렇지요!"

"허! 세상 참……."

"그런데 아라사는 즈이만 그걸 할 뿐 아니라, 지나두 즈이허구 한판 속을 만들려구 들거든요!"

"청국을? 청국두 그놈의 사회주의라냐, 그 부랑당 속을 맨들어? 그게 무어니 무어니 하여두 이 사람아, 알구 보냉개루 바루 부랑당 속이지 별것이 아니데그려……? 자네는 모르리마넌 옛

146

날 조선두 활빈당(活貧黨)이라넝 게 있었너니. 그런디 그게 시
체 그놈의 것 무엇이냐 사회주의허구 한속이더니…….”

“저두 더러 이야긴 들었습니다.”

“거 보소. 그런디 활빈당이라게 별것 아니구, 그냥 부랑당이
더니, 부랑당……. 그러닝개루 그놈의 것두 부랑당 속이지 무어
여? 그렇잖엉가?”

“그렇죠! 가난헌 놈들이, 있는 사람의 것을 뜯어먹자는 속으
루 들어선 일반이니까요!”

“그렇구 말구. 그게 모다 환장 속이여. 그런 놈덜이, 즈가 못사
닝개루 환장 속으루 오기가 나서 그런거던……. 그런디 무엇이
냐, 그 아라사 놈덜이 청국두 즈치름 그런 부랑당 속을 꿰미러
들었담 말이지?”

“그렇죠……. 허기야 지나뿐이 아니라, 온 세계를 그러자구
든다니까요!”

“뭐이? 그러면, 우리 조선두……? 아니, 조선서야 그놈덜이
사회주의허다가 말끔 잽히가서 징역 살구서, 시방은 다 너끔허
잖덩가?”

“그렇지만, 만약 지나가 그 속이 되구 보면 재미가 없죠. 머,
조선뿐이 아니라 동양 천지가 모두 재미없습니다!”

“참 그렇기두 허겄네! 청국지어조선이라, 바루 가까우닝개

루……. 거 참 그렇겄네! 그렇다면 못 쓰지! 못 쓰구 말구…….
아, 이 사람아, 다른 사람두 다른 사람이지만, 나부터두 어떻게
헌단 말잉가? 큰일 나지, 큰일 나……. 재전에 그놈의 부랑당 패
를 디리 읎이 치르던 일을 생각허면 시방두 몸서리가 치이구,
머어 치가 떨리구 허넌디, 아니 그 경난을 날더러 또 저끄람 말
이여……? 안 될 말이지! 천하 읎어두 안 될 말이지……! 어디
를! 이놈덜……. 죽일 놈덜!"

눈앞에 실지로 원수를 대하는 듯 윤 직원 영감은 마구 흥분하
여 냅다 호통을 하던 것입니다.

"아니 그러니깐…….”

"아 글씨, 누가 즈더러 부자루 못 살래서 그리여? 누가 즈 것
을 뺏었길래 그리여? 어찌서 그놈덜이 그 지랄이여……? 아, 사
람 사람이 다 제가끔 지가 타구난 복대루, 부자루두 살구, 가난
허게두 살구, 그러기루 다 하늘이 마련헌 노릇이구, 타구난 팔
잔디……. 그래, 남은 잘살구 즈덜은 못산다구, 생판 남의 것을
뺏어다가 즈덜 창사구(창자)를 채러 들어? 응……? 그게 될 말
이여……? 그런 놈덜은 말끔 잡어다가 목을 숭덩숭덩 쓸어 죽
여야지……! 아 이 사람아, 만약에 세상이 도루 그 지경이 되구
보면 그 노릇을 어쩐단 말잉가? 응?"

"허허, 그런 걱정은 아니허셔두 좋습니다!"

"안 히여두 좋다?"

"그럼요!"

"그렇다면 다행이네마넌……."

"시방 지나를 치는 것두 다 그것 때문이랍니다. 장개석이가, 즈이 망할 장본인 줄은 모르구서, 사회주의하는 아라사의 꼬임수에 넘어가지굴랑…… 꼭 망할 장본이지요……. 영감님 말씀대루 온통 부랑당 속이 될 테니깐두루……."

"그렇지! 망허다 뿐잉가……? 허릴없이 옛날으 부랑당패 한참 드세던 조선 뽄새가 되구 말 티닝개루……."

"그러니깐 말하자면, 시방 지나가 아라사의 꼬임에 빠져서 정신을 못 채리구는 함부루 납뛰는 셈이죠. 그래서 그걸 가만둬 둬선, 청국 즈이두 망하려니와 동양이 통으루 불안하겠으니깐, 이건 이래서 안 되겠다구 말씀이지요, 안 되겠다구, 일본이 따 들구 나서 가지굴랑 지나를 정신을 채리게 하느라구, 이를테면 뺨따구깨나 붙여 가면서 훈계를 하는 게 이번 전쟁이랍니다!"

"하하하! 오옳지, 옳여! 인제 보닝개루 사맥이 그렇게 된 사맥이네그려! 거참 그럴듯허구만! 거, 잘허넌 노릇이여! 아무렴, 그리야 허구말구 여부가 있을 것잉가……! 그렇거들랑 그 녀석들을 머, 약간 뺨사대기만 때릴 게 아니라, 반죽음을 시켜서, 다실랑 그런 못 된 본을 못 보게시리 늑신 두들겨 주어야지, 늑신

149

다리빽다구를 하나 분질러 주어두 한무내하지. 거 참 장헌 노릇이다……. 그러닝개루 이번 일은 여늬, 치구 뺏구 허넌 그런 전쟁허구두 내평이 달르네그려?"

"그야 다르죠!"

"참 장헌 노릇이여……! 아 이 사람아 글씨, 시방 세상에 누가 무엇이 그리 답답히여서 그 노릇을 허구 있겄넝가……? 자아 보소. 관리허며 순사를 우리 조선으루 많이 내보내서, 그 숭악헌 부랑당 놈들을 말끔 소탕시켜 주구, 그래서 양민덜이 그 덕에 편히 살지를 않넝가? 그러구 또, 이번에 그런 전쟁을 히여서 그 못된 놈의 사회주의를 막어 내 주니, 원 그렇게 고맙구 그렇게 장헐 디가 어디 있단 말잉가……. 어 참, 끔찍이두 고맙구 장헌 노릇이네……! 게 여보소, 이번 쌈에 일본은 갈디읎이 이기기넌 이기렷대잉?"

"그야 여부없죠! 일본이 이기구 말구요!"

"그럴 것이네. 워너니 일본이 부국갱병허기루 천하 제일이라 넌디……. 어참, 속이 다 후련허다."

이야기에 세마리가 팔렸던 올챙이가 정신이 들어 시계를 꺼내 보더니, 볼일이 더디었다고 총총히 물러갔습니다. 그는 물러가면서, 잘 유념을 하여 쉬이 그 마나님감을 골라다가 현신시키겠다고, 자청 다짐을 두기를 잊지 않았습니다.

절약의 도락 정신

올챙이를 보내고 나서 윤 직원 영감은 퇴침을 돋우 베고, 보료 위에 가 편안히 드러눕습니다.

침침한 십삼 와트 전등불에 담배 연기만 자욱하니, 텅 빈 삼 칸 장방 아랫목에 가서 허연 영감 하나만 그들먹하게 달랑 드러누운 것이, 어떻게 보면 징그럽기도 하고, 다시 어떻게 보면 폐허같이 호젓하기도 합니다.

윤 직원 영감은 멀거니 드러누었자매 심심해서 못 견디겠습니다. 춘심이 년이나 어서 왔으면 하겠는데, 저녁 먹고 곧 오마고 했으니까 오기는 올 테지만, 그년이 이내 뽀로로 오는 게 아니라 까불고 초라니 짓을 하느라고 이렇게 더디거니 싶어 얄밉습니다.

대복도 까맣게 기다려집니다. 간 일이 궁금도 하거니와, 여덟 신데 오래잖아 라디오를 들어야 하겠으니, 그 안으로 돌아와야 하겠습니다.

저녁을 몇 술 뜨다가 말아서 속도 출출합니다. 이런 때에 딸이고 손자며느리고 누가 하나 밥상이라도 들려 가지고 나와서, 진지 잡수시라고 권을 하면, 못 이기는 체하고 달게 먹을 텐데, 그런 재치 하나 부릴 줄 모르는 것들이거니 하면 다시금 화가 나기도 합니다.

시장한 깐으로는 삼남이라도 내보내서 우동이라도 한 그릇 불러다가 후루룩 쭉쭉 먹으면 좋겠지만, 그렇게 생각하니까는 어금니 밑에서 사뭇 신침이 괴어 나오고 가슴이 쓰리기는 하지만, 집안 애들이 볼까 보아 체수에 차마 못 합니다.

누가 먼저 오나 했더니 대복이 첫찌를 했습니다.

운동화에 국방색 당꾸 바지에, 검정 저고리에, 오그라붙은 칼라에, 배배 꼬인 검정 넥타이에, 사 년 된 맥고자에, 볕에 탄 얼굴에, 툭 불거진 광대뼈에, 근천스럽게 말라붙은 안면 근육에, 깡마른 눈정기에……. 이 행색과 모습은 백만장자의 지배인 겸 서기 겸 비서 겸, 이러한 인물이라기는 매우 섭섭해 보입니다.

차라리 살림살이에 노상 시달리는 촌의 면서기가, 그날 출장을 나갔다가 다뿍 시장해 가지고 허위단심 집엘 마침 당도한 포즈랬으면 꼬옥 맞겠습니다. 실상 또 면서기 출신이 아닌 것도 아니구요.

대복이 방으로 들어만 섰지 미처 무어라고 인사도 하기 전에 윤 직원 영감은 벌떡 일어나 앉으면서,

"히였넝가?"

하고 묻습니다.

가차압을 나가는 집달리를 따라갔으니 물어보나마나 알 일이지마는 성미가 급해 나서 진득이 저편의 보고를 기다리고 있지를 못합니다.

"예, 다 잘……."

대복은 늘 치어난 훈련으로, 제가 복명을 하기보다 주인이 묻는 대로 대답하기 위하여 넌지시 꿇어앉아 다음을 기다립니다.

"무엇으다가 붙있넝가?"

"마침 광으가 나락이 한 오십 석이나 있어서요……."

"나락? 거 참 마침이구만! 그래서 그놈으다가 붙있넝가?"

"예."

"잘힜네! 인제 경매헐 때 그놈을 우리가 사머넌 거 갠찮얼 것이네! 나락이닝개루……."

"그렇잖히여두 그럴라구 다 그렇게 저렇게 마련을……."

153

워너니 대복이 누구라고 그걸 범연히 했을 리가 없던 것입니다. 꿩 먹고 알 먹고 하는 속인데, 윤 직원 영감은 채무자의 재산을 가차압해 놓고, 기한이 지난 뒤에 경매를 하게 되면, 속살로 그것을 사 가지고 그것에서 다시 이문을 봅니다. 그 맛이 하도 고소해서 언제든지 기회만 있으면 놓치지를 않습니다.

"에 거, 일 십상 잘되얏네……! 그래서, 그분네, 술대접이나 좀 힜넝가?"

"돈 십 원어치나 술을 멕있더니, 아마 그 값이 넉넉 빠질라넝 개비라우!"

"것두 잘힜네! 무엇이구, 멕이면 되는 세상잉개루……. 그럼 어서 건너가서 저녁 먹소. 시장컸네……. 저 거시기……. 아니 그만두구, 어서 건너가서 저녁 먹소. 이따가 얘기허지……!"

윤 직원 영감은 아까 올챙이와 말이 얼린 만창 상점의 수형 조건을 상의하려다가, 그거야 이따고 내일이고 천천히 해도 급하지 않대서, 대복의 시장하고 피곤할 것을 여겨 그만두던 것입니다.

윤 직원 영감으로는 이문 속으로 탈이나 없고 할 경우면, 실상은 탈을 내는 일도 없기는 하지만, 더러 대복을 위해 줄 만도 합니다. 대복은 참으로 보뱁니다. 차라리 윤 직원 영감의 한쪽이라고 하는 게 옳겠지요.

성명은 전대복인데, 장차에는 어떻게 될는지 기약하기 어렵다 하더라도, 반평생을 넘겨 산 오늘날까지, 이름대로 복이 온전코 크고 하지는 못했습니다. 오히려 박복했지요. 윤 직원 영감과 한고향입니다. 면서기를 오 년 다녔고 그중 사 년이나 회계원으로 있었습니다. 꼼꼼하고 착실하고 고정하고 그러고도 사람이 재치가 있고, 이래서 윤 직원 영감의 눈에 들었습니다. 그런 결과 윤 직원 영감네가 서울로 이사해 올 때에, 자가용 회계원 겸, 서무서기 겸, 심부름꾼 겸, 만능잡이로다가 이삿짐과 한가지로 묻혀 가지고 왔습니다.

이래 십 년, 대복은 까딱없이 지내 왔습니다. 참말로 윤 직원 영감한테는 깎아 맞췄어도 그렇게 손에 맞기는 어려울 만큼 성능이 두루딱딱이로 만점이었습니다.

약삭빠르고 고정하고 민첩하고, 잇속이라면 훤하니 밝고……. 이러니 무슨 여부가 있을 리가 있나요.

가령 두부를 오늘 저녁에는 세 모만 사 들여보낼 예정이라면, 사는 마당에서는 두 모하고 반만 사고 싶습니다. 그러나 두부 반 모는 서울 장안을 온통 매고 다녀야 파는 데가 없으니까, 더 줄여서 두 모를 삽니다. 결국 이 전 오 리를 아끼려던 것이, 그 갑절 오 전을 득했으니, 치부꾼으로 그런 규모가 어디 있겠습니까. 대복이라는 사람이 돈을 아끼는 그 솜씨가 무릇 이렇다는 일렙니다. 진실로 얼마나 충실한 사람입니까.

그러나 그렇대서 사람이 잘다고만 하면, 그건 무릇 인간성을 몰각한 혐의가 없지 않습니다. 대복이 가령 주인네 반찬거리를 세 모를 사들여 보낼 두부를 두 모하고 반 모만 사고 싶다가, 반 모는 팔질 아니하니까 두 모를 사는 그 조화가 단지 돈 그것을 아끼자는, 즉 순전한 목적 의식만으로만 그러던 건 아닙니다.

그는 돈이야 뉘 돈이 되었든, 살림이야 뉘 살림이 되었든, 그 돈을 졸략히 쓰는 방법, 거기에 우선 깊은 취미를 가지는 사람 입니다.

그러한 때문에, 두부를 세 모 살 텐데 두 모 반을 못 사서 두 모만 산 때라든지, 윤 직원 영감의 심부름으로 동대문 밖을 나가는데 갈 제는 걸어서 가고 올 제만 타고 와서 전찻삯 오 전을 덜 쓴 때라든지, 이러한 날은 아껴 쓰고 남긴 그 돈 오 전을 연신 들여다보고 들여다보고 하면서, 무한히 유쾌해합니다. 그 돈 오 전을 그렇다고 제 낭탁에다가 넌지시 집어넣느냐 하면, 물론 절대로 없습니다.

대복은 그러므로, 가령 한 사람의 훌륭한 도락가로 천거하더라도 결단코 자격에 손색이 없을 겝니다.

어떤 사람은, 가지각색 고서를 모으기에 재미를 붙입니다. 별 알망궂은 책들을 다 모으지요. 어떤 사람은 화분 가꾸기에 재미를 들입니다. 올망졸망 화초들을 분에다가 심어 놓고 그것을 가꾸느라, 심지어 모필로다가 잎사귀에 앉은 먼지를 털기까지 합니다. 이러한 도락이 남이 보기에는 곰상스럽기나 했지 아무 소용도 없는 것 같지만, 그걸 하고 있는 당자들은 천하에도 없이 끔직스레 재미가 있습니다.

마찬가지로, 돈을 쓰는 데 요모조모로 아끼고 줄이고 깎고 해 가면서, 군것은 먼지 한 낱도 안 붙게시리 씻고 털고 한 새말간 알맹이 돈을 만들어 쓰곤 하는 대복의 그 극치에 다다른 규모도, 그러니까 뻐젓한 도락이 아닐 수가 없습니다.

윤 직원 영감과 대복이 사이엔 네 것, 내 것이 없습니다. 죄다 윤 직원 영감의 것이요, 대복이 것은 하나도 없어서 말입니다.

하기야 윤 직원 영감은 대복을 탁 믿고 월급이니 그런 것은 작정도 없이, 네 용돈은 네가 알아서 쓰라고 내맡겼은즉, 한 백만 원 집어 쓸 수도 있기는 합니다.

그러나 대복에게 매삭 든다는 것이란 게 극히 적고도 겸하여 일정한 것이어서, 담배 단풍표 서른 곽과(만약 큰달일라치면 31일 날 하루는 모아 둔 꽁초를 피웁니다.) 박박 깎는 이발삯 이십오 전과, 목간 삯 칠 전과 이런 것이 경상비요, 임시비로는 가장 하길의 피복대와 십 전 미만의 통신비가 있을 따름입니다.

그는 그러한 중에서도 주인 윤 직원 영감의 살림이나 사업에 드는 비용은 물론이거니와, 그대도록 바닥이 맑아 빠안히 들여다보이는 제 비용도 가다간 용하게 재주를 부려서 뻐젓하니 절약을 해내곤 합니다.

가령 쉬운 예를 들자면, 이런 것도 있습니다.

대복은 한 달에 한 번씩 반드시 목간을 하는데, 그 비용은 물론 칠 전입니다. 비누를 쓰지 않으니까 꼭 칠 전 외에는 수건이나 해지면 해졌지, 다른 것은 더 들 게 없습니다.

그런데 언젠가는 그 한 달에 한 번씩 하던 그 목간을 약간 늦추어 한 달 하고 닷새, 즉 삼십오 일 만에 한 번씩 해 보았습니다. 그렇게 하기를 여섯 번을 한 결과로는 매번 닷새씩 아낀 것으로 해서 일곱 달 동안에 여섯 번의 목간을 했고, 동시에 한 달 목간 삯 칠 전을 절약하는 데 성공을 했습니다.

이 성과를 거둔 날의 대복은 대단히 유쾌했습니다. 진실로 입신의 묘기로 추앙해도 아깝지 않습니다.

고향에서는 그의 과히 늙지는 않은 양친이 윤 직원 영감네 땅을 부쳐 먹고 지내면서 그다지 고생은 않습니다.

아내가 고향에서 시부모를 섬기고 있었는데 연전에 죽었고, 그래 대복은 시방 홀아빕니다.

죽은 아내가 불쌍하고, 시골 살림이 각다분하고, 홀아비 신세가 초라하지만, 그런 걸 전화위복이라고, 과연 복이 될는지 무엇이 될는지 아직은 몰라도, 복이려니 하는 대망을 아무튼 홀아비가 된 그걸로 해서 품을 수만은 있게 되었던 것입니다.

대복이 그가 임자 없는 사내인 것과 일반으로 안에는 시방 임자 없는 여편네 서울 아씨가 있어서, 우선 임자 없는 계집, 사내가 주객이 되었다는 것이 가히 원칙적으로는 그 둘은 합쳐 줄 조건이 되던 것입니다.

물론 실제란 놈은 언제고 원칙을 생색내 주려 들지 않으니까, 그래서 대복의 대망도 장차 어떻게 될는지 모르기는 합니다.

첫째, 둘이서(아니 저쪽에서) 뜻이 있어야 하고, 윤 직원 영감이 죽어 버리거나, 그러잖으면 묵인을 해 주거나 해야 하겠으니, 그것이 모두 미지수가 아니면 억지로다가 뛰어넘을 수는 없는 난관입니다.

가령 윤 직원 영감이 막고 못 하게 하는 것을 저희 둘이서만 배가 맞아서 살잔즉 서울 아씨의 분재 받은 오백 석거리가 따라오지 않을 테니, 그건 대복이로 앉아서 보면 목적을 전연 무시한 결과라 아무 의의도 없을 노릇입니다.

대복이라는 사람이 본시 계집에게 반하고 어쩌고 할 활량도 아니요, 반할 필요도 없기는 하지만, 그러니 더구나 목움추리에, 주근깨 바탕에, 납작코에, 그런 빈대 상호의 서울 아씨가 계집으로 하 그리 탐탁하다고 욕심이 날 이치는 없습니다.

다만 홀아비라는 밑천이 있으니까, 오백 석거리로 도금한 과부라는 데에 오직 친화성이 발견될 따름이고, 그게 대망의 초점이지요.

그러니까 시방 대복은 제일단의 문제로, 서울 아씨가 저에게 뜻이 있으면 하고 바랍니다. 만약 그렇기만 하다면 일이 한 조각은 성공이니까, 매우 기뻐할 현상이겠습니다.

그러나 아무리 그렇더라도, 가령 서울 아씨가 쫓아 나와서 제 허리띠에 목을 매고 늘어지더라도, 제이단의 난관인 윤 직원 영감의 묵인이나 승낙이 없고 볼 것 같으면 알짜 오백 석거리의 도금이 벗어져 버린 서울 아씨일 터인즉, 그는 단연코 그 정을 물리칠 것입니다.

몽글게 먹고 가늘게 싸더라도, 윤 직원 영감이 인제 죽을 때는 단돈 몇 천 원이라도 끼쳐 줄 눈치요, 그것만은 외수가 없는 구멍인 것을, 잘못하다가 그 구멍마저 놓쳐서는 큰 낭패이겠으니 말입니다.

"전 서방님 오섰넌디 저녁 진지상 주어기라우……."

삼남이 안방 대뜰로 올라서면서 띄워 놓고 하는 소립니다.

"전 서방 오셨니?"

안방에서 경손과 태식을 데리고, 무슨 이야긴지 이야기를 하고 있던 서울 아씨가, 와락 반가운 소리로 대답을 하면서 마루로 나오더니 이어 부엌으로 내려갑니다.

전 서방이고 반 서방이고 간에, 그의 밥상을 알은체할 머리도 없고, 또 계제가 그렇게 되었더라도 삼월이를 불러 대서 시키든지 조카며느리들한테 밀든지 할 것이지, 여느 때는 부엌이라고 들여다보지도 않는 서울 아씨로, 느닷없이 이리 서두는 것은 적실코 한 개의 이변이 아닐 수가 없습니다.

경손이 그 이변을 직각하고서 서울 아씨가 나간 뒤에다 대고 고개를 끄덱끄덱, 혓바닥을 날름날름합니다.

서울 아씨는 물론 그런 눈치를 보인 줄은 모를 뿐 아니라 자신의 그러한 행동이 이변스러운 것조차 미처 깨닫지 못합니다.

하나 그렇다고 또 서울 아씨가 대복이한테 깊수름한 향의가 있는 것이냐 하면, 실상인즉 그게 매우 모호해서 섬뻑 이렇다고 장담코 대답하기는 난감합니다.

혓바닥은 짧아도 침은 멀리 뱉는다고 합니다. 서울 아씨는, 양반의 집 자녀요, 양반의 집 며느리였고, 친정이 만석꾼이요, 내 몫으로 오백 석거리가 돌아올 테고, 이러한 신분을 가져다가 사랑방 서사 대복과 견줄 생각은 일찍이 해 본 적이 없습니다. 그러니까 가령 어떻게 어떻게 되어서, 이러쿵저러쿵 말이 얼려 가지고 대복한테로 팔자를 고친다 치더라도, 그거나마 마다고 물리치지는 않을지언정, 대복이라는 인물이 하 그리 솔깃하거나 그래서 그러는 것은 아닐 텝니다. 하고, 오로지 그가 치마를 두른 계집이 아니고 남자라는 것, 단연 그것 하나 때문일 것입니다.

그렇기로 들면, 같은 남자일 바에야 대복보다는 어느 모로 따지든지 취함직한 남자가 하고많을 텐데 하필 그처럼 눈에도 안차는 대복이냐고 하겠지요.

그러나 서울 아씨는 시집을 갈 수 있는 숫처녀인 것도 아니요, 신풍조를 마신 새로운 여인도 아닙니다. 그는 단지 하나의 낡은 세상의 과부입니다. 이 세상에 사람이 있는 줄은 알아도, 남자가 있는 줄은 의식적으로 모릅니다. 그것은 또, 결단코 절개가 송죽 같아서가 아니라, 눈 가린 마차말이 마차를 메고 달리는 것과 일반으로 훈련된 본능일 따름입니다.

과부라는 것은, 그 이유는 몰라도 그냥 그저 두 번째 남편을 맞지 않는 것이라고만 알고 있기 때문입니다.

그리하여 서울 아씨도 장차 어떠한 고패에 딱 다들려서는 그 훈련된 본능을 과연 보존할지가 의문이나, 아직까지는 털고 나서서 개가를 하겠다는 의사는 감히 없고, 역시 재혼이라는 것은 못 하는 걸로 여기고만 있습니다.

하기야 더러 그 문제를 가지고 빈약한 소견으로 두루두루 생각을 해 보지 않는 것은 아니나, 아무리 둘러대 보아야 그것은 힘에 벅찬 거역이어서, 도저히 가망수가 없으리라 싶기만 하던 것입니다.

'그러하다면서 대복이한테 그가 심상찮은 마음의 포즈를 보인다고 한 것은 역시 공연한 데마가 아니냐?'

그러나 그것은 막상 그렇지 않은 소치가 있습니다.

과부라고, 중성이 아닌 바에야 생리적으로 꼼짝 못할 명령자가 있는 것을, 그러니 이성이 그립지 않을 이치가 없습니다. 서울 아씨도 이성이 그립습니다. 지금 스물아홉인데 십이 년 전에 일 년 동안 겨우 남편과 지내고서 이내 홀몸입니다.

삼십이 되어 오니 그 이성에 대한 그리움이 차차로 더합니다. 그가 성자다운 수련을 쌓지 않은 이상, 단지 과부라는 형식만 있어 가지고는 호르몬 분비의 명령인, 한 개의 커다란 필연을 도저히 막아 낼 수는 없던 것입니다.

그러므로 그는 극히 자연스러운, 그러나 일종 근육적인 반사 작용으로써 이성을 그리워하고, 무의식한 가운데 이성을 반겨하지 않을 수가 없는 여자 서울 아씨던 것이요. 그런데 일변 그의 세계란 것은 겨우 일백마흔 평이라는 이 집 울안으로 제한이 되어 있고, 그 제한된 세계에는 오직 대복이 남자로 존재해 있을 따름이던 것입니다.

그러니까 서울 아씨는 대복이라면 그와 같이 의식보다도 제

풀 근육이 반사적으로 날뛰어 몸이 먼저 반가워하고, 그것이 날이 갈수록 남의 눈에 뜨이게 차차로 현저해 가던 것입니다.

그렇지만 서울 아씨의 근육이 풍겨 내놓은 이변은, 그러나 저혼자서는 도저히 발전을 할 능력이 없을 뿐 아니라 아직은 한낱 재료일 따름이요, 겸하여 의사의 판단과 상량을 치르지 않은 것인즉, 미리 대복을 위하여 축배를 들 거리는 못 되는 것입니다.

그건 그렇다고 하더라도 삼남이 웬만큼 눈치가 있었더라면, 밥상을 들고 나가서 대복이더러 넌지시, 아 서울 아씨가 펄쩍 뛰어나오더니 평생 않던 짓을, 밥상을 차린다, 이것저것 반찬을 골라 놓는다, 또 숭늉을 데운다, 뭐 야단이더라고, 이쯤 귀띔이라도 해 주었을 것입니다.

그랬으면야 대복도 속이 대단 굴저했을 것이고, 어떻게 적극적으로 무슨 모션을 건네 보려고 궁리도 할 것이고 그랬을 텐데, 삼남이란 본시 제 눈치도 모르는 아인 걸 남의 눈치를 알아챌 한인은 아니었으니까요.

그래, 대복은 전에 없던 밥상인 것만 이상히 여기고 말았습니다. 그러나 경손이 그 애가 능청맞은 애라, 제 대고모의 그러한 이변을 발견했은즉 혹시 무슨 장난이라도 할 듯싶고, 그 끝엔 어떤 일이 생길 듯도 하고 하기는 합니다마는, 물론 꼭이 그러리라고 단언은 할 수 없는 일이고요.

실제록

대복이 윤 직원 영감의 머리맡 연상에 놓인 세트의 스위치를 누르는 대로 JODK(경성 최초의 방송국)의 풍류가 마침 기다렸던 듯 좌악 흘러 나옵니다.

"따앙 찌찌 즈응 증지 따앙 증응 다앙…….."

잔영산입니다.

청승스런 단소의 동근 청과, 의뭉한 거문고의 콧소리가 서로 얽혔다 풀렸다 하는 사이를, 가냘파도 양금이 야물치게 메기고 나갑니다.

"다앙 당 동, 다앙 동 다앙당, 증찌, 다앙 당동당, 다앙 따앙."

이윽고 초장이, 끝을 흥 있이 몰아치는 바람에 담뱃대를 물고

모로 따악 드러누워 듣고 있던 윤 직원 영감은,

"좋다!"

하면서 큼직한 엉덩판을 한 번 칩니다.

무릇 풍류란 건 점잖대서, 잡가나 그런 것과 달라 그 '좋다!'를 않는 법이랍니다. 그러나 그까짓 법이 무슨 상관이 있나요. 윤 직원 영감은 좋으니까 좋다고 하면 그만이지요.

이렇게 무식은 해도, 그거나마 음악적 취미의 교양이 윤 직원 영감한테 지녀져 있다는 것이 일변 거짓말 같기는 하지만, 돌이켜 직원 구실을 지낼 무렵에 선비들과 주축한 그 덕이라 하면 그리 이상튼 않겠습니다.

라디오를 만져 놓고 마악 제 방으로 물러가는 대복과 엇갈려, 춘심이 년이 배시시 웃으면서 들어섭니다.

"어서 오니라. 이년, 왜 이렇게 늦게 오냐?"

윤 직원 영감은 반가워하면서 욕을 하고, 춘심은 욕을 먹어도 타지는 않습니다.

"일찍 올 일은 또 무엇 있나요? 오구 싶으믄 오구, 말구 싶으믄 말구 하지요. 시방 세상은 자유 세상인데……!"

춘심이 단숨에 이렇게 씨월거리면서 얼굴 앞에 바투 주저앉는 것을, 윤 직원 영감은 멀거니 웃고 바라다봅니다.

"대체, 네년 주둥아리다가넌 도롱태를 달었넝개비다? 어찌

그리 말허넌 주둥이가 때르르허니 방정맞냐?"

"도롱태가 무어예요?"

"떠들지 말구, 이년아……. 나 풍류 소리 들을라닝게 발치루 가서 다리나 좀 쳐라, 응?"

"싫여요! 밤낮 다리만 치라구 허구…….."

불평을 댈 만도 하지요. 비록 반픐 값에 영업장을 가졌고, 세납을 물고 하는 기생더러 육장 다리를 치라니요.

춘심은 금년 봄부터 시작하여 윤 직원 영감이 다섯 번이나 내리 실연을 한 뒤의 여섯 번째 애인입니다.

작년 가을, 그 살뜰한 첩이 도망을 간 뒤로 윤 직원 영감은 객회가 대단히 심했고, 그뿐 아니라 밤저녁으로 말동무가 없게 되어 여간만 심심치가 않았습니다.

사랑은 쓰고 있으되, 놀러 올 영감 친구 하나 없습니다. 정 무엇하면 객초(客草) 몇 대씩 허실하면서라도 바둑 친구나 청해 오겠지만, 윤 직원 영감은 바둑이니 장기니 그런 것은 자고 이후로 통히 손을 대 본 적이 없습니다. 웬만한 노인들은 대개 만질 줄은 아는 골패도 모르고 이날 이때까지 살아왔습니다. 그런 기국이나 잡기에 손을 대지 않은 것은, 소싯적에 남들이 노름꾼 말대가리 자식 놈이라고 뒷손가락질과 귀먹은 욕을 하는 데 절치부심을 한 소치라고 합니다.

말동무 하나 없이 밤이나 낮이나 텅 빈 삼 칸 장방에 담뱃대를 물고 혼자 달랑 누웠다 앉았다 하자니, 어떤 때에는 마구 다리가 비비 꼬이게시리 심심해 살 수가 없습니다.

그러자 마침 올 삼월인데, 윤 직원 영감이 작년 추석에 성묘 겸 고향을 내려갔을 제 술자리에서 수삼 차 불러 논 기생 하나가 그 뒤 서울로 올라왔다고, 그래 고향 어른을 뵈러 온다고 일부러 이 계동 구석까지 찾아온 일이 있었습니다.

그때에 그 기생이 제 동생이라고, 머리 딴 동기 아이 하나를 데리고 와서 같이 인사를 드렸고, 윤 직원 영감은 그놈 동기 아이가 매우 귀여웠습니다.

"너, 가끔 놀러 오니라. 와서 날 이얘기책두 읽어 주구, 더러 다리두 쳐 주구 허머넌, 내 군밤 사 먹으라구 돈 주지……."

덜머리진 총각 녀석이 꼬마둥이더러, 엿 사 주께시니……달라는 법수와 별반 다를 게 없는 행티겠지요. 깊이 캐고 보면 말입니다.

설마 그런 눈치야 몰랐겠지만, 동기 아이는 웃기만 하지 대답을 않는 것을 형 되는 큰 기생이 제 동생더러 그래라 올라와서 모시고 놀아 드려라. 노인은 애들이 동무란다고 타이르던 것입니다. 역시 무슨 딴 의사가 있을 줄은 몰랐을 것이고, 다만 제 생색을 내어 놀음발이라도 틀까 하는 요량이던 게지요.

윤 직원 영감은 하기야 큰 기생이 종종 와 주면 해롭진 않을 판입니다. 더러 와서는 조용히 시조장이나 부르고, 콧노래 섞어 잡가 토막도 부르고, 이런 이야기 저런 이야기 이야기나 하고…….

물론 그것뿐입니다. 윤 직원 영감은 큰 기생 그한테 뜻이 있을 필요는 전연 없습니다. 털어놓고 오입을 한다든지 하자면야 서울 장안의 기생만 하더라도 얼굴이 천하일색이 수두룩하고, 또 가령 얼굴은 안 본다 칠 값에 노래가 명창으로 멋이 쿡 든 기생이 또한 하고많은데, 그런 놈 죄다 젖혀 놓고 하필 인물도 노래도 다 시원찮은 이 기생을, 같은 돈 들여가면서 그러잘 머리가 없는 게니까요.

그러나 일변, 기생으로 보면 새파란 젊은 년이 무슨 그리 살뜰한 정분이며 알뜰한 정성이 있다고 제 벌이 제 볼일 젖혀 놓고서, 육장 이 구석을 찾아와서는 노름채 못 받는 개평 놀음을 논다, 아무 멋대가리도 없는 늙은이 시중을 든다 하고 싶을 이치가 없을 게 아니겠습니까.

경위가 이러하고 본즉 윤 직원 영감은 단지 눈앞의 화초로만 데리고 놀재도 이편에서 오라고 일러야 할 것이요, 오라고 해서 오고 보면 그게 한두 번일세 말이지, 세 번에 한 번쯤은 소불하 십 원 한 장은 집어 주어야 인사가 아니겠다고요.

그러나 돈이 십 원, 파랑딱지 한 장이면 일 원짜리로 열 장이요, 십 전짜리로 일백 닢이요, 일 전짜리로 일천 닢이요, 옛날 세상이라면 엽전으로는 오천 닢이요, 오천 닢이면 만석꾼이 부자라도 무려 일천칠백 번이나 저승을 갈 수 있는 노수요 한 걸 생판 어디라고 윤 직원 영감이 그렇게 함부로 쓸 법은 없던 것입니다.

그런데 그게 옹근 기생이 아니요, 동기고 볼 양이면 이런 체면 저런 대접 여부없이 가끔가다 돈 장이나 집어 주곤 하면 제야 군밤을 사 먹거나 봉지쌀을 사들고 가거나 이편의 아랑곳이 아니요, 내가 할 도리는 넉넉 차리게 될 테니까 두루 좋습니다.

그런 고로 해서, 동기를 데리고 노는 것이 돈 덜 드는 규모 있는 소일일 뿐만 아니라, 또 윤 직원 영감은 기왕 소일거리로 데리고 놀 바에야 계집애가 더 귀엽고 재미가 있습니다. 오히려 그 소일거리 이상의 경우를 고려해서, 역시 돈은 적게 들고 비공식이요, 그러고도 취미는 더 있을 게 계집애입니다.

사람이 나이 늙으면 늙을수록 어린 계집애가 귀여운 법이라고요. 그거야 귀여워하는 법식 나름이겠지만, 윤 직원 영감의 방법은 의미심장합니다.

그리하여, 계제가 마침 좋은지라 윤 직원 영감은 기생 형제가 하직 인사를 하고 일어설 때에 큰 기생더러,

"그럼 자네가 더러 좀 올려 보내소. 내가 거 원, 이렇게 혼자 있으닝개 제일 말동무가 읎어서 심심히여 못 허겄네……. 그러니 부디 가끔가끔……."

하고 근천스런 부탁을 했습니다.

큰 기생은 종시 선선히 응답을 하고 돌아갔고, 그런 지 사흘 만인가 윤 직원 영감이 혼자 누워서 심심하다 못해, 그년이 어쩌면 올 성도 부른데 이런 때 좀 왔으면 작히나 좋아! 몰라 또, 말은 그렇게 흔연히 하고 갔어도 보내기는 웬걸 보낼라구? 아니 그래도 혹시 어쩌면……. 이리 궁금해하면서 기다리노라니까, 아닌 게 아니라, 훨씬 낮이 겨운 뒤에 그 애 동기 아이가 찰래찰래 오지를 않겠습니까.

젊은것들끼리 제 애인을 고대고대하다가 겨우 와 주어서 만날 때도 아마 그렇게 반갑겠지요. 윤 직원 영감도 대단 반갑고 일변 신통스럽습니다.

윤 직원 영감은 그 살뜰한 아기 손님을 옆에 소중히 앉히고는 머리도 쓰다듬어 주고, 종알종알 이야기하는 입도 들여다보고, 꼬챙이로 찌르듯 빼악빼악하는 노래도 시켜 보고, 하면서 끔찍한 재미를 보았습니다.

그럭저럭 날이 저무니까 간다고 일어서는 것을 달래서, 전에 없이 맞상을 내다가 같이 저녁을 먹었고, 저녁을 마친 뒤에는 시급히 춘향전을 사들여 그 애더러 읽으라고 하고 자기는 버얼떡 드러누워서 이야기책 읽는 입을 바라보고 하느라 그야말로 천금같은 봄밤의 한 식경을 또한 즐겁게 보낼 수가 있었습니다.

초저녁부터 몇 번 붙잡아 앉힌 것은 물론이고, 마침내 열 시가 되자 할 수 없이 놓아 보내는데, 윤 직원 영감은 크게 생색을 내 인력거를 불러다 선금을 주어서 태워 보내는 외에, 일 원 한 장을 따로 손에 쥐어 주기까지 했습니다. 대단한 적공이지요.

보내면서, 내일도 오너라 했더니 과연 이튿날 저녁에, 저녁을 일찌감치 먹곤 올라왔습니다.

윤 직원 영감은 어제 저녁처럼 옆에다 앉혀 놓고는, 이야기도 시키고 이야기책도 읽히고, 내시가 이 앓는 소리 같은 노래도 듣고, 오늘 저녁 개시로 다리도 치라 하고, 그러면서 삼남을 시켜 말눈깔사탕 십 전어치도 사다 먹이고, 머리는 물론 여러 번 쓰다듬어 주었고, 그러구러 밤이 이슥한 뒤에 돌려보냈습니다.

대접상으로는 역시 인력거를 태워 주었어야 할 것이지만, 인제 앞으로 자주 다닐 텐데 그렇게 번번이 탈 수야 있느냐고, 그러니 오늘 저녁부터는 이 애더러 바래다 달래라고, 그 알뜰한 삼남을 안동해 보냈습니다.

인력거를 안 태웠으니 돈이라도 일 원을 다 주기가 아깝거든 오십 전이나마 주었어야 할 것이지마는 그것 역시 자꾸만 그래

172

쌓다가는 아주 버릇이 되어서, 오기만 오면 으레 돈을 탈 것으로 알게시리 길을 들여서는 안 되겠다 하여, 짐짓 입을 씻어 버렸던 것입니다. 그러고서 그저 세 번이나 네 번에 한 번씩 일 원 한 장이고 쥐어 줄 요량을 했습니다.

그 뒤로부터 그 애는 윤 직원 영감의 뜻을 곧잘 받아, 이틀에 한 번, 또 어느 때는 매일같이 올라와선 놀곤 했고, 그렇게 하기를 한 이십여 일 해 오던 어느 날 밤이었습니다.

밤은 아직 초저녁이었고, 그들먹하게 뻗고 누웠는 다리를 조막만 한 계집애가 밤만 한 주먹으로 토닥토닥 무심히 치고 있는데, 문득 윤 직원 영감이,

"너 멫 살 먹었지?"

하고 새삼스럽게 나이를 묻던 것입니다.

"열늬 살이라우."

동기 아이는 아직도 고향 사투리가 가시지 않았습니다. 하기야 윤 직원 영감 같은 사람은 십 년이 되었어도 종시 '그러닝개루'를 못 놓지만요.

"으응! 열늬 살이여!"

윤 직원 영감은 또 한참 있다가,

"다리 그만 치구, 이리 온?"

하면서 턱을 까붑니다.

아이는 발딱 일어서더니 발치께로 돌아 윤 직원 영감의 가슴 앞에 바투 앉고, 윤 직원 영감은 물었던 담뱃대를 비껴 놓고는 아이의 머리를 싸악싹 쓸어 줍니다.

"응…… . 열늬 살이먼 퍽 숙성히여!"

"…….'

"야?"

"예?"

"으음…… . 저어 거기서, 저어…… ."

"…….'

"야?"

"예?"

"저어, 너…… ."

"예."

"너 내 말 들을래?"

"예?"

아이는 무슨 뜻인지 못 알아듣고는 눈을 깜작깜작합니다. 윤 직원 영감은 히죽 웃으면서 머리 쓸던 팔로 슬며시 아이의 목을 끌어안습니다.

"내 말 들어라, 응?"

"아이구머니!"

아이는 마치 불에 덴 것처럼 화닥닥 놀라면서 뛰쳐 일어나더니, 그냥 문을 박차고 그냥 꽁무니가 빠지게 달아나 버립니다.

가뜩이나 덩지 큰 영감이 좀 모양 창피했지요. 그러나 뭘, 아무도 본 사람은 없었고, 또 보았기로서니, 양반이 파립 쓰고 한 번 대변 보기가 예사지 그걸 그다지 문벌 깎일 망신으로 칠 것은 없습니다.

윤 직원 영감은, 에 거 아예 어린 계집애 년들을 이뻐하고 데리고 놀고 할 게 아니라고, 얼마 동안을 다시 전대로 소일거리 없이 심심한 밤과 낮을 보냈습니다.

그러나 한 번 걸음을 내친 게 불찰이지, 일 당하던 당장에 창피하던 기억은 차차로 잊혀지고, 일변 심심찮게 놀던 일만 아쉬워집니다. 뿐 아니라 맛을 보려다가 회만 동해 놓은, 그놈 식욕이 아예 가시지를 않습니다.

윤 직원 영감의 이 계집애에 대한 흥미는 일찍이 고향에 있을 때부터 촌 계집애들을 주무른 솜씨라 오늘날에 비로소 시작된 것이 아니라면 아니기도 하겠지만, 그래도 그때의 계집애들은 십칠팔 세가 아니면 기껏 어려야 십육칠 세이었지, 열네 살배기의 정말 젖비린내 나는 계집애에까지는 이르질 않았습니다.

그러니까 만약 그 식욕을 엄밀히 구별한다면 시골 있을 무렵에 계집애(어리기는 해도 계집으로서의 기능을 갖춘) 그놈을 잡아

먹던 식성과 시방 열네 살 그 또래의 계집 이전인 계집애에게
대해서 우러나는 구미와는 계통이 다르다 할 것입니다. 더욱이
방물장수 아씨더러, 첩 더디 얻어 들인다고 성화를 대는 그런
순수한 생리와도 파계가 다릅니다.

윤 직원 영감의 이 새로운 식욕은 그런데 매우 강렬하기까지
해서 도저히 그대로 참지를 못할 지경이었습니다.

드디어 대복이 나섰습니다.

경지영지하시니 불일성지라더니, 뉘 일일새 범연했겠습니
까. 대복은 골목 밖 이발소의 긴 상한테 청을 지르고, 긴 상은 계
제 좋게 안국동 저의 이웃에 사는 동기 아이 하나가 있어, 쉽사
리 지수를 했습니다. 사실 별반 힘들 게 없는 것이, 그런 조무래
기야 장안에 푹 쨌고, 그런데 이편으로 말하면 이러저러한 곳에
사는 재산 있고 칠십 먹은 점잖은 아무 댁 영감님인 바, 노인이
심심소일 삼아 옆에 앉혀 놓고서 말동무도 하고 이야기책도 읽
히고 노래도 시키고 다리도 치이고, 이렇게 데리고 논다는 조건
이고 본즉, 만약에 춘향이 인도환생을 한 에미애비라 하더라도
감히 거기에 어떠한 위험을 느끼진 안 할 게니까요.

하물며 계집애 자식을 논다니 판에다 내놓아 목구멍을 도모
하자는 에미애비들이거든 딱히 그 흉헌 속내를 알았기로서니,
오히려 반가워할 것이지 조금치나 저어할 며리는 없는 것입니

다. 이발소 긴 상의 서두리로, 사흘 만에 한 놈이 대비가 되었는데, 나이는 이편에서 십오 세 이내로 절대 지정한 소치도 있겠지만 마침 열네 살이요, 생긴 거란 역시 별수 없고 까칠한 게 갓낳아 놓은 고양이 새끼 여대치게 어설펐습니다.

그러나 윤 직원 영감은 계집애면 만족이니까 별 여부없었고, 흔연히 맞아들여 노래도 우선 시켜 보고, 머리도 쓸어 주고, 이야기책도 읽히고, 다리도 치게 하고, 눈깔사탕도 사 먹이고, 이렇게 며칠 두고서 적공을 들였습니다.

그러다가 이윽고 낯을 안 가릴 만하니까 비로소, 너 몇 살이냐……? 응, 숙성하구나! 너 내 말 들을늬? 하면서 머리 쓸던 팔로 허리를 그러안았습니다.

그랬더니, 이번 아인 서울 태생이라 그런지 더 영악스럽게,

"이 영감이 왜 이 모양야? 미쳤나!"

하면서 욕을 냅다 갈기고 통통 나가 버렸습니다.

이래서 두 번째의 무렴을 보았습니다. 그러나 암만 무렴은 보았어도 윤 직원 영감은 본시 얼굴이 붉으니까 새 채비로 홍안은 당하지 않았지만,

"혜에! 그거 참!"

하면서 헤벌씸 웃지 않진 못했습니다.

윤 직원 영감은 그 뒤로도 처음 뜻을 굽히지 않았습니다. 그

리하여 세 번, 네 번, 다섯 번 이렇게 대거리를 구해 들였고, 그러나 그러는 족족 실연의 쓴 술잔이 아니라 핀잔을 거듭거듭 마셔 왔습니다.

대단히 비참한 노릇입니다. 그, 아무렇게나 생긴 동기 계집애년 하나를 뜻대로 다루지 못하고서, 늦은 봄부터 초가을까지 무려 다섯 차례나 낭패를 보다니, 윤 직원 영감으로는 일대의 치욕이 아닐 수가 없습니다.

사실이지, 백만의 거부를 누리는 데도 그대도록 힘이 들지 않았고, 평생을 돌아보아야 한 개의 목적을 놓고 앉아, 내내 다섯 번씩 실패를 해 본 적이라고는 찾고 싶어도 일찍이 없었습니다.

하기야 전연 딴 방도가 없었던 건 아닙니다. 시골 있는 사음한테로 기별만 할 양이면, 더는 몰라도 조그마한 소녀 유치원 하나는 꾸밈직하게 열서너 살짜리 계집애를 한 떼 쓸어 올 수가 있으니까요.

작인들이야 저네가 싫고 싫지 않고는 문제가 아니요, 어린 딸은 말고서 아니할 말로 늙어 쪼그라진 어미라도 가져다가 바치라는 영이고 보면, 여일히 거행하기는 해야 하게끔 다 되질 않았습니까.

진실로 그네는 큰 기쁨으로든지, 혹은 그 반대로 땅이 꺼지는 한숨을 쉬면서든지 어느 편이 되었든지 간에, 표면은 씨암탉 한

마리쯤 설이나 추석에 선사 삼아 안고 오는 것과 진배없이 간단하게, 그네의 어린 딸 혹은 누이를 산 제수로 바치지 않질 못합니다.

윤 직원 영감은 그러므로, 가령 세 번째의 허탕을 치고 나서부터는 시골 계집애를 잡아 올까 하는 궁리를 해 보지 않은 것은 아니었습니다.

과연, 당장 편지를 해서 그 머리 검은 병아리를 구해 보내라고 할 생각을 몇 번이고 했습니다.

그러나 생각을 그렇게 하기는 했어도, 한편으로는 보는 데가 없지 않아 아직 주저를 했던 것입니다.

만약 시골서 계집애를 데려오고 보면, 그때는 동기를 불러다가 말동무를 삼는다는 형식이 아니요, 단박 첩을 얻어 들인 게 되겠으니, 원 아무리 뭣한들 칠십 먹은 늙은이가 열세 살이나 열네 살배기 첩을 얻다니, 체면도 아닐 뿐 아니라, 또 체면 문제보다는 시골 계집애는 노래를 못 하니까 서울 동기보다 쓸모는 적으면서, 오며 가며 찻삯이야 몸수발이야 뒷갈무리야 해서 돈은 훨씬 더 듭니다.

이러한 불편이 있는 고로 해서, 그래 시골 계집애를 섬뻑 데려오지 못하던 것인데, 그러나 이번 춘심이한테까지 낭패를 보고서도 종시 그런 주저를 하겠느냐 하면, 그건 도저히 보장하기

179

가 어렵습니다. 그러니 일변 생각하면 춘심의 소임이 매우 중대하고도 미묘한 의의를 가졌다고 할 수 있겠습니다.

이렇듯 조건이 붙었다면 붙었달 수 있는 춘심이 다니기 시작한 지도 벌써 보름이 넘었습니다.

이제는 그만하면 낯가림은 안 할 만큼 되었고, 또 공력도 그새 다른 아이들한테보다는 특별히 더 들이느라고 들였습니다.

윤 직원 영감은 시방, 그런 것 저런 것 속으로 가늠을 해 보면서, 손치에 퍼근히 주저앉아 다리를 안 치겠다고 대가리를 쌀쌀흔들며 암상떨이를 하는 춘심을 히죽히죽 올려다보고 누웠습니다.

옆으로 앉아서 고개를 내두르는 대로, 뒤통수의 몽창한 단발이 까불까불합니다. 치렁치렁하던 머리채가 다래를 뽑아 버리면 이렇게 여학생이 됩니다. 흰 저고리 통치마에 양말이 모두 여학생 차림입니다. 춘심은 이런 여학생 차림새를 좋아해서, 권번에 갈 제와 또 권번 사람의 눈에 뜨일 자리 말고는, 대개 긴치마에 긴 머리를 늘이고 가지를 않습니다. 그러니까 윤 직원 영감한테 오는 때도 권번에서 바로 가는 길이 아니면 언제고 여학생 차림입니다.

그 주제를 하고 앉아서,

"사안이이로구나 아 혜."

하는 꼴이, 대체 무어라고 빗대면 좋을지 모르겠어도, 저는 이상이요, 간혹 윤 직원 영감이, 야 이년아! 여학생이 잡가도 한다더냐고 더러 조롱을 하지만, 역시 그만한 입살은 탈 아이가 아닙니다.

마침 라디오는 풍류가 끝나고, 조금 있더니 지랄 같은 깡깽이 소리가 들려 나옵니다. 윤 직원 영감은 이맛살을 찌푸리면서 스위치를 젖혀 버립니다.

"너 이년, 다리년 안 치기루 힜냐?"

"싫여요! 누가 안마야상인가, 머!"

"허! 그년 참……! 그럼 다리 안 치넌 대신, 노래나 한마디 불러라!"

"노랜 하죠! 풍류 끝엔 텁텁한 잡가를 들어야 하신다죠?"

"그런 걸 다 알구, 제법이다!"

"어이구, 참! 나구는 샌님만 업신여긴다구……! 자아, 노래하께 영감님 장단 치시오?"

"장단은 이년아, 장구가 있어야 치지?"

"애개! 장구가 있으믄 영감님이 장단을 칠 줄은 아시구요?"

"헤헤, 그년이. 이년아 늬가 꼭 여수 같다!"

"네. 난 여우 같구요, 영감님은 하마 같구요? 해해해!"

"네라끼년! 허허허허……. 그년이 꼭 어디서 초라니같이 까분당개루?"

"초라니? 초라니가 무어예요?"

"초라니패라구 있더니라. 홍동지 박첨지가 탈바가지 쓴 대가리를 내놓구서, 서루 쩧구 까불구, 꼭 너치름 방정맞게 촐랑거리구, 지랄을 허구 그러더니라……. 떼루 떼루 박첨지야, 이런 노래를 불러 가면서……."

"해해해해, 어디 그 소리 또 한 번 해 보세요? 아이 참, 혼자 보기 아깝네! 해해해……."

"허! 그년이!"

이렇게, 그야말로 쩧고 까불고 하는 소리를, 누가 속은 모르고 밖에서 듣기만 한다면 꼭 손 맞은 애들이 지껄이고 노는 줄 알 겝니다.

방 안을 들여다보면? 그런다면 저네들 말마따나, 동물원의 하마와 여우가 한 울안에서 재미있게 노는 양으로 보이겠지요.

"춘심아?"

"네?"

"너어……."

"네!"

"저어, 무어냐……."

윤 직원 영감은 다리를 비비 꼬면서 말끝을 어름어름합니다.

못 견디겠어서 인제 웬만큼, 너 몇 살이지? 웅, 숙성하다. 너 내 말 들을늬…… 이, 이를테면 사랑의 고백을 해야만 하겠는데, 그놈이 목구멍까지 올라왔다가는 도로 넘어가곤 하던 것입니다. 역시 다섯 번이나 창피를 본 나머지라, 어쩔까 싶어 뒤를 내는 것도 그럴듯한 근경입니다.

그게 젊은것들 사이라면, 나는 당신을 사랑합니다! 그 소릴 텐데, 그 소리 한마디 나오기가 어렵기란, 아마도 만고를 두고 노소 없이, 또 사정과 예외를 통틀어 넣고 일반인가 봅니다.

"인제 구만 까불구, 어서 노래나 시작히여라."

윤 직원 영감은 망설이다 못해 기회를 뒤로 미뤘습니다.

"네네, 무얼하까요? 아까 낮에 명창대회서 영감님이 연신 조오타! 조오타! 하시던 적벽가 새타령 하까요?"

"하따! 고년 섯바닥은 짤러두 침은 멀리 비얕넌다더니, 이년아, 늬가 적벽가 새타령을 허머넌 나는 하늘서 빌을 따 오겄다!"

"애개개! 아니 내 그럼 내일이라두 권번에 가서 그거 한마디만 배워 가지구 영감님 듣는 데 할 테니간 정말 하늘 가서 별 따오실 테야요?"

"누가 인자사 배와 갖구 말이냐? 시방 당장에 말이지……"

"피, 아무렇게 해두 하기만 하면 고만이지, 머……"

"그년이 노래허라닝개루 또 잔사살을 내놓너만!"

"내 내햄······. 자아 합니다. 햄······. 망구강사안 유람헐
제······."

단가로는 맹자 견 양혜왕짜리요, 한데 망구강산의 망구는 오
식(誤植)이 아닙니다.

고저가 옳게 맞을 리도 없고, 장단이 제대로 갈 리도 없는데
다가, 소리 선생 앞에서 배울 때에 쓰던 그 목을 그대로, 고래고
래 내시처럼 되게 지르고 앉았으니, 윤 직원 영감의 취미 아니
고는 듣기에 장히 고생이 되지 않을 수 없는 음악입니다. 게다
가 윤 직원 영감의, 역시 장단을 유린하는, 좋다! 소리가 오히려
제격이요, 겨우 노래가 끝나니까는, 에 수고했네! 에 이르러서
는 진실로 근천의 절창이라 하겠습니다.

"너, 배 안 고푸냐?"

윤 직원 영감은 쿨럭 가라앉은 큰 배를 슬슬 만집니다. 춘심
은 그 속을 모르니까 뚜렛뚜렷합니다.

"아뇨, 왜요?"

"배고푸다머넌 우동 한 그릇 사 줄라구 그런다."

"아이구머니! 영감 죽구서 무엇 맛보기 첨이라더니!"

"저런 년 주둥아리 좀 부아!"

"아니, 이를테믄 말이에요······! 사 주신다믄야 밴 불러두 달
게 먹죠!"

"그래라. 두 그릇만 시키다가 너허구 한 그릇씩 먹자!"

"우동만요?"

"그러면?"

"나, 탕수육 하나만⋯⋯."

"저 배때기루 우동 한 그릇허구, 또 무엇이 더 들어가?"

"들어가구 말구요! 없어 못 먹는답니다!"

"허! 그년이 생부랑당이네! 탕수육인지 그건 한 그릇에 을매씩 허냐?"

"아마 이십오 전인가, 그렇죠?"

윤 직원 영감의 말이 아니라도 계집애가 여우가 다 되어서, 탕수육 한 접시에 사십 전인 줄 모르고 하는 소리가 아닙니다.

우동 두 그릇, 탕수육 한 그릇 얼른 빨리⋯⋯. 우동 두 그릇, 탕수육 한 그릇 얼른 빨리⋯⋯. 삼남은 이 소리를 마치 중이 염불하듯 외우면서 나갑니다. 사실 삼남이한테는 그걸 잊어버리지 않는 것이, 하루 세 끼 중에 한 끼를 잊어버리지 않음과 일반으로 중요한 일이어서, 그만큼 긴장과 노력이 필요한 것입니다.

무슨 그림자가 지나간 것처럼 방 안이 잠깐 교교했습니다. 이 침정의 순간이 윤 직원 영감에게 선뜻 좋은 의사를 한 가지 얻어 내게 했습니다.

전에 아이들한테 하듯, 단박에 왁진왁진 그러지를 말고서, 가만가만 제 눈치를 먼저 떠보아 보는 것이 수다……. 이런, 말하자면 점진안(漸進案)입니다.

동티가 나지 않게, 또 창피를 안 당하게 가만히 슬쩍 제 속을 뽑아 보고, 그래 보아서 싹수가 있는 성부르면 그 담에는 바싹 다그쳐 보고……. 미상불 그럴 법하거니 싶어 우선 혼자 만족을 해 싱그레니 웃습니다.

"춘심아?"

머리를 싸악싹 쓸어 주면서 부르는 음성도 은근합니다.

"네?"

"너, 몇 살이지?"

"그건 새삼스럽게 왜 물으세요?"

"아니, 그저 말이다!"

"열다섯 살이지 머, 그새 먹어서 없어졌을라구요?"

"응 참, 그렇지……. 퍽 숙성히여, 우리 춘심이……."

"키는 커두 몸은 이렇게 가늘어요! 아이 참, 영감님은 몇 살이세요?"

"나……? 글씨 원, 하두 많이 먹어서 인재년 나이 먹은 것두 다 잊어삐맀넝가 부다!"

"애개개, 암만 나일 많이 잡수셨다구, 잊어버리는 사람이 어디가 있어요……? 이렇게 머리랑 수염이랑 시었으니깐 나이두 픽 많으실 거야!"

춘심은 백마 꼬리같이 탐스런 수염을 쓰다듬습니다. 윤 직원 영감은 다른 한 손으로 춘심의 나머지 한 손을 조물조물 주무릅니다.

"춘심아!"

"네?"

"너, 내가 나이 많언 게 싫으냐?"

"싫은 건 무엇 있나요……? 몇 살이세요? 정말…….'

"그렇게 알구 싶으냐?"

"몸 달 건 없지만……."

"일러 주래?"

"네."

"예순……으응……다섯 살이다!"

"아이구머니!"

춘심은 입이 떡 벌어지고, 윤 직원 영감은 윤 직원 영감대로 또 속이 있어서, 입이 벌심 벌어집니다.

윤 직원 영감의 나이 꼬박 일흔둘인 줄은 천하가 다 아는 사실입니다. 그런 것을, 글쎄 애인한테라서 그중 일곱 살만 줄여 예순다섯으로 대다니, 그것을 단작스럽다고 웃어 버리기보다 오히려 옷깃을 바로잡고 엄숙히 한 번 생각해 보아야 할 것입니다. 일흔두 살 먹은 영감이 열다섯 살 먹은 애인 앞에서 나이를 일곱 살을 줄여 예순다섯 살로 대던 것입니다.

기생들이 손님에게다가 나이를 속이는 것은 예삽니다. 또 젊은 계집애들이 제 나이를 리베 씨한테다가 줄여서 대답하는 수도 더러 있습니다. 속을 알고 보면 그야 근경이 그럴듯하기도 하지요.

그러나 여기, 일흔두 살 먹은 허연 영감태기가, 열다섯 살배기 동기 계집애를 아탕발림 시키느라고, 나이를 일곱 살을 야바위 쳐서 예순다섯 살로 속이던 것이랍니다.

그도, 곧이야 듣건 말건 한 이십 살 꼬아 먹고 쉰 살쯤 댔다면 또 몰라요. 고작 일곱 살. 늙은이의 나이 예순다섯에서 일흔두 살까지 거리가 그리 육중스럽게 클까마는, 그래도 열다섯 살배기 애인한테 고거나마 젊게 보이고 싶어, 그 일곱 살을 덜 불렀더랍니다, 예순다섯 살이라고.

그 우람스런 체집에 어디를 눌렀는데, 그런 간드러진 소리가 나왔을까요.

저어 공자님 말씀에,

"소인이 한가히 지낼 것 같으면 아름답지 못한 꿍꿍이를 꾸미나니라."

하신 대문이 있겠다요.

그 대문을 윤 직원 영감한테 그대로 적용을 말고서 쬐꼼 고쳐 가지고,

"소작인이 바쁘게 지낼 것 같으면 지주 영감은 약시약시하느니라."

이랬으면 어떨까요.

인간이 색의 기능을 타고나는 것은 생물로서 운명적 필연이요, 그러니까 결단코 그걸 나무랄 일은 못 됩니다. 또 누가 나무라고 시비를 한다고 그게 없어지는 것도 아니고요. 해서 비판이나 간섭의 피안에 있는 것입니다.

하지만 윤 직원 영감처럼 나이 칠십여 세에, 연령의 한계를 마구 무시하는 그의 야만스러운 정력은, 부질없이 생물로서의 선천적인 운명이라고만 처분은 안 됩니다.

본시 체질을 좋게 타고났다고 주장을 하겠지요.

그러나 아무리 신돈이 같은 체질을 타고났다고 하더라도, 윤 직원 영감이 윤 직원 영감다운 팔자를 얼러서 타고나지 못했으면 그 체질은 성명이 없고 말 것입니다.

몇 백 명이나 되는 윤 직원 영감의 소작인 중엔 윤 직원 영감만한 체질을 타고난 사람이 몇은 없을 이가 있다구요.

그렇건만 그 사람네는 온전히 도조를 해다가 바치기에 정력이 죄다 말라 시들고, 보약 한 첩 구경도 못 했기 때문에 자연의

섭리 이하로 오히려 떨어지고 만 것이 아니겠습니까.

또 가령 특별한 예외나 기적으로, 윤 직원 영감네 소작인 가운데 윤 직원 영감처럼 칠십이로되 능히 계집을 다룰 정력을 지탱하고 있는 자 있다 치더라도, 그가 감히 첩질과 계집질을 할 팔자며, 그럴 생심인들 하겠습니까.

그러니 결국 그것은 늙은이한테는 생물적 필연이라는 관용도 안 될 말이요, 타고난 선천이니 체질이니 하는 것도 다 여벌이고, 주장은 한갓 팔자(시체말로는 환경) 그놈이 모두 농간을 부리는 놈입니다.

소작인이 바빠 벼가 만 석이 그득 쌓이기 때문에, 그의 생리와 건강과 행동과 이 모든 것이 화합되어(혼합이 아니라 화합이 되어) 오늘날의 싱싱한 윤 직원 영감을 창조한 것이니라……. 이런 해석도 그러므로 고집은 해 볼 만합니다.

춘심은 윤 직원 영감이 예순다섯 살이란 말에, 계집애가 까부느라고 아이구! 예순다섯 살이라니, 픽도 많이 자시기는 했네! 그러면 가만있자, 나보다 몇 살 더한고? 응, 가만있자, 예순다섯이라, 열다섯을 빼면 응……. 쉰, 아이구 어찌나! 쉰 살이나 더 잡수셨구려! 이러고 허겁떨이를 해 쌉니다.

윤 직원 영감은, 제가 하는 대로 빙그레 웃으면서 보고만 있습니다. 춘심이야 아무 생각 없이 그저 제 나이와 빗대 보던 것인데, 윤 직원 영감은 그게 무슨 뜻을 두기는 두었던 표적이려니 하고 혼자 느긋해하는 판입니다.

뜻은 있는데, 나이가 하도 많으니까 놀라는 것이고, 그러나 뜻이 있었던 것만은 불행 중 다행인즉, 옳지 그렇다면 어디좀…… 이런 요량짱입니다.

연애는 환장이니라(Love is Blind)란다더니 옛말이 미상불 옳아, 이다지도 야속스레 윤 직원 영감 같은 노인에게까지 들어맞기를 하는군요. 그나마 골고루 골고루…….

"내가 나이 많언개루 싫으냐?"

인제는 제이단으로 들어가서, 나이 많은 게 나쁘지 않다는 변명, 혹은 나이 많아도 많지 않다는 주장을 해야 할 차롑니다.

"싫긴 뭐어가 싫여요? 나이 많은 이가 좋죠, 허물없구……."

"그렇구말구……. 그러구 나넌 예순다섯 살이라두 기운은 무척 시단다……. 든든허지!"

"참, 영감님은 늙었어두 몸집이 이렇게 크니깐, 기운두 무척 셀 거야. 그렇죠?"

"호랭이라두 잡을라면 잡넌다!"

"하하하, 그렇거들랑 인제 동물원에 가서 호랭이허구 씨름을 한 번 해 보시죠……? 아이 참, 하마허구 호랭이허구 씨름을 붙이믄 누가 이기꼬? 하하하, 아하하하……."

"허허, 그년이 또 까불구 있네!"

윤 직원 영감은 어느 결에 다시 집어 문 담뱃대 빨부리로 침이 지르르 흘러내리는 것도 모르고 흐물흐물, 춘심을 올려다봅니다. 몸이 자꾸만 뒤틀립니다.

"춘심아?"

"네?"

"너어……. 저어……. 내 말, 들을래?"

"무슨 말을요?"

묻기는 물으면서도 생글생글 웃는 게 벌써 눈치는 챈 모양입니다. 윤 직원 영감은, 오냐 인제야 옳게 되었느니라고 일단의 자신이 생겼습니다.

"내 말, 들을 티여?"

"아, 무슨 말이세요?"

윤 직원 영감은 히죽 한 번 더 웃고는 슬며시 팔을 꼬느면서,

"요녀언! 이루 와!"

하고 덥석 허리를 안아 들입니다. 마음 터억 놓고서 그러지요, 시방…….

아, 그랬는데 웬걸, 고년이 별안간,

"아이 망칙해라!"

하고 소리를 빽 지르면서 그만 빠져 달아나질 않는다고요.

여섯 번!

윤 직원 영감은 진실로 기가 막힙니다. 여섯 번이라니, 아마 성미 급한 젊은 놈이었다면 그새 목이라도 몇 번 매고 늘어졌을 것입니다.

글쎄 요년은, 눈치가 으수하길래 믿은 구석으로 안심을 했던 참인데, 대체 웬일인가 싶어 무색한 중에도 좀 건너다보려니까, 이게 또 이상합니다.

그동안에 다섯 계집애들은 울기 아니면 욕을 하면서 영락없이 꽁무니가 빠지게 도망을 했는데, 요년은 보아야 그렇게 소리를 바락 지르고 미꾸리새끼처럼 빠져나가기는 했어도, 그저 저기만치 물러앉았을 따름이지, 울거나 골딱지를 냈거나 도망을 가거나 하기는커녕, 날 잡아 보라는 듯이 밴들밴들 웃고 있지를 않겠습니까. 마구 간을 녹입니다.

아무려나, 그렇다면 다시 어떻게 살살 달래 볼 여망이 없지도 않습니다.

"저런 년 부았넝가! 헤헤, 그거 참……! 이년아, 그러지 말구, 이리 오니라, 이리 와, 응? 춘심아!"

"싫여요!"

"왜?"

"왠 뭘 왜!"

"너 이년, 내 말 안 듣기냐?"

"인제 보니깐 영감님이 퍽 음충맞어!"

"아, 저런 년! 허, 그거 참……! 너, 그러기냐!"

"어때요, 머!"

"그러지 말구 이만치 오니라. 내, 얘기허마."

"여기서두 들려요!"

"그리두 이만치, 가까이 와!"

"피. 또 붙잡을 양으루?"

"너, 내 말 들으면 내가 좋은 것 사 주지?"

"존 거, 무엇?"

"참, 좋은 것 사 줄 티여!"

"글쎄, 존 게 무어냐니깐?"

용천뱅이가 보리밭에 숨어 앉아서, 어린애들이 지나갈라치면, 구슬 줄게 이리 온, 사탕 줄게 이리 온, 한답니다. 그와 근리하다 할는지 어떻는지 모르겠군요.

윤 직원 영감은 미처 무얼 사 주겠다는 생각도 없이, 당장 아쉬운 대로 어르느라고 낸다는 게 섬뻑 그 소리가 나와졌습니다. 그랬기 때문에 자꾸만 물어도 이내 대답을 못 하던 것입니다.

"늬가 갖구 싶다넌 것 사 주마!"

"내가 가지구 싶다는 걸 사 주세요?"

"오냐!"

"정말?"

"그리여!"

"가지뿌렁!"

"아니다, 참말이다!"

"그럼, 나 반지 사 주믄?"

"반지……? 에라끼 년! 누가 그런 비싼 것 말이간디야!"

"피. 그게 무어 비싼가……? 저기 본정 가믄 칠 원 오십 전이 믄 빠알간 루비 박은 거 사는데……. 십팔금으루 가느다랗게 맨 든 거…….”

"을매? 칠 원 오십 전?"

"네."

"참말이냐?"

"가 보시믄 알걸 뭐!"

"그래라, 그럼 사 주마……. 사 줄 티닝개루, 이리 오느라!"

"애개개! 먼점 사 주어예지, 머."

"먼점 사 주구? 그건 나두 싫다!"

"나두 싫다우!"

"고년이 똑 어디서 미꾸랑지새끼 같다! 에엥, 고년이……. 그 러지 말구, 이년 춘심아!"

"네?"

"그러지 말구, 이리 오니라, 응? 그럼 내가 인제 내일이구 모리구, 진고개 데리구 가서 반지 사 주께!"

"일없어요……! 시방 가서 사 주시믄?"

"시방이사 밤에 어떻게 갈 수 있냐? 내일 낮에 가서 사 주마. 그러지 말구, 이리 오니라!"

"싫여요!"

윤 직원 영감은 칠 원 오십 전이면 산다는 그 반지를 사 주기는 사 줄 요량입니다. 하기야 돈 칠 원 오십 전만 놓고서 생각하면 아깝지 않은 것은 아니나, 그래도 명색이 동기 쳇것인데, 칠원 오십 전짜리 반지 한 개로 사탕발림을 시키다니, 도리어 헐한 셈입니다. 제 법식대로 머리를 얹히자면 이삼백 원, 오륙백 원이 들곤 할 테니까요.

그래, 잘라 먹지 않고 내일이고 모레고 사 주기는 사 줄 텐데, 춘심이 년이 못 미더워서 그러는지 까부느라고 그러는지, 밴들밴들 말을 안 듣고는 애를 태웁니다. 생각하면 밉기도 하고 미운 깐으로는 볼퉁이라도 칵 쥐어 질러 주고 싶습니다.

그러나 괜히 함부로 잡도리를 했다가는, 단박 소갈찌가 나서 뽀르르 달아나 버리고는 다시는 안 올 테니, 그렇게 되고 보면 여섯 번 만에 겨우 반성공을 한 것이 도로 아미타불이 될 게 아니겠다고요.

에라, 그러면 기왕이니 내일 제 소원대로 반지를 사 주고 나서……. 이렇게 할 수 없이 순연을 하기로 요량을 했습니다.

"그럼 내일 진고개 데리구 가서 반지 사 주께, 그 담부터는 내 말 잘 들어야 헌다?"

"네, 듣구말구요!"

아까부터 이내, 죄꼼도 부끄러워하는 내색이라고는 없고, 그저 척척입니다. 사실 맨 처음에 윤 직원 영감이 쓸어안으려고 했을 때도 소리나 지르고 빠져나가기나 하고 했지, 귀밑때긴들 붉히질 않았으니까요.

"꼬옥 그러기다?"

"염려 마세요!"

"오늘처럼 까불구 말 안 들으면 반지 사 준 것 도로 뺏넌다?"

"뺏기 전에 얼른 뽑아서 바치죠!"

"어디 두구 보자. 그럼 내일 즘심 먹구서 올라오너라. 같이 가서 사 주께."

"더 일찍 와두 좋습니다!"

드디어 흥정은 다 되었습니다. 마침맞게 마당에서 청요리 궤짝이 딸그락거리더니, 삼남이 척,

"우동 두 그릇, 탕수육 한 그릇 어서 빨리 시켜 왔어라우."

하고 복명을 합니다.

춘심은 대그르르 웃고, 윤 직원 영감은 끙! 저 잡것 좀 부아! 하면서 혀를 찹니다.

연애를 하면 밥이 쉬 삭는다구요. 윤 직원 영감은 그런데, 저녁밥을 설치기까지 한 판이라 속이 다뿍 허출해서 우동 한 그릇을 탕수육으로 반찬 삼아 걸게 먹었습니다.

이렇게 성사가 되고 마음이 느긋할 줄을 알았더면, 기왕이니 따끈하게 배갈을 한 병 데워 오라고 할 것을……, 하는 후회도 없지 않았습니다.

춘심은 또 춘심이대로 반지를 끼고 권번이며 제 동무들한테며 자랑을 할 일이 좋아서, 연신 �째왈대왈, 우동이야 탕수육이야 볼이 미어지게 쓸어 넣었습니다.

"너, 그렇지만 춘심아?"

윤 직원 영감은 우동 한 그릇을 물린 뒤에, 트림을 끄르르, 새끼손 손톱으로 잇살을 우벼서 밀창문에다가 톡, 담뱃대를 땅따앙 치면서, 하는 소립니다.

"늬 집에 가서 이런 이얘기 허머넌 못쓴다! 응?"

"무슨 얘기요?"

"내가 반지 사 주구서 말이다, 저 거시기, 응? 그 말 말이여?"

"네, 네……. 않습니다!"

"허머넌 못써!"

"글쎄 않는대두 그러세요!"

"나, 욕 은어먹지. 너, 매 은어맞지. 그래서사 쓰겄냐……? 그러닝께루 암말두 허지 말어, 응?"

"염려 마세요, 글쎄……. 저렇게 커다란 영감님이 겁은 무척 내시네!"

"늬가 이년아, 주둥이가 하두 방정맞이닝개루 맴이 안 뇐다!"

윤 직원 영감은 슬며시 뒤가 나던 것입니다. 호사에 마가 붙기 쉬운 법인 걸, 만약 제 부모가 알고 보면 약간 칠 원 오십 전짜리 반지 한 개 사 준 걸로는 셈도 안 닿고, 그것들이 마구 언덕이야 비비려 덤빌 테니 그 성화가 어디며, 필경 돈 백 원이라도 부서지고 말 테니까요.

춘심은 그런데, 우선 반지 한 개 얻어 가질 일이 좋아, 온갖 정신이 거기만 쏠려서, 제 부모한테 발설을 하지 말라는 신칙도 그저 건성으로 대답을 하다가, 윤 직원 영감이 뒤를 내는 눈치니까는, 되레 제가 지천을 해 준 것이고, 그런 것을 윤 직원 영감은 지천이 되었건 코 묻은 밥이 되었건, 그런 체모는 잃은 지 오래고, 애인의 맹세를 믿고서 적이 안심을 했습니다. 자고로 노소 없이 사랑하는 이의 말은 무엇이고 곧이가 들린다고요.

200

인간 체화와 동시에
품부족 문제, 기타

　시방 사랑에서는 일흔두 살 먹은(가칭 예순다섯 살 먹은) 증조할아버지가, 열다섯 살 먹은 애인과 더불어 그처럼 구수하니 연애 흥정이 얼려 가고 있겠다요. 그리고 안에서는…….

　경손은 아까 안방에서 열다섯 살 동갑짜리 대부 태식과 같이 싸우며 놀리며 저녁을 먹고 나서는 아랫목에 가 벌떡 드러누워 뒹굴고 있었습니다.

　다른 식구는 죄다 물러가고, 야속히 배짱 안 맞는 대고모 서울 아씨와 지지리 보기 싫은 대부 태식과 그 둘이만 본전꾼으로 달랑 남아 있는 안방에, 가뜩이나 서울 아씨는 《추월색》으로 아닌 이를 앓고, 태식은 《조선어독본》 권지일로 귀신이 씨나락을

까먹고, 이런 부동조의 소음 속에서 그 애 경손이 그 소갈찌에 천연스레 섭쓸려 있다니 매우 희귀한 현상입니다. 고양이와 개와 원숭이가, 싸우지 않고 같은 울안에서 노는 격이랄까요.

경손은 실상 어떤 궁리에 골몰해서 깜빡 잊어버리고 그대로 처져 있는 것입니다.

골몰한 궁리란 건 다른 게 아닙니다. '모로코'의 재상영이 있고, 또 중일 전쟁의 뉴스 영화가 좋은 게 오고 해서 꼭 구경은 가야만 하겠는데, 정작 군자금이 한 푼도 없어, 일왈 누구를, 이왈 어떻게 엎어삶으면 돈을 좀 발라 낼 수가 있을까, 이 궁리를 하던 것입니다.

뚱뚱보 영감님……? 안 돼!

건넌방 겡카도리……? 안 돼!

제 조모 고 씨가 집안사람 아무하고나 싸움을 하자고 대든대서 진 별명입니다.

서울 아씨……? 안 돼!

숙모……? 안 돼!

대복이……? 글쎄? 에이, 고 재리 깍쟁이! 제가 왜 제 돈도 아니면서 그렇게 치를 떨까!

어머니……? 글쎄…….

하니 그중에 가능성이 있자면 아무래도 대복과 제 모친입니다.

대복은 대장 대신이요, 제 모친은 모친이니까요.

종차 삼십 년이나 사십 년 후에 가서야 백만 원을 상속받을 장손일 값에, 시방은 단돈 이십 전이나 삼십 전이 없어 이다지 머리를, 그 연한 머리를 썩입니다그려.

경손은 두루 두통을 앓는데, 서울 아씨는 이를 생으로 앓느라 퇴침을 돋우 베고 청을 높여,

"각설이라 이때에……."

하고 양금채 같은 목에다가 멋이 시큰둥하게,

"하징 아니혜야……."

하면서 콧소리를 양념 쳐 흥을 냅니다.

그건 바로 음악입니다. 얼마큼이나 음악적이냐 하는 것은 보장키 어려워도, 음악은 분명 음악입니다.

인간은 번뇌가 있으면 노래를 하고 싶어진다고요. 번뇌까지 안 가고라도 마음이 싱숭생숭하게 되면 콧노래가 절로 나옵니다. 물론 슬퍼도 노래를 부르고 기뻐도 노래를 부르고, 또 춤을 추기도 하고 하기는 하지만, 그중의 한 가지 마음 싱숭거릴 때에 부르는 노래는 새짐승이 자웅을 찾느라고 묘한 소리로 우는 것과 가장 공통된, 동물의 한 본능이라고 합니다.

그런데 인간은 그 동물적인 본능을 보다 맹목적으로 이용을 하는 제이의 본능이 있답니다.

철들어 가기 시작한 총각이 봄날 산나무를 하러 가면서 지겟목발을 장단 삼아,

"저 건너 갈미봉에 비가 묻어 들어를 온다……."

하고 멋등그러지게 넘깁니다.

또 궂은비 축축이 내리는 가을날, 노랫장이나 부를 줄 아는 기생이 제 방 아랫목에 오도카니 꼬부리고 누워 손가락 장단을 톡톡,

"약사 몽혼으로 향유적이면……."

하면서 다뿍 시름 겨워 콧노래를 흥얼거립니다.

무릇 그 총각이면 총각, 기생이면 기생이 깊숙한 산중이나 또는 아무도 없는 제 집의 제 방구석에서, 대체 누구더러 들으라고 노래를 부르겠습니까.

그게 가로되, 흥이라고요. 새 짐승이 자웅을 후리려고 우는 것과 마찬가지로, 총각은 거기 어디 촌 처녀색시더러 들으란 노래고, 기생은 또 저대로 제 정랑더러 들으란 노래고.

이렇듯 본능에서 우러나서 노래를 부르기는 짐승이나 인간이나 매일반이지만, 그다음이 다르답니다.

인간은 제가 부르는 제 노래에, 남은 상관 않고 우선 제가 먼저 좋아하기 때문입니다.

어느 촌 계집애가 들어 주는지 않는지, 어느 놈팽이가 들어

주는지 않는지, 그런 것은 생각도 않는답니다.

그런 타산은 도시에 의식 가운데 떠오르지도 않고, 괜히 그저 마음이 싱숭생숭하길래 아무렇게나 아무거나 괜히 그저 불러지는 대로 한마디 부르고 보니까 어떻게 속이 더 이상해지는 것 같기도 하고, 기뻐지는 것 같기도 하고, 후련해지는 것 같기도 하고 해서, 일언이폐지하면 소위 흥이라는 게 나는 거랍니다.

그와 마찬가지로, 시방 서울 아씨와 이야기책 《추월색》도 꼬옥 그렇습니다.

공자님은 가죽 책가위가 세 번이나 해지도록 책 한 권을 가지고 오래 읽었다더니만, 서울 아씨는 《추월색》 한 권을 무려 천 독은 했습니다. 그러고서도 아직도 놓지를 않는 터이니까 앞으로 만 독을 할 작정인지 십만 독, 백만 독을 할 작정인지 아마도 무작정이기 쉽습니다.

그뿐만 아니라 서울 아씨는 책 없이, 눈을 딱 감고 누워서도 《추월색》 한 권을 처음부터 끝까지 따르르 내리외울 수가 있습니다.

그러니 그게 천하 명작의 시집도 아니요, 성경책이나 논어, 맹자나 육법전서도 아닌 걸, 글쎄 어쩌자고 그리 야속스럽게 파고들고, 잡고, 늘고 할까마는, 실상인즉 서울 아씨는 《추월색》이라는 이야기책 그것 한 권을 죄다 외우는 만큼 술술 읽기가 수나롭다는 것 이외에는 달리 취하는 점이 없습니다.

그는 무시로 마음이 싱숭생숭할라치면 얼른 《추월색》을 들고 눕습니다. 누워서는 척 청을 높여 읽는데,

"각설이라 이때에……."

하고 양금채 같은 목으로 휘청휘청 멋들어지게 고저와 장단을 맞춰 가면서 (다리와 몸을 틀기도 하면서) 가끔 시큰둥한,

"하징 아니혜야……."

조의 콧소리로 양념까지 치곤 합니다. 이렇게 멋지게 청을 돋워 읽고 있노라면, 싱숭거리던 속이 더 이상해지는 것 같기도 하고, 기뻐지는 것 같기도 하고, 후련해지는 것 같기도 하고 해서, 일언이폐지하면 그 소위 흥이라는 게 나던 것입니다.

따라서 그건 촌 나무꾼 총각이 육자배기를 부른다든가, 또는 기생이 궂은비 오는 날 제 방 아랫목에 누워 콧노래로 수심가를 흥얼거린다든가 하는 근경과 조금도 다를 것이 없지 않다고요.

그러므로 노래가 아무것이라도 제게 익은 것이면 익을수록 좋듯이, 서울 아씨의 《추월색》도 휑하니 외우게시리 눈과 입에 익어, 서슴지 않고 내려 읽을 수가 있으니까, 그래 좋다는 것입니다. 결단코 《추월색》이라는 이야기책의 이야기 내용에 탐탁하는 게 아닙니다.

그럴 바이면 차라리 책을 걷어치우고 맨으로 누워서 외우는

게 좋지 않느냐고 하겠지만, 그건 또 재미가 없는 것이, 인력거
꾼이 인력거를 안 끌고는 뛰기가 싱겁고, 광대가 동지섣달이라
고 부채를 들지 않고는 노래가 헤먹고 하듯이, 서울 아씨도 다
외우기야 할망정 그래도 그 손때 묻고 낯익은《추월색》을 펴들
어야만 제대로 옳게 노래하는 흥이 납니다.

진실로 곡절이 그러하고, 그렇기 때문에 남이야 이를 앓는다
고 흉을 보거나 말거나? 또 오뉴월에도 이야기책을 차고 누웠
다고 비웃음을 하거나 말거나 아무것도 상관할 바 없고 사시장
철 밤낮없이 손에서《추월색》을 놓지 않는 서울 아씨요, 그래
오늘 저녁에도 일찌감치 시작을 했던 것입니다.*

"그리혜야 드디어 돌아오징 아니……."

이렇듯 서울 아씨의《추월색》오페라가 적이 가경에 들어가
는데, 이짝 한편으로부터서는 도무지 발성학상 계통을 알 수 없
는 버스 음악 하나가 대단히 왁살스럽게 진행되고 있습니다.

"비 – 비 – 가, 오 – 오……. 모 – 모 – 가, 모 – 가, 모 – 가……."

태식이 방 한가운데에 배를 깔고 엎디어,《조선어독본》권지
일, 비가 오오, 모가 자라오를 읽던 것입니다.

좀 민망한 비유겠지만 발음이 분명치 못한 것까지도 흡사 왕
머구리(큰개구리) 우는 소리 같습니다.

그러나 열심은 무서운 열심입니다. 재작년 봄에 산《조선어

독본》권지일 그것을 오로지 이 년하고도 반년 동안 배워 온 것이 이 대문인데, 물론 그전엣치는 다 잊어버렸습니다. 한편으로 잊어버려 가면서도 끄은히 읽기는 읽으니까 그게 열심이던 것입니다.

"비 – 비 – 가, 오 – 오. 비 – 가 오 – 오. 모 – 모 – 가, 모 – 가……. 이잉, 잊어버렸저……! 경손아."

"왜 그래?"

"잊어버렸저!"

"잊어버렸으니 어쩌란 말야?"

"……."

"고만둬요! 제발……. 그거 한 권 가지구 도통할 텐가? 대학까지 졸업할 작정인가!"

"누 – 나?"

"……."

"누 – 나?"

"……."

"누 – 나?"

"왜 그래?"

"잊어버렸저!"

"비가 오오 모가 자라오."

"잉?"

"참 너두 딱하다……! 비가 오오 - 모가 자라오 - , 그래두 몰라?"

"히히……. 비 - 가 오 - 오, 모 - 가 자 - 자 - 라 자 - 라오, 히히……. 비 - 가 오 - 오, 모 - 가 자 - 라 자 - 라오."

"에이 귀따가워!"

경손은 비로소 제가 어디 와서 있던 줄을 깨닫고는 벌떡 일어나더니, 마루의 뒷문에 연한 툇마루를 타고 뒤채의 큰방인 제 모친의 방으로 들어갑니다.

그 방에는 경손의 숙모 조 씨까지 건너와서 두 동서가 바느질을 하고 앉아 소곤소곤 무슨 이야기를 하다가, 경손이 달려드는 설레에 뚝 그칩니다.

"넌 네 방에서 공부나 하던 않구, 무엇하느라구 앞뒤루 드나들구 이래?"

경손의 모친 박 씨가 지날말로 나무람 겸하는 소립니다.

"놀구 싶을 땐 책 덮어 놓구서 맘대루 유쾌하게 놀아야 합니다요!"

경손은 떠벌거리면서 바느질판 한가운데로 펄신 주저앉습니다. 바느질감이 모두 날리고 밀리고 야단이 납니다.

"아, 이 애가 웬 수선을 이리 피워……. 공분 밤낮 꼴찌만 하는 녀석이, 놀 속은 남보다 더 바치구……."

"어머니두……! 내가 공부 못한다구 우리 집 재산이 딴 데루 갈까……? 태식이 천치는, 비가 오오 모가 자라오, 그거 두 줄 가지구 한 달을 배워두 천석꾼인데……. 아 그런데 이 경손 씨가 만석 상속을 못 받어요?"

"넌 어디서 중동이만 생겼나 보더라……! 쓸데없는 소리 말구, 공부 잘해!"

"낙제만 않구 올라가믄 돼요……. 학교 성적 좋은 녀석 죄다 바보야……. 아 참, 우리 작은아버진 말구서……. 그렇죠? 아즈머니……."

무슨 일인지, 경손은 이 집안의 그 많은 인간 가운데 유독 그의 숙부 종학 하나만은 존경합니다.

"말두 마라……."

조 씨가 그러잖아도 뚜-나온 입술을 좀 더 내밀고 쫑긋거리면서, 경손의 말을 탓을 하던 것입니다.

"세상, 그런 못난 사람두 있다더냐?"

"우리 작은아버지가 못나요? 난 보니깐, 우리 집에선 제일 잘나구 똑똑합디다. 단, 경손이 대감만 빼놓구서, 하하하……. 나두 우리 작은아버지 닮아서 이렇게 똑똑해……! 그렇죠, 어머니? 내가 똑똑하죠?"

"옜다, 이 녀석! 까불기만 하는 녀석이, 어디서……."

"하하하하……."

"사내가 오죽 못나믄 첩 하날 못 얻어 살구서……."

조 씨는 혼자 말하듯 구느름을 내다가, 바늘귀를 꿰느라고 고개를 쳐듭니다. 새초롬한 게 벌써 새서방 종학이한테 귀먹은 푸념깨나 쏟아져 나올 상입니다.

"첩 얻으믄 못써요! 태식이 같은 오징어(연체동물) 생겨나요, 시들부들……. 그렇죠? 아즈머니!"

"말두 말래두……! 첩을 백은 못 얻어서, 새장가 든다구 조강지처 이혼하려 들어? 그게 못난 사내 아니구 무어냐……? 그리구서두 머? 경찰서장……? 흥, 경찰서장 똥이나 빨아 먹지!"

"흥! 작은아버지가 경찰서장 할 사람인 줄 아시우? 참 어림없수!"

"그래두 그럴 양으루 법률 공부 배운다믄서?"

"말두 마시우. 큰사랑 뚱뚱할아버지, 헷다방이지……! 아주, 작은손자가 경찰서장 될라치믄 영감님이 척 뽐낼 양으루! 흥!"

"너 이 녀석, 어디 가서 그런 소리 지망지망 해라?"

경손의 모친은 경계하는 소립니다. 그 소리가 시할아버지 귀에라도 들어가고 보면 생벼락이 내릴 테요, 따라서 말을 낸 경손도 한바탕 무슨 거조든지 당할 터이니까 말입니다.

그러나 조 씨는 연방 더 전접스럽게,

"워너니 자기가 진작 맘 돌리기 잘했지야……. 주제에 무슨 경찰서장은……."

"아즈머니두……! 아즈머니두 경찰서장 등 대구 있었수? 그랬거덜랑 얼른 이혼하시우. 경찰서장 오백 리 갔수!"

"아, 저놈이 못 할 소리가 없어!"

경손의 모친이 눈을 흘기면서 나무랍니다.

"어머니두! 이혼하는 게 왜 나쁜가? 내가 여자라믄 백 번만 결혼하구 백 번만 이혼해 보겠던걸……. 헤헤……. 그런데 참, 어머니!"

"듣기 싫여!"

"아냐, 저 거시키……. 서울 아씨 시집 안 보내우!"

"매친 녀석!"

"뭘 그래! 시집보내예지. 난 꼴 보기 싫여……!"

"이 녀석이 시방 맞구 싶어서……."

"내버려 두시오! 그 애야 다 옳은 말만 하는걸……. 난 그리잖어두 맘 없는 집살이에, 덮친 디 엎친다구, 시고모 등쌀에 생병이 나겠습디다……. 난 그 아씨 꼴 아니 봤으면 살이 담박 지겠어!"

"오라잇! 우리 아즈머니 부라보……! 아 그렇구말구요. 서울 아씬 시집보내구, 아즈머니두 이혼하구서 새루 결혼하구, 응? 아즈머니!"

"네 요놈, 경손아!"

"네?"

"너, 정녕 그렇게 까불구 그럴 테냐?"

"하하하……. 그럼 다신 안 그러께요……. 그 대신 오십 전만……."

"망할 녀석?"

경손의 모친은 일껏 정색을 했던 것이, 경손이 더펄대는 바람에 그만 실소를 해 버립니다.

"응? 어머니……. 오십 전만……."

"돈은 무엇에 쓸 양으루 그래?"

"하, 사내대장부가 돈 쓸데 없어요? 당당한 백만장자 윤 직원 윤두섭 씨의 맏증손자 윤경손 씨가!"

"난 돈 없으니, 그렇거들랑 큰사랑 할아버지께 가서 타 쓰려무나?"

"피, 무척 내가 이뻐서 돈 주겠수……. 어머니 히잉, 오십 전마아안……."

"없어!"

"이 애야, 그럴라 말구……."

조 씨가 옆에서 꼬드기는 소립니다.

"서울 아씨더러 좀 달래려무나……? 넌 그 아씨 시집보내 줄 걱정까지 해 주는데, 그까짓 돈 오십 전 아니 주겠니? 오십 전은 말구, 오 원 아니 오십 원두 주겠다!"

물론 서울 아씨가 미워라고 시방 그 쑥 나온 입술로 비꼬는 솜씨지요. 그런데 경손은 거기 귀가 반짝하는지 눈을 깜작깜작 고개를 깨웃깨웃,

"서울 아씰……? 시집보내 준다구……? 하하, 오옳지, 옳아!" 하면서 무릎을 탁 치고 일어서더니,

"됐어, 됐어……! 왜 아까 그때 바루 그 생각을 못 했을 까……? 어쩐 말이냐!"
하고 거드럭거리고 나갑니다.

박 씨는 아들놈 등 뒤를 걱정스럽게 바라다보면서 무슨 말을 할 듯 말 듯하다가 그만둡니다.

분배를 놓던 경손이 나가고 방 안이 갑자기 조용하자, 두 동서는 제각기 제 생각에 잠겨 한동안 바느질손만 바쁩니다.

"때그르르."

마침 박 씨가 굴리는 실패 소리에 정신이 들어 조 씨는 자지러지듯 한숨을 내쉽니다.

"형님은 그래도 좋시겠수……."

"……."

"아즈바님이 따루 계시긴 하세두, 다 마음은 아니 변허시구……. 다 저렇게 똑똑한 아들두 두시구……. 난 전생에 무슨 업원이 그대지두 중했는지, 팔자가 이 지경이니……! 차라리 죽은 목숨만두 못한 인생……! 그래두 우리 어머니, 아버진 날 이 집으루 시집보내믄서, 만석꾼이 집 지차 손주며느리래서, 호강에 팔자에, 모두 늘어질 줄 알았을 테지……!"

"그런 소리 하지 마소……!"

박 씨가 위로의 말대답을 합니다. 그러나 박 씨는 이 동서를 위로해 줄 말이 딱합니다.

번번이 마주 앉으면 노래 부르듯 육장 두고서 하는 꼭 같은 푸념이요, 팔자 탄식인걸, 그러니 인제는 듣기도 헤먹거니와 이편의 위로엣말도 밤낮 되풀이하던 그 소리라 말하는 나부터가 헤먹습니다.

"난들 무슨 팔자가 그리 우나게 좋다던가……? 남편이 저럭허구 다닐 테믄 맘 변하나 안 변하나 매일반이지……. 자식은 하나 두었다는 게 벌써 에미 품안에서 빠져나간걸……. 그러니 동서나 내나 고단하긴 매양 같지, 별수 있는가……? 다같이 부잣집 이름 좋은 종이요, 하인이지……. 대체 이 집은……."

안존하던 박 씨의 음성은 더럭 보풀스러워지면서, 아직 고운

215

때가 안 가신 눈이 샐룩 까라집니다.

"무얼루, 무엇이 만석꾼이 부잔고……? 이 옷 주제허며 손이 이게 만석꾼이 집 며느리들이람? 끌끌……."

미상불 두 동서가 다 영양이 좋지 못한 얼굴입니다. 손은 작년 겨울에 터진 자국이 여름 내에 원상회복이 못 된 채 북두갈고리 같습니다.

박 씨는 여태도 인조항라 고의를 입고 있고, 조 씨는 역시 배 사먹으러 가게 실렁한 검정 목 보이루 치마를 휘감고 있습니다.

박 씨는 저네들의 주제를 들여다보다가, 고개를 돌려 방 안 짐을 둘러봅니다.

화류 의걸이에 이불장에 삼층장에 머릿장에 베갯장에 양복장에, 이칸 장방이 그득, 모두 으리으리합니다.

"저런 게 다 무슨 소용인구……! 넣어 두구 입을 옷이 있어야 저런 것두 생색이 나지……. 저런 걸 백 개 들여놓으니, 얼멩주 단속곳 한 벌만 한가! 아무 짝에두 쓸디없는 치레뿐……. 난 여름부터 고기가 좀 먹구 싶은 걸 못 얻어먹었더니……."

동서의 위로가 아니고 어쩌다가 제 자신의 구느름이 쏟아져 나와서, 마악 거기까지 말이 갔는데, 헴 하는 연한 밭은기침 소리에 연달아 미닫이가 사르르 열립니다.

옥화가 왔던 것입니다. 창식이 윤 주사가 올 봄에 새로 얻은

216

기생첩, 그 옥화랍니다.

기생으론 그다지 세월도 없었으나 어느 여학교를 이 년인가 다녔고, 그런데 어디서 배웠는지 묵화를 좀 칠 줄 아는 것으로, 그 소위 아담한 교양이 윤 주사의 눈에 들었던 것입니다.

하나 생김새는 도저히 아담함과는 간격이 뜹니다.

도량직한 얼굴이면서 어딘지 새침한 바람이 돌고, 그런가 하고 보면 생긋 웃는데 눈초리가 먼저 웃습니다.

이 새침새가 남의 조강지처로는 아무래도 팔자가 세겠는데, 마침 눈웃음이 화류계 계집으로 꼭 맞았습니다. 다시 그의 흐뭇하니 육감적으로 두터운 입술은 그 이상의 것을 암시하고요.

옥화는 이 큰댁엘 자주 드나들어, 시아버지 윤 직원 영감의 귀염을 일쑤 받고, 외동서 조 씨의 성미를 맞추기에 노력을 하고, 서울 아씨나 이 두 (남편의) 며느리와도 사이가 좋습니다. 능한 외교 수완을 지니고 있는 게 분명한데, 그러고서도 기생으로 세월이 없었다니 좀 이상은 합니다마는, 실상인즉 그러니까 윤 주사 같은 봉을 잡았지요.

옥화는 언제고 여학생 차림을 합니다. 기생의 여학생 차림이란 어딘지 좀 빤지르르한 게 암만해도 프로 취가 흐르기는 하는 것이지만, 당자들은 그걸 교정할 용기가 없어, 옥화도 그 본에 그 본입니다. 그래도 옥화 저더러 말하라면 기생은 일시 액운이

었었고, 인제 다시 예대로 여학생 저를 찾은 것이랍니다.

"두 동서분이 바누질을 하시는군……?"

옥화는 영락없이 눈으로 웃으면서, 깍듯이 며느리들더러 허우를 하여, 어서 오시라고 일어서는 인사를 맞대답합니다.

"그새 다 안녕허시구?"

옥화는 손에 사 들고 온 과자 꾸러미를 내놓으면서 주객 셋이 둘러앉았습니다.

"무얼 오실 때마다 늘 이렇게……. 허긴 잘 먹습니다마는!"

박 씨가 치하를 합니다. 미상불 옥화는 언제고 빈손으로 오는 법은 없습니다.

"잘 자시니 좋잖우? 호호…… 그런데 저어, 새서방 소식이나 들었수?"

이건 조 씨더러 가엾어하는 기색으로 묻는 말!

"내가 그이 소식을 알다간 서쪽에서 해가 뜨라구요?"

"원 저를 어째……! 부부간에 의초가 그렇게 아니 좋아서 어떡허우!"

"어떡허긴 무얼 어떡해요……! 날, 잡아먹기밖에 더 허까!"

"아이, 숭헌 소릴……."

옥화는 박 씨가 풀어 놓는 비스킷을 저도 하나 집어넣으면서,

"그 얌전한 서방님이, 어째 색신 마댄담……? 그 아우형제가

둘이 다 얌전하기야 좀 얌전한가……! 아이 참, 어디 나갔수?"

"누가요?"

박 씨는 무슨 소린지 몰라 뚜렛뚜렷합니다.

"누구라니 새서방……. 경손 아버지 말이지……."

"그이가 오기나 했나요?"

"오기나 하다께……? 아, 온 줄 몰루?"

"네."

"어쩌나!"

"왔어요?"

"오기만……! 아까 저, 아따 우미관 앞에서 만난걸……. 그리구 언제 왔느냐니깐 아침차루 왔다구, 그 말꺼정 했는데……!"

"그래두 집엔 아니 왔어요!"

"어쩌나……! 저거 야단났군! 호호."

"야단날 일이나 있나요……! 아마 볼일이 바빠서 미처 집엔 들를 틈이 아니 난 게죠."

속은 어떠했던지 박 씨는 그래도 이만큼 사람이 둥글고 덕이 있습니다.

세 여자는 잠깐 말이 없이 잠잠합니다. 시방 박 씨는 남편 종수가 분명 어디 가서 난봉을 피우고 있으려니, 그래도 올라는 왔으니까 얼굴이라도 뵈기는 하겠지, 이런 생각을 혼자 하고 있고, 옥화는 옥화대로 긴한 사무가 있어, 인제는 이만해도 마을 나온 증거는 만들어 놓았으니까 조금만 더 있다가 정작 가 볼 데를 가 보아야 하겠다는 생각을 하고 있고.

그리고 조 씨는, 옥화의 백금반지야 금반지야 다이아반지가 요란한 고운 손길이며 진짜 비단으로 휘감은 옷이며를 골고루 여새겨 보면서, 논다니요 첩데기란 아무래도 이렇게 제 티를 내는 법이니라고, 에이 더럽다고 속으로 비웃고 있습니다.

그러나 진실로 그 속의 속을 캐고 볼 양이면 조 씨는, 옥화가 그렇듯 좋은 패물이며 값진 옷을 입고 이쁘게 단장을 하고서 한가로이 마음 편히 놀러 다니는 팔자가 부러워 못 견딥니다.

부러웠고, 부러우니까는 오기가 나고, 그래 앙앙한 오기가 바싹 마른 교만을 부리던 것입니다.

이편 경손은 다뿍 불평스런 얼굴을 일부러 만들어 가지고 안방으로 들어옵니다.

서울 아씨와 태식의 두 가수는 여전히,

"혜야, 하징 아니 하고오!"

의《추월색》오페라와,

"비 – 비가 오-오. 모 – 모 – 가 모 – 가 자 – 자 – 라 자 – 라오."

의 맹꽁이 음악을 끈기 있게 쌍주하고 있습니다.

경손은 심상찮이 불평스런 얼굴은 얼굴이라도, 일변 매우 조

220

심성 있게 서울 아씨가 누웠는 옆에 가 앉습니다.

"그게 무슨 책이죠?"

"《추월색》이란다."

서울 아씨는 긴치 않다고 이맛살을 약간 찌푸립니다.

그러나 경손은 더욱 은근합니다.

"퍽 재밌죠?"

"그렇단다!"

"그럼 나두 한 번 봐예지……!"

경손은 혼자 중얼거리고는, 한참 있다가 또,

"전 서방, 저녁 다 먹었나……? 대고모가 아까 차려 내보낸 게 전 서방 밥상이죠?"

서울 아씨는 속이 뜨끔했으나 겉만은 아무렇지도 않게 경손을 바라봅니다.

"그렇단다……. 왜 그러니?"

"아뇨, 밥 다 먹었으믄 나가서 돈 좀 달라구 하게요."

"……."

서울 아씨는 아까 대복의 저녁 밥상을 차리러 나서느라고 저도 모르게 일으킨 이변을 비로소 깨달았으나, 그래서 속이 뜨끔했던 것이나, 경손이 막상 눈치를 채지는 못한 것 같아서 적이 마음이 놓였습니다.

그러나 아직 완전히 안심은 할 수가 없어 좀 더 속을 떠보아야 하겠어서, 슬며시 오페라를 중지하고 짐짓 제 말 나오는 거동을 살피려 드는데, 경손은 연해 혼잣말로 두런두런,

"에이! 고 재리 깍쟁이!"

"……."

"고거, 죽어 버렸으믄 좋겠어!"

"……."

"그중에 그 따위가 병신이 지랄하더라구, 내 참!"

"……."

"아, 글쎄 대고모!"

"왜?"

"아, 대복이 녀석이, 말이우……."

"그래서?"

"내 참……! 내 인제, 마구 죽여 놀 테야!"

"아니, 왜 그래? 무어라구 욕을 하든?"

"욕은 아니라두, 욕보다 더한 소리지 머!"

"무어랬길래 그래?"

"아, 고 병신이, 밤낮 절더러 대고모 말을 하겠지! 망할 자식 같으니라고!"

서울 아씨는 얼굴이 화끈 다는 것을 어찌하지 못했습니다.

"무어라구 내 말을 한단 말이냐?"

"머, 별소리가 많아요! 느이 대고모님은 참 얌전한 부인네라구, 그런 소리두 하구…… 또오……."

"또?"

"퍽 불쌍하다구……. 소생이 무언지, 소생이라두 하나 있었더라믄 그래두 맘이나 고난치 않았을걸, 어쩌구 그런 소리두 하구……."

"주제넘은 사람두 다 보겠다! 제가 무엇이 대껴서 날 가지구 그러네저러네 해?"

말의 뜻에 비해서는 악센트가 그다지 강경하진 않습니다. 대복을 꾸짖자기보다, 경손이한테 발명이기가 쉽지요.

"그러게 말이에요……. 내 인제, 다시 그따위 소릴 하거던 마구 그냥 죽여 놀 테에요!"

"……."

"큰사랑 할아버지께 고해서, 아주 밥통을 떼어 놓던지……. 망할 자식! 상놈의 자식이!"

"경손아?"

서울 아씨는 긴장한 태를 아니 보이느라고 내려놓았던 《추월색》을 도로 집어 들면서 경손을 부르는 음성도 대고모답게 상냥하고도 위의가 있습니다.

경손의 대답 소리도 거기 알맞게 대단히 삼가롭습니다.

"너, 애여 남허구 시비할세라?"

"네."

"대복이 했단 소리가, 다 주제넘구 하긴 하지만, 넌 아직 어린 애니깐 남하구 시빌 하구 그래선 못써요⋯⋯! 좀 귀에 거실리는 소릴 하더래두 거저 들은 숭 만 숭하는 것이지, 웅?"

"네."

"그리구, 그런 되잖은 소리 들었다구, 이 사람 저 사람한테 옮기지두 말구⋯⋯. 그따위 소린 한 귀루 듣구 한 귀루 흘려버릴 소리 아냐?"

"네, 아무더러두 얘기 아니허께요!"

경손은 푸시시 일어서고, 서울 아씨는 도로 오페라를 계속하려고 합니다.

"밥이나 다 먹었나? 작자가⋯⋯!"

경손은 혼자 중얼거리면서 미닫이를 열다가 짐짓 머뭇머뭇하는 체하더니,

"대고모?"

하고 어렵사리 부릅니다.

"왜?"

"저어, 저녁이라 말하기가 안돼서 그러는데요⋯⋯!"

"그래?"

"내일 대복이한테 타서 가져다 드리께, 저, 이 원만……!"

"돈은 이 원씩이나 무엇에 쓰니?"

"좀 살 게 있어서 그래요!"

서울 아씨는 더 묻지도 않고 일어서더니, 의걸이를 열쇠로 열고는 속서랍에서 일 원짜리 두 장을 꺼내다가 줍니다.

대체 서울 아씨가 다른 사람도 아니요, 경손이한테 돈을 이 원씩이나 주다니, 그것 또한 이변이 아닐 수 없습니다. 오늘 저녁처럼 경손이 서울 아씨를 존경하고 서울 아씨는 경손한테 상냥하게 굴고 한 적도 물론 전고에 없는 일이고요.

"내일 대복이한테 타서 드리께요?"

경손은 두 손 받쳐 돈을 받고, 서울 아씨는 그 소리를 도리어 나무람하되,

"내가 네게다가 돈 취해 줄 사람이더냐……? 그런 소리 말구, 가지구 가서 써요!"

다 이렇습니다.

가령 받고 싶더라도 아니 받을 생각을 해야지요. 살쾡이가 닭 물어다 먹고서 갚는 법 있나요.

경손은, 네 그러겠습니다고, 더욱 공손히 대고모 안녕히 주무세요란 인사까지 한 후에 마루로 나오더니 안방에다 대고 혓바

닥을 날름, 코를 실룩, 눈을 깨끗, 오만 양냥이 짓을 다 합니다.

구두를 신노라니까 등 뒤에서 마루의 괘종이 아홉 시를 칩니다. 아홉 시면 지금 가더라도 '모로코'밖에 못 볼 텐데 어쩔까 싶어 작정을 못 한 대로 나가기는 나갑니다. 아무튼 나가 보아서 영화를 보든지, 영화는 내일 밤으로 미루고 동무를 불러내어 그 돈 이 원을 유흥을 하든지 하자는 것입니다.

안대문은 잠겼고, 그래 사랑 중문으로 가는데 큰사랑에 춘심이 와서 있는 것이 미닫이 유리쪽으로 얼핏 들여다보였습니다.

경손은 잠깐 서서 무엇을 생각하다가, 잠자코 대문 밖으로 나가더니 조금 만에 되짚어 들어오면서,

"삼남아?"

하고 커다랗게 부릅니다. 삼남은 벌써 십오 분 전에 잠이 들었으니까 대답이 없고, 대복이 건넌방 앞문을 열고 내다봅니다.

"여기 춘심이라구 왔수? 어떤 여편네가 대문 밖에서 좀 불러 달래우!"

경손은 대단히 성가신 심부름을 하는 듯이 볼멘소리로 투덜거려 놓고는, 이내 돌아서서 씽씽 나가 버립니다.

대복이 전갈을 하기 전에 춘심은 제 귀로 알아듣고 뛰어나와서 납작 구두를 신는 둥 마는 둥 대문 밖으로 달려 나옵니다.

대복이나 윤 직원 영감은 경손이 하던 소리를 곧이들은 건 물

론이요, 춘심도 깜빡 속아 제 집에서 누가 부르러 온 줄만 알았습니다. 춘심은 대문 밖으로 나가서 문등이 환히 비치는 골목을 둘레둘레, 왔으면 어머니가 왔을 텐데 어디로 갔는고, 하고 밟아 나옵니다. 마침 옆으로 빠진 실골목 앞까지 오느라니까, 경손이 그 안에서 기침을 합니다.

춘심은 비로소 경손한테 속은 줄을 알고는 골딱지가 나려다가 생각하니 반가워, 해뜩해뜩 웃으면서 쫓아갑니다. 경손도 말없이 웃고 섰습니다.

"울 어머니 어딨어?"

"느이 집에 있지, 어딨어?"

"난 몰라……! 들어가서 영감님더러 일를걸?"

"머야……? 흥! 연앨 톡톡히 하시는 모양이군……? 오래잖아 우리 큰사랑 할머니 한 분 생길 모양이지?"

"몰라이! 깍쟁이……."

춘심은 마구 보풀을 내뜁니다. 속이 저린 탓으로, 경손이 혹시 아까 윤 직원 영감과 반지 조건을 가지고 연애 계약을 하던 경과를 죄다 듣고서 저러는 게 아닌가 싶어, 쫓내야 날 값에 그래도 계집애라고 그런 연극을 할 줄 알던 것입니다. 게나 가재는 나면서부터 꼬집을 줄 알듯이요.

"머, 내가 누구 때문에 밤낮 여길 오는데 그래. 늙어 빠지구 귀인성 없는 영감님이 그리 좋아서? 남 속두 몰라주구, 머……."

춘심은 제가 지금 푸념을 해 대는 말대로, 늙어 빠지고 귀인성 없는 윤 직원 영감이 결단코 좋아서 오는 게 아니라, 윤 직원 영감한테 오는 체하고서 실상은 경손을 만나러 온다는 게, 그게 정말인지 아닌지는 춘심이 저도 모르는 소립니다. 아마 보나 안보나 윤 직원 영감과 경손을 다 같이 만나러 오는 것이기 십상일 테지요.

그러나 시방 이 경우 이 자리에서는 단연코 경손이 때문에 온다는 것으로, 팔팔 뛰지 않지 못할 만큼 춘심도 본시, 그리고 벌써, 계집이던 것입니다. 천하의 계집치고서, 멍텅구리 외에는 남자를 속이지 않는 계집은 아마 없나 보지요?

춘심은 윤 직원 영감한테 다니기 시작한 지 세 번째 만에 경손을 알았습니다.

석양쯤 해선데, 춘심이 윤 직원 영감이 있으려니만 여겨 무심코 방으로 쑥 들어서니까, 커다란 윤 직원 영감은 간데없고, 웬 까까중이의 죄꼬만 도련님이 연상 앞에서 라디오를 만지고 있습니다. 좀 무색했으나, 고 도련님 이쁘게도 생겼다고, 함께 동무해서 놀았으면 좋겠다고 생각했습니다.

경손은 뚱뚱보 영감한테 들켰나 해서 깜짝 놀랐으나, 이어 아닌 걸 알고, 한테 요건 또 웬 계집앤고 싶어 춘심을 마주 짯짯이 쳐다보았습니다.

전에 이 큰사랑에 오던 계집애는 이 계집애가 아닌데……. 그
것들은 모두 빌어먹게 보기 싫었는데……. 이건 어디서 깜찍하
니 고거 이쁘게는 생겼다……. 동무해서 놀았으면 좋겠다…….
경손이 역시 이렇게 생각했습니다.

연애에는 소위 퍼스트 임프레션이라는 게 제일이라고요. 과
연 둘이 다 같이 첫인상이 만점이었습니다.

그래, 하나는 문지방을 잡고 서서, 하나는 라디오의 스위치를
잡고 앉은 채 한참 서로 쳐다보았습니다. 그러다 경손이 먼저,

"너, 누구냐?"

하면서 눈에 나타난 호의와 다르게 텃세하듯 일어섭니다.

"넌, 누구냐?"

춘심이 역시 말소리는 강경합니다. 적어도 이 댁에서 제일 어
른이요, 제일 크고 뚱뚱한 영감님, 그 어른한테 다니는 낸데, 제
까짓 것 까까중이 도련님이면 소용 있느냔 속이겠다요.

경손은 장히 시쁘다고 바짝 다가와 춘심을 들여다봅니다.

"그래, 난 이 댁 되련님이다!"

"피이. 되련님이 아니구 영감님이믄 사람 하나 굳힐 뻔했네!"

"요 계집애 건방지다!"

"아니믄……? 병아리 새끼처럼 텃셀 해요!"

"요것 보게……. 너 요것, 주먹 하나 먹구퍼?"

"때리믄 제법이게?"

"정말?"

"그래!"

"요걸!"

경손이 번쩍 들이대는 주먹이 코끝으로 육박을 해도 춘심은 꼼짝 않고 서서 웃습니다. 웃음도 나름이지만, 이건 호의가 가득한 웃음입니다.

"하하, 고거 야!"

경손은 주먹을 도로 내리면서 좋게 웃습니다. 역시 춘심이처럼 호의가 가득한 웃음입니다.

"왜 안 때려?"

"울리믄 쓰나!"

"내가 울어?"

"네 이름이 무어지?"

"알면서 물어요!"

"내가, 알아?"

"그럼!"

"내가?"

"너 – 너, 하는 건 무언데?"

"옳지! 너라구 했다구! 하하. 그럼, 아가씨 존함이 누구시오?"

"누가 아가씨랬나? 해해해……."

"하하하……. 무어냐? 이름이……."

"춘심……."

"응, 춘심이……. 그리구 나인?"

"열다섯 살……."

"하! 나허구 동갑이다!"

"정말?"

"응!"

"이름은?"

"경손 씨."

"경손 씨……? 활동사진 배우 이름 매니야……."

"안 뒷! 되련님 이름을 그런 데다가 빗대다니……."

"피이!"

"그래두!"

"어쩔 테야?"

"한 대 먹구 싶어?"

경손은 또 주먹을 들이댑니다. 그러나 그게 아까 먼저보다는 도리어 무름하건만, 무름할뿐더러 정말 때릴 의사가 아닌 줄을 빠안히 알면서도 춘심은 허겁스럽게 엄살 엄살, 다시 안 그런다고 항복을 합니다.

"다신 안 그러기다?"

"응!"

"응…… . 그리구…… ."

"무어?"

"아니…… . 참, 너두 기생이냐?"

"응!"

"요릿집이두 댕기구? 응, 인력거 타구?"

"응!"

"그리구서……?"

"무얼?"

"인력거 타구, 요릿집이 가서?"

"손님 앞에서 소리두 하구, 술두 치구…… ."

"그리구?"

"다 놀믄 인력거 타구 집으로 오구…… ."

"그거뿐?"

"뿐! …… ."

"돈은? 아니 받구?"

"왜 안 받아!"

"얼마?"

"한 시간에 일 원 오십 전……."

"쾌다……! 몇 시간이나?"

"대중없어……."

"갈 땐 이렇게 입구 가니?"

"야단나게……? 쪽찌구 긴치마에 보선 신구 그리구……."

"하하하."

"해해해."

이때 마침 대문간에서 윤 직원 영감의 기침 소리가 들려, 이 장면은 그대로 커트가 됩니다. 그러나 경손이 총총히,

"저기, 뒤채 내 방으루 놀러 오너라, 응? 꼭……."

하고 부탁하기를 잊지 않았습니다.

그 뒤부터 두 아이의 연애는 급속도로 발전해 갔습니다. 무대는 이 집의 뒤채 경손의 방과, 영화 상설관과, 안국동에 묘한 뒷문이 있는 청요릿집 등이구요. 그 사이에 경손은 춘심이한테 코티의 콤팩트와 향수 같은 것을 선사했고, 춘심은 하부다이 손수건에다 그다지 출 수는 없으나 제 솜씨로 경손과 제 이름을 수놓아서 선사했습니다. 두 아이의 대강 이야기가 그러했습니다. 그리고 다시, 오늘 밤으로 돌아와서 실골목의 장면인데…….

경손은 춘심이 너무 억울해하니까, 그를 믿고(믿고 안 믿고가 아니라 도시에 의심을 했던 게 아니었으니까요.) 아무려나 농담이

과했음을 속으로 뉘우쳤습니다.

아마 인간이라고 생긴 것이면, 사내치고서 계집한테 속지 않는 녀석은 없나 보지요.

"극장 가자……."

경손은 이내 잠자코 섰다가 불쑥 하는 소립니다.

이 기교 없는 기교에, 정말 아닌 노염이 났던 춘심은 단박 해해합니다. 가령 정말로 성이 났더라도 그러했겠지마는요.

"늦었는데?"

"괜찮아?"

"영감님?"

"그걸 핑곌 못 해?"

춘심은 좋아라고 연신 생글뱅글, 사랑으로 들어가더니, 대뜰에 올라서서,

"영감님? 나, 집에 가 봐야겠어요!"

합니다.

"오냐!"

윤 직원 영감의 허연 수염이 미닫이의 유리쪽을 방 안에 가리며 내다봅니다.

"누가 불르러 왔더냐?"

"네! 우리 아버지가 아푸다구, 어머니가 왔어요!"

"그렇거들랑 어서 가 보아라. 거, 무슨 병이 났단 말이냐?"

"모르겠어요. 갑자기 그냥……."

"그럼 무엇 먹은 게 체히여서 곽란이 났넝가 부구나?"

"글쎄, 잘 모르겠어요!"

"어서 가부아라……. 그리구 곽란이거던 와서 약 가져가거라……. 사향소합환 주께."

"네."

"어서 가 부아라. 그리구 내일 낮에 올라냐? 반지 사게……."

"네."

"꼭 올 티여?"

"네, 꼭 와요!"

"지대리마……? 반지 꼭 사 주마?"

"네. 안녕히 주무세요?"

"오냐……. 너 혼자 가겄냐?"

"아이! 괜찮아요!"

"무섭거던 삼남이 데리구 가구!"

"무섭긴 무엇이 무서요!"

"그럼 어서 가 보구, 내일 오정 때쯤 히여서 꼭 오니랭? 반지 사러 진고개 가게, 응?"

"네."

"잘 가거라, 응!"

"네, 안녕히 주무세요!"

"오냐, 어서 가거라……. 그리구 내일 반지 사러 가자?"

반지 소리가 수없이 나옵니다.

걱정도 되겠지요. 제 아범이 병이 났다니, 그게 중해서 내일 혹시 오기가 어렵게 되면 또다시 연애를 연기해야 할 테니까요.

그 육중스런 임시 첩장인을 위해, 중값 나가는 사향소합환을 주마는 것과 과연 근경 속이 그럴듯하기는 합니다.

아무려나 이래서 조손 간에 계집애 하나를 가지고 동락을 하니 노소동락(老少同樂)일시 분명하고, 겸하여 규모 집안다운 계집 소비 절약이랄 수도 있겠습니다.

그렇지만, 소비 절약은 좋을지 어떨지 몰라도, 안에서는 여자의 인구가 남아돌아가고(그래 한숨과 불평인데) 밖에서는 계집이 모자라서 소비 절약을 하고(그래 칠십 노옹이 예순다섯 살로 나이를 야바위도 치고, 열다섯 살 먹은 애가 강짜도 하려고 하고) 아무래도 시체의 용어를 빌려 오면, 통제가 서지를 않아 물자 배급에 체화(滯貨)와 품부족(品不足)이라는 슬픈 정상을 나타낸 게 아니랄 수 없겠습니다.

세계 사업 반절기

역시 같은 날 밤이요, 아홉 시가 한 오 분가량 지나섭니다. 그러니까 방금 창식이 윤 주사의 둘째 첩 옥화가 계동 큰댁에 들렀다가 며느리뻘 되는 뒤채의 두 새댁들과 말말 끝에, 집에는 얼굴도 들여 놓지 않은 종수를, 아까 낮에 우미관 앞에서 만났다는 그 이야기를 하고 있는 그 시각과 거의 같은 시각입니다.

과연, 그리고 공교롭게, 그 시각에 종수는 그의 병정인 키다리 병호의 인도로 동관 어떤 뚜쟁이 집을 찾아왔습니다.

종수는 새삼스럽게 소개할 것도 없이, 만석꾼 윤 직원 영감의 맏손자요, 창식이 윤 주사의 맏아들이요, 경손의 아범이요, 윤씨네 가문 빛내는 큰 사업의 제일선 용사 중 한 사람으로서 군수 운동을 하느라고 고향에 내려가 군 고원을 다니는 사람이요, 그리고 장차 경찰서장이 될 동경 어느 대학 법학과 학생 종학의 형이요, 이러한 그 종습니다. 주욱 꿰어 놓구 보니 기구가 대단하군요. 뭐, 옛날 지나 땅의 주공이라든지 하는 사람은, 문왕의 아들이요, 무왕의 동생이요, 시방 임금의 삼촌이요, 이렇대서 근본 좋고 팔자 좋고 권세 좋고 하기로 세상 우두머리를 쳤다지만, 종수의 기구도 그 양반 주공을 능멸하기에 족할지언정 못하지는 않겠습니다. 이렇듯 몸 지중한 종수가 어디를 가서 오입을 하면 못 해, 하필 구접스레한 동관의 뚜쟁이 집을 찾아왔을까마는 거기에는 사소한 내력과 곡절이 있던 것입니다.

종수는 시방 나이 스물아홉, 생김생김은 이 집안의 혈통인 만큼 헤멀끔하니 어디 한 군데 야무지게 맺힌 데가 없고, 좋게 보아야 포류의 질입니다. 혹시 눈먼 관상쟁이한테나 보인다면, 널찍한 그의 얼굴과 훤하니 트인 이마에 만석이 들었다고 할는지 모르지요. 하기야 또 시체는 상학도 노망이 나서, 꼭 빌어먹게 생긴 얼굴만 돈이 붙곤 하니까 종작할 수가 없지마는요.

열일곱에 서울로 공부를 올라와서 입학 시험을 친다는 것이 단박 낙제를 했습니다. 그대로 주저앉아 강습소 나부랭이를 다니며 준비하는 체하다가 이듬해 다시 또 낙제……

열아홉 살에 세 번째 낙제, 그리고 다시 그 이듬해 스무 살에는, 스무 살이나 먹어 가지고 열서너 살짜리 조무래기들과 섭슬려 입학 시험을 칠 비위도 없거니와 치자고 해도 지원부터 받아주질 않았습니다.

그해 그러니까 기사년(己巳年)에 종수의 아우 종학이 삼 년 동안 줄곧 낙제를 한 형의 분풀이나 하는 듯이 우등 성적이요 겸하여 첫째로 ○○고보에 입학이 되었습니다.

이때는 벌써 온 집안이 서울로 반이를 해 왔고, 한데 종수는 일이 그 지경이고 보니 어디로 얼굴을 두르나 부끄러운 것뿐, 일변 또 공부 따위는 애초에 하기가 싫던 것이라 아주 작파를 해 버렸습니다.

명색이나마 공부를 작파하고 나서는 돈냥이나 있는 집 자식이겠다, 할 노릇이란 빤안한 것, 그동안 조금씩 익혀 온 술 먹기와 계집질에 아주 털어놓고 투신을 했습니다.

윤 직원 영감은 어린 손자 자식이, 그야말로 이마빡에 피도 안 마른 것이 주색에 빠졌으니 사람 버릴 것이 걱정도 걱정이려니와, 그보다는 소중한 돈을 물 쓰듯 해서 더욱 심화요, 그런데 그보다도 또 속이 상한 건, 크게 바라던 군수가 장마의 개울물에 맹꽁이 떠내려가듯 동동 떠내려가는 것이었습니다.

그러나 윤 직원 영감은 한 번 실패로 큰 목적을 단념할 사람이 아니었습니다. 그는 두루두루 남의 의견도 듣고 궁리도 해 보고 한 끝에, 공부를 잘 시켜 고등관으로 군수가 되는 길은 글렀은즉, 이번에는 군 고원으로부터 시작하여 본관을 거쳐 서무주임으로 서무주임에서 군수로, 이렇게 밟아 올라가는 길을 취하기로 했습니다.

고향의 군수와는 매우 임의로운 사이요, 또 도지사와도 자별히 가깝고 하니까, 종수를 군 고원으로 우선 앉혀 놓고서 운동만 뒷줄로 잘하게 되면 자아 본관이요, 네 서무주임이요, 옜소 군수요, 이렇게 술술 올라가진다는 것입니다.

과연 고향의 군수는 윤 직원 영감의 청대로 선뜻 고원 자리 하나를 종수에게 제공했을 뿐 아니라 뒷일도 보장을 했습니다.

종수는 제가 군수가 되고 싶다기보다도, 일일이 감독이 엄한 조부 윤 직원 영감 밑에서 조심스럽게 노느니, 고향으로 내려가서 마음 탁 놓고 지낼 것이 좋아, 매삭 이백 원씩 가용을 타 쓰기로 하고, 월급 이십육 원짜리 군 고원이 되었던 것입니다. 그것이 꼬박 삼 년 전…….

그 삼 년 동안 윤 직원 영감이 자기 손으로 쓴 운동비가 꼿꼿 일만 원하고 삼천 원입니다. 그리고 종수가 운동비라는 명목으로 가져간 것이 이만 원 돈이 가깝습니다. 해서 도합 삼만 원이 넘습니다. 하기야 종수가 가져간 이만 원 돈은 그것이 옳게 제 구멍으로 들어갔는지 딴 구멍으로 샜는지, 알 사람이 드물지요

마는…….

그러나 실상은 돈이 삼만여 원만 든 건 아닙니다.

종수가 가용으로 매삭 이백 원씩 가져갔으니 그것이 삼 년 동안 칠천여 원.

종수가 윤 직원 영감의 도장을 새겨 가지고 토지를 잡혀 쓴 것이 두 번에 이만여 원이요, 그것을 윤 직원 영감이 일보 팔 전씩 쳐서 도로 찾느라고 이만 오천여 원.

윤 직원 영감의 명의로(도장은 물론 가짜지요.) 수형 뒷보증을 해 쓴 것을 여섯 번에 사만 원을 물어 주고.

이 두 가지만 해도 칠만 원 돈인데, 그 칠만 원 가운데 종수가 제 손에 넣고 쓴 것은 다 쳐야 단돈 만 원도 못 됩니다. 윤 직원 영감으로 보면 결국 손자 종수에게 사기를 당한 셈인데, 그러므로 물어 주지 않고 버틸 수도 없는 것은 아닙니다.

그러나 버티고 볼 양이면 종수가 징역을 가야 하니, 이면상 차마 못 할 노릇일 뿐만 아니라, 더욱이 바라고 바라던 군수가 영영 떠내려가겠은즉, 목마른 놈이 우물 파더라고, 짜나따나 그 뒤치다꺼리를 다 하곤 했던 것입니다.

그래, 이것저것을 모두 합치면 돈이 십만 원하고도 훨씬 넘습니다.

윤 직원 영감은 하도 화가 나고 기가 막혀서, 이 잡아 뽑을 놈아 이놈아, 돈은 무엇에다가 그렇게 물 쓰듯 하느냐고, 번번이 불러 올려다가는 도둑놈 닦달하듯 조져 됩니다.

그럴라치면 종수는 군수 운동비와 교제비로 쓴다고 합니다.

그렇거들랑 왜 나더러 달래다가 쓸 것이지, 비싼 고리대금업자의 변전을 내느냐고 한다 치면, 할아버지가 언제 돈 달라는 족족 주었느냐고 되레 떠받고 일어섭니다.

물론 윤 직원 영감은 곧이듣지는 않지만, 종수의 구실거리는 그만큼 유리했습니다.

해서 윤 직원 영감의 무서운 규모로, 삼 년 동안에 십여 만 원을 그 밑구멍에다가 들이민 것으로 보아 군수, 즉 양반이라는 것의 매력이 위대함을 알겠는데, 그러나 종수는 아직도 한낱 고원으로 있지, 그 이상 더 올라가지는 못했습니다. 월급만은 한 차례 삼 원이 승급되어, 이십구 원을 받지만요.

하니, 일이 매우 장황스러 성미 급한 윤 직원 영감으로는 조바심이 나리라 하겠지만, 실상은 고원에서 본관까지 사 년, 본관에서 서무주임까지 삼 년, 서무주임에서 군수까지 다시 삼 년, 도합 십 개년 계획이었기 때문에 아직 유유히 운동을 계속하는 중입니다.

그 덕에 거드럭거리는 건 종숩니다. 군에 다니는 건 명색뿐이요, 매일 술타령에 계집질, 게다가 한 달이면 사오 차씩 서울로 올라와서는 두드려 먹고 놉니다. 돈은 물론 제 집엣돈을 사기해 먹고, 또 그 밖에 중이 망건 사러 가는 돈이라도 걸리기만 하면 잡아 써 놓고 봅니다. 그랬다가 다급하면 그 짓, 제 집 돈 사기를 해서 물어 주든지, 직접 윤 직원 영감한테 운동비랍시고 뻐젓이 돈을 타든지 합니다. 이번에 올라온 것도 그러한 소간입니다.

얼마 전에 군의 같은 동료가 맡아 보는 돈 천 원을 둘러 쓴 일이 있는데, 그 돈 채워 놓아야 할 날짜가 이삼 일로 박두했고, 일변 술도 날씨 선선해진 판에 한바탕 먹어 제치고 싶고, 이참 저참 올라왔던 것인데, 방위가 나빴던지 일수가 사나웠든지, 첫새벽 정거장에서 내리던 길로 일이 모두 꿀리기만 했습니다.

첫째, 어제 시골서 떠나기 전에 전보를 쳐 두었는데 키다리 병호가 마중을 나오지 않았습니다. 돈을 얻재도, 술을 먹재도, 오입을 하재도, 종수는 그의 병정인 키다리 병호가 아니고는 꼼짝을 못 합니다. 수형을 현금으로 바꾸어 오고, 요릿집과 기생을 분변시키고, 더러는 외상 요리의 교섭을 하고, 계집을 중매서고, 이래서 종수가 서울서 노는 데는 돈보다도 더, 그리고 먼저 필요한 게 병호 그 사람입니다.

그렇기 때문에 미리서 전보까지 쳐 두었던 것인데, 정거장으로 나오지를 않았습니다. 이건 병이 났거나 타관에를 갔거나 한 것이라고 낙심을 한 종수는, 그래도 막상 몰라 애오개 산비탈에 박혀 있는 병호의 집까지 찾아갔습니다.

역시 병호는 집에 없고 그의 아낙의 말이, 어제 낮에 잠깐 다녀온다고 나간 채 여태 안 들어왔다는 것입니다. 그렇다면 먼 타관에는 가지 않은 듯싶고, 그것이 적이 다행해서, 들어오는 대로 곧 만나게 하라는 말을 이른 뒤에, 언제고 서울을 올라오면 집보다도 먼저 찾아드는 ○○여관에다가 우선 자리를 잡았습니다. ○○여관에서 종수는 조반을 먹고 드러누워 늘어지게 한잠을 잤습니다. 간밤에 침대차가 만원이 되어 잠을 못 잔 것이 피곤도 하거니와, 이따가 저녁에 한바탕 놀자면 정력을 길러두는 것도 해롭진 않았습니다. 또 그러한 필요가 아니라도 병호가 없는 이상, 막대를 잃어버린 장님 같아 저 혼자서는 나위를 못 하니까 낮잠이 제일 만만합니다.

한잠을 푹신 자고 나니까 오정이 지났는데, 병호는 그때까지 오지 않았습니다. 종수는 또 한 번 애오개를 나갔다가 그만 허탕을 치고 답답한 나머지 여기저기 그를 찾아다녀 보았습니다. 그러다가 우미관 앞에서 재수 없이 옥화를 만났던 것입니다.

종수가 도로 여관으로 돌아와서 네 시까지 기다리다가 그만 질증이 나서, 다 작파하고 조부 윤 직원 영감한테 급한 돈 천 원이나 옭아내어 가지고 내려가 버릴까, 내일 하루 더 기다려 볼까 망설이는 판에, 키다리 병호가 터덜터덜 달려들었습니다.

"허! 미안허이!"

병호는 말처럼 긴 얼굴을 소처럼 웃으며 방으로 들어섭니다.

"무얼 핥어먹느라구 밤새두룩 주둥일 끌구 다녔수?"

종수는 일어나지도 않고 벌떡 누운 채, 전봇대 꼭대기같이 한참이나 올려다보이는 병호의 얼굴을 눈 흘겨 주다가 한마디 비꼬던 것입니다. 남더러 전접스런 소리를 잘하는 것도 아마 윤직원 영감의 대부터 내림인가 봅니다.

그러나 그보다도 종수는 갈데없는 후레자식입니다.

한 것이, 병호와는 같은 고향인데, 나이 십오 년이나 층이 집니다. 십오 년이면 부집(父執)이 아닙니까. 종수 제 부친 창식이 윤 주사가 마흔여섯이요 해서, 사실로 병호와는 네롱네롱하는 사이니까요. 그런 것을 글쎄, 절하고 뵙진 못할망정 벌떡 자빠져서는 한단 소리가 무얼 핥아먹느라고 주둥이를 끌고 다녔느냐는 게 첫인사니, 놈이 후레자식이 아니라고요. 하나 병호는 아주 이상입니다.

"그저 모처럼 봉 하나 잡았더니, 그놈을 뚜디려 먹느라구."

"그래서……? 문밖 별장으루 나갔던 속이구먼?"

"응."

"각시 맛두 봤수?"

"미친 녀석! 늙은 사람두 그런 것 바친다드냐?"

"아무렴! 개가 똥을 마대지?"

둘은 걸쭉하게 농지거리로 주거니 받거니 합니다. 그러니 결국 종수로 하여금 버르장머리가 없게 하는 것은 이편 병호가 속이 없고 농판스런 탓이요, 그걸 받아 주는 때문입니다.

그러나 남의 병정을 잘 서 먹자면 그만큼이나 구수하지 않고는 붙임성이 없겠으니 또한 직업인지라 어쩔 수 없다는 게 병호의 변명입니다.

"돈을 좀 마련해야 할 텐데?"

종수는 그제야 일어나더니 잔뜩 쪼글뜨리고 앉으면서 담배를 붙여 뭅니다.

"해 보지……. 얼마나?"

병호의 대답은 언제나 선선합니다.

"꼭 천 원허구 또, 한 오백 원……."

"오늘루 써야 허나?"

"천 원은 내일 해전으루 되면 좋구, 오늘은 오백 원가량만……."

"해 보지……! 그렇지만 은행 시간이 지나서, 좀……."

"그러니까 진작 오정 때만 왔어두 좋았지! 핥어먹으러 싸다니느라구……."

"허! 참, 잡놈이네! 비 올 줄 알면 어느 개잡년이 빨래질 간다냐? 네가 몇 시간만 더 일찍 전볼 치지?"

"긴소리 잔소리 인젠 고만해 두구, 어서, 서둘러 봐요!"

"날더러만 재촉을 하지 말구, 어서 한 장 쓰게그려!"

"그런데 이번은 말이죠……."

종수는 손가방에서 수형 용지를 꺼내 가지고, 일변 쓰면서 이야깁니다.

"이번은 와리를 좀 더 주더래두 내 도장만 찍어야 할 텐데?"

"건 어려울걸……! 그런데 왜?"

"아, 지난번에 논을 그렇게 해 쓴 거 일만 오천 원이 새달 그믐 아니오?"

"참, 그렇지……. 그런데?"

"그런데 그거가 뒤집어지기 전에 이거가 퉁겨서 나오구, 그리구서 얼마 아니 있다가 또 그거가 나오구, 그래 노면 글쎄 한 가지씩 졸경을 치루기두 땀이 나는데, 거푸 두 가지씩!"

종수는 쓰던 만년필을 멈추고 혀를 날름날름하면서 고개를 내두릅니다. 졸경을 치른다는 것은 빗쟁이한테 직접 단련이 아니라, 조부 윤 직원 영감한테 말입니다.

"그렇잖우? 드뿍 큰목아치는 크게 해 먹은 맛으루나 당한다구, 요것 이천 원짜리 때문에 경은 곱쟁일 치긴 억울해!"

"그두 그렇긴 허이마는……."

병호는 깜작깜작 생각을 하다가는 종수가 도장까지 찍어 내놓는 이천 원 액면의 수형을 집어 듭니다. 아무리 가짜 도장일값에 윤두섭의 뒷보증이 없는, 단부랑지자 윤종수의 수형을 가지고 돈을 얻는다는 건 하늘서 별 따깁니다.

"좀 어렵겠는데에……."

병호는 수형을 만지작만지작, 그 기다란 윗도리를 앞뒤로 끄덱끄덱 연신 입맛을 다십니다.

"쉬울 테면 왜 온종일 당신 기대리구 있겠소? 잔소리 말구 어여 갔다가 와요!"

"글쎄, 가 보긴 가 보지만……."

병호는 수형을 빛 낡은 회색 포라 양복 속주머니에다가 건사하고 일어섭니다.

"가 보아서 되면 좋구, 안 되면 달리 또 무슨 방도를 채리더래두……. 아무려나 기대리게……."

"꼭 돼야 해요! 더구나 한 사오백 원은 오늘 우선……."

"흥, 이거 말이지?"

병호는 씨익 웃으며 손으로 술잔 기울이는 흉내를 냅니다. 종수도 따라 웃습니다.

"참새가 방앗간을 그대루 지내우?"

"염려 말게……. 돈이 못 되면 외상은 못 먹나?"

"싫소, 외상은……. 그리고 요릿집 간죠뿐이우?"

"각시두 외상 얻어 줌세, 끙……."

"어느 놈이 치사하게 외상 오입을 하구 다니우?"

"난 없어 못 하겠더라!"

"양반허구 상놈허구 같은가?"

"양반은 별수 있다더냐?"

한 시간 안에 다녀오마고 나간 병호는, 두 시간, 세 시간 눈이 빠지게 기다리게 해 놓고서 일곱 시 반에야 휘적휘적, 그나마 맨손으로 돌아왔습니다.

윤 직원 영감의 뒷보증이 없어도 종수의 도장만 보고서 돈을 줄 사람이 꼭 한 사람 있기는 있고, 또 그 사람이면 소절수를 받아다가 현금과 진배없이 풀어 쓸 수가 있는 자린데, 세상 기고 매고 아무리 찾아다녀야 만날 수가 없다는 것입니다.

이것이 따로 슬그머니 욕심이 생겨 가지고는 짐짓 꾸며 대는 농간인 것을 종수는 알 턱이 없습니다.

윤종수의 도장 하나를 보고서 수형을 바꾸어 줄 실없는 돈장사라고는 이 천지에 생겨나지도 않았습니다. 병호는 그것을 잘 알고 있고, 그러면서도 어쩌면 될 듯한 눈치를 보이는 것은, 우선 수형을 쓰게 하자는 제일단의 공작이었습니다.

그 세 시간 동안 병호는 누구를 찾아다니기는커녕 제 집으로 가서 편안히 누웠다가 온 것도, 그러니까 종수는 알 턱이 또한 없습니다.

"빌어먹을……! 에이 속상해!"

종수는 슬며시 짜증이 나서 피우던 담배를 재떨이에 북북 비벼 던지고는 나가 드러누우면서 두런거립니다.

"이럴 줄 알았으면 진작 아까 저물기 전에 집으루나 가서 할아버지께라두 말씀을 했지! 에이, 빌어먹을……."

은연중 병호가 늦게 온 칭원까지 하는 소립니다. 그러나 병호는 그 소리가 귀에 거슬리기보다는 일이 묘하게 어울려 가서 속으로 기뻐합니다.

"여보게?"

"……."

"여기다가 자네 조부님 도장 찍어서 우라가키하게."

"싫소……! 다 고만두고, 내일 할아버지께 돈 천 원이나 타서 쓰구 말겠소!"

"웬걸 주실라구?"

"안 주시면 고만두, 머……. 에잇, 속상해!"

"그렇게 있어두 고만, 없어두 고만일 돈이면 애여 왜 쓸려구를 들어?"

"남 속상하는 소리 말아요! 시방 돈 천 원에 여러 집 초상나

게 된 걸 가지구…….”

"허어! 그 장단에 어디 춤추겠나!"

"아니, 할아버지 도장 찍구 우라가키할 테니, 당장 돈 만들어 올 테요?"

"열에 일곱은 될 듯하네마는……. 그러구저러구 간에, 여보게?"

"말 던지우!"

"만일 자네 조부님께 말씀을 해서 돈이 안 되면은 낭패가 생길 돈이라면서? 응?"

"낭패뿐이 아니우……. 내 원, 돈 고까짓 천 원 때문에 이렇게 속상하기라군 생전 츰이요!"

"그러니 말일세. 여그다가 우라가킬 해 주면, 시방 나가서 주선을 해 보구……. 하다가 안 되면 내일 해 보구 할 테니깐, 자넬랑 이놈은 꼭일랑 믿지 말구서, 내일 자네 조부님을 조르구. 그렇게 해서 두 군데 중에 되면은 좋잖은가?"

"아, 글쎄, 이 당신아……!"

종수는 답답하다고 벌떡 일어나 앉으면서 삿대질을 합니다.

"맨 츰에 내가 하던 소린, 한 귀루 듣구 한 귀루 흘렸단 말요?"

"원 참……! 저놈 논 잽혀 쓴 놈 일만 오천 원짜리허구 연거퍼 튕겨질 테니 안됐단 말이지?"

"이번 치가 먼점 뒤집어질 테니깐 더 걱정이란 말이랍니다요!"

"그러니깐 말이야. 이번 칠랑 이자나 주구서 두어 번 가키가엘 하면 될 게 아닌가?"

"가키가에? 누가 가키가엘 해 준대나?"

"아니 해 줄 게 어딨나? 이자를 주는데 왜 아니 해 주나?"

"그럼 그래 보까? 히히."

종수는 별안간 싱겁게 웃으면서, 언제고 준비해 가지고 다니는 윤 직원 영감의 도장으로 아까 그 수형에다가 뒷보증을 해 놓습니다.

"되두룩 단돈 백 원이라두 현금을 좀 가지구 오시우?"

구두를 신고 있는 병호더러 부탁을 합니다.

"글쎄, 그렇게 해 보지만……."

병호는 돌아서려다가 싱글싱글 웃습니다.

"자네 거 기생 고만두고서 오늘 저녁일랑 여학생 오입 하나 해 볼려나?"

"여학생……? 그 희떠운 소리 작작 허슈!"

"아냐! 내 장담허구 대령시킬 테니……."

"진쨀?"

"아무렴!"

"정말?"

"허어!"

"아니면 어쩔 테요?"

"내 목을 비어 바치지!"

"그럼 내기요?"

"내기하세……! 그런데 진짜가 아니면 나는 목을 비여 놓구……. 또 진짜면?"

"백 원 상급 주지!"

"그래, 내 오는 길에 다 주문해 놓구 오문세."

한 시간이 좀 못 되어서 돌아온 병호는 이번도 허탕이었습니다. 단골로 그새 거래를 하던 세 군데를 찾아갔는데, 하나는 타관에 가고 없고, 하나는 놀러 나갔고, 또 하나는 은행에 예금한 게 없어서 내일이나 입금시키는 형편을 보아야만 소절수라도 발행하겠다고 한다는 것입니다.

이것도 물론 꾸며 대는 소리요, 동관의 뚜쟁이 집에 가서 노닥거리다가 오는 길입니다.

"그러면 내일 될 상두 부르군요?"

종수는 생각하던 바와 달라, 소갈찌도 내지 않습니다.

"글쎄?"

"안 될 것 같아?"

"그럴 게 아니라, 이 수형일랑 내게 두었다가, 내가 한 번 더 돌아다녀 볼 테니, 그렇지만 꼭 믿진 말구서, 자네 조부님한테 타내두룩 하게……. 그래야만 망정이지, 꼭 되려니 했다가 아니 되는 날이면 낭패가 아닌가? 지금두 오면서 곰곰 생각했지만, 그 남의 수중에 있는 돈을 얻어 쓴다는 게 무척 힘이 들구, 자칫 하면 큰일을 잡치기 쉬운 걸세그려! 오늘 저녁 일만 두구 생각 해 보게? 남의 돈을 믿었다가 이렇게 누차 낭패가 아닌가?"

근경 있이 타이르듯 하는 말에, 종수는 그렇겠다고 고개를 끄덕거립니다. 종수가 다소곳하니 곧이듣는 것을 보고 병호는 일이 열에 아홉은 성사라서 속으로 좋아 못 견딥니다.

병호는 그 이천 원짜리 수형을 제 주머니 속에 넣어 두고 내놓지 않을 참입니다.

종수가 저의 조부 윤 직원 영감한테 돈을 타서 쓰면 이 수형은 소용이 없으니까, 대개는 잊어버리고 시골로 내려가기가 십상입니다. 또 혹시 생각이 나서 찾더라도 포켓을 부스럭부스럭하다가,

"아뿔싸! 간밤에 변소에 가서 휴지가 없어서 고만……!"

이렇게 둘러댑니다.

만일 윤 직원 영감한테 돈을 타지 못하고, 불가불 수형을 이용해야 할 경우라도 역시 뒤지를 해 없앤 줄로 둘러대고서, 새

로 수형을 쓰게 합니다.

그래 좌우간 그 수형은 제가 홀트려 쥐고 있다가, 일 할 오 부할을 뗀 일천칠백 원을 찾아서 집어삼킵니다.

삼켜도 아무 뒤탈이 없습니다. 우선 법적으로 따져서, 하나도 죄가 될 것이 없습니다. 그리고 도시 문제가 그렇게 커지질 않습니다.

그 수형이 나중에 윤 직원 영감의 수중으로 들어가서 필경 종수가 닦달을 당하기는 당하는데, 종수는 그것이 병호의 야바윈 줄 단박 알아내기야 하겠지만, 그의 사람 된 품이 저만 알고서 제가 일을 뒤집어쓰지 결코 그 속을 들춰내도록 박절하진 못한 사람입니다.

뿐만 아니라 그는 의붓자식 옷 해 입힌 셈만 대지야고, 버릇없는 소리나 해 가면서 역시 전과 다름없이 병호를 심복의 병정으로 부릴 것이요, 그것은 사람이 뒤가 없는 소치도 있겠지만 일변 아쉽기도 한 때문입니다.

더구나 일이 뒤집어지기 전에 병호가 미리서, 아 이 사람 종수, 다른 게 아니라 내가 목이 달아나게 급한 사정이 있어서 약시 이만저만하고 이만저만했네. 그러니 어떡허려나? 날 죽여주게. 이렇게 빌기라도 한다면 종수는 그것을 순정인 줄 여겨 오히려 양복이라도 한 벌 해 입힐 것입니다. (옛날의 주공(周公)

도 사람이 종수처럼 이렇게 어질었다구요?)

"자아, 어서 옷 입구 나서게!"

병호는 일천칠백 원을 먹어 둔 바람에 속이 달떠서는 연신 싱글벙글 종수를 재촉합니다.

"내일 일은 내일 일이구…… 자아, 오늘 저녁일랑 우선 산뜻한 여학생 오입을 속짜루 한바탕 한 뒤에, 어디 별장으루 나가서 밤새두룩, 응?"

"돈두 없으면서 무얼!"

"걱정 말래두! 요릿집은 내가 다 그웃두룩 할 테니깐 염려 없구, 여학생 오입은 십 원이면 썼다 벗었다 하네!"

"십 원?"

"아무렴……! 잔돈 얼마나 있나?"

"한 삼십 원 있지만!"

"됐어! 십 원은 여학생 오입채루 쓰구 이십 원은 요릿집 뽀이 행하루 쓰구, 머어 넉넉허이!"

"그 여학생이라는 게 밀가루나 아니우?"

"천만에……! 글쎄, 목을 비여 바친대두 그러나?"

"더구나 십 원이면 된다니, 유곽만두 못하잖아?"

"글쎄, 예서 우길 게 아니라, 좌우간 가 보면 알 걸 가지구!"

"어디, 한 번 속는 셈 대구!"

사맥이 다 이렇게쯤 되어서, 당대의 주공 종수가 이 동관의 뚜쟁이 집엘 온 것입니다.

　폐병 앓는 갈빗대 여대치게 툭툭 불거진 연목을 반자지도 아니요, 거무데데한 신문지로 처덕처덕 처바른 얇디얇은 천장 한가운데 가서, 십삼 와트 전등이 목을 잔뜩 매고 높다랗게 달려 있습니다.

　도배는 몇 해나 되었는지 양지가 노랗게 퇴색이 된 바람벽인데, 그나마 이리저리 쓸려서 제멋대로 울퉁불퉁 뜨이고 있습니다. 거기다가 빈대 피로 댓잎을 쳐 놓았어야 제격일 텐데, 그 자국이 없는 것을 보면 사람이 붙박이로 거처를 않고, 임시임시 그 소용에만 쓰는 게 분명합니다.

　윗목으로 몇 해를 뜨지 맛을 못 보았는지, 착 눌린 이부자리가 달랑 한 채, 소용이 소용인지라 잇만은 깨끗해 보입니다.

　방 안에서는 눅눅한 습기와 곰팡 냄새가 금시로 몸이 끈끈하게시리 가득 풍깁니다.

　이지러진 사기 재떨이 하나가 방 안의 유일한 가구요, 그것을 사이에 놓고 병호와 종수는 위아랫목으로 갈라 앉아 입맛 없이 담배를 피웁니다.

　"멀쩡한 뚜쟁이 집이구먼, 무엇이 달라요? 까치 뱃바닥 같은 소릴……."

종수는 이윽고 방 안을 한 바퀴 아까 처음 들어설 때처럼 콧등을 찡그리며 둘러보면서, 목소리 소곤소곤 병호에게 구박을 주던 것입니다.

"글쎄 뚜쟁이 집은 뚜쟁이 집이라두, 시방 다르다니깐그래!"

"다를 게 무어람……! 여보, 나두 열여덟 살부터 다녀 본 다구로오도야!"

"그땐 말끔 은근짜들뿐이지만, 시방은 이 사람아, 오는 계집들이 모두 상당허네……! 여학생을 주문하면 꼭꼭 여학생을 대령시키구, 과불 찾으면 과불 내놓구, 남의 첩, 여염집 여편네, 버스 걸, 여배우, 백화점 계집애, 머어 무어든지 척척 잡아오지!"

"또 희떠운 소리를……! 아니 그래, 과부면 과부라는 걸 무얼루다가 증명허우? 민적 등본을 짊어지구 오우? 여학생은 재학 증명설 넣구 오구, 버스 걸은 가방을 차구 오우?"

"허허허……. 그거야 그렇잖지만……. 아냐, 대개 맞긴 맞느니……. 그렇게 널리 한대서 요샌 뚜쟁이 집이라구 아녀구, 세계 사업사라구 하잖나?"

"당찮은 소릴! 여보, 세계 사업사 내력이나 알구서 그러우?"

연전에 관훈동에 있는 어떤 뚜쟁이의 구혈을 경찰서에서 엄습한 일이 있었습니다. 연루자가 수십 명 잡혔는데, 차차 취조를 해 들어가니까, 그 조직이 맹랑할 뿐 아니라, 이름을 세계 사업사라고 지은 데 모두 놀랐습니다. 물론 별 의미는 없고, 아마 취체를 기이느라고 그런 엉뚱한 명칭을 붙였던 것이겠지요.

아무튼 그때부터 뚜쟁이 집을 어디고 세계 사업사라고 불렀고, 시방은 한 개의 공공연한 은어가 되어 버렸습니다.

종수가 그러한 내력을 설명하는 것을 듣고 앉았던 병호는,

"허허, 나보다 선생이군!"

하면서 웃고 일어섭니다.

"자아, 난 먼저 가서……."

"어디루?"

"○○원 별장으루 먼저 나가서 이것저것 모두 분별을 해 놓구 기대릴 테니, 자네랑 척 재미 볼 대루 보구……."

"그럴 것 무엇 있소? 이왕이니 하나 더 불러 오래서, 둘이 같이, 응? 하하하하!"

"허허허허……. 늙은 사람 놀리지 말구……. 그리구 참 돈은 음식값 무엇 할 것 없이 십 원 한 장만 노파 손에다가 쥐여 주구 나오게!"

"그러구저러구 간에, 진짜 여학생이 아니면 당신 죽을 줄 알아요! 괜히!"

"염려 말래두!"

병호는 마루로 나가더니 안방의 노파를 불러내어 무어라고

두어 마디 소곤소곤 이야기를 하고 나서 밖으로 나갑니다.

종수가 시계를 꺼내어 마침 아홉 시 이십 분이 된 것을 보고 있노라니까, 샛문을 배깃이 열고 노파가 담뱃대 문 곰보딱지 얼굴을 들이밉니다.

"한 분이 먼점 가셔서 심심하시겠군⋯⋯!"

노파는 병호가 앉았던 자리로 가서 팔짱을 끼고 도사려 앉습니다.

"아이! 그 새서방님 얼굴두 좋게 생겼다! 오래잖아 색시가 올 테지만, 보구서 색시가 더 반하겠수, 호호오⋯⋯."

언변이 벌써 뚜쟁이로 되어 먹었고, 게다가 겉목을 질러 웃는 소리가 징그러울 만큼 능청스럽습니다.

"시방 온다는 게 정말 여학생은 여학생입니까?"

종수는 하는 양을 보느라고 말을 시켜 놓습니다.

"원! 정말 아니구요! 아주 버젓한 고등학교 다니는 색시랍니다. 밀가루 가져다가 복색만 여학생으루 채려서 들여밀 줄 알구들 그러시지만, 아 시방이 어느 세상이라구 그렇게 속힐래서야 되나요! 정말 여학생이구 말구요, 온!"

"버젓한 여학생이 어째 하라는 공분 아니허구서⋯⋯."

"원! 여학생은 멋 모르나요? 다, 응? 멋이 들어서, 다 심심소일루 다니는 색시두 있구, 또 더러는 돈맛을 알구서 다니기두 허구……. 그렇지만 지끔 오는 색신 노상히 돈만 바라거나, 또 심심소일루 다니는 이가 아니랍니다! 그건 참, 잘 알아 두시구, 너무 함부로 다루질랑 마시우! 괜히…….”

“그럼 무엇하러 다니는데요?”

“신랑! 신랑을 고르느라구 그래요. 꼬옥 맘에 드는 신랑을!”

“네! 그래요오! 으응, 신랑을 고른다!”

“참, 인물인들 오죽 잘났어요. 머, 똑 떨어졌죠.”

“네! 그렇게 잘났어요?”

“말두 마시우! 괜히, 담박 반해 가지굴랑, 내일이래두 신식 결혼하자구 치마끈에 매달리리다! 호호호…….”

“피차에 맘에 들면야 그래두 좋죠. 마침 장가두 좀 가구푸구 하던 참이니간…….”

“그렇게 뒷심을 보실 테거들랑 돈을 애끼지 말구서, 우선 오늘 저녁부터라두 척 돈을 좀 몇십 환 듬뿍 쓰세야죠! 그래야 다 색시두!”

“지끔 오는 인 돈을 바라구 오는 게 아니라면서요?”

“원! 시방야 돈을 아니 바라지만서두, 신랑 양반이 다 돈이 많구 호협허신 그런 인 줄은 알아야, 다 맘이 당기죠!”

“옳아! 그두 그렇겠군요……! 나인 몇이라죠?”

“원 어쩌나! 아, 말 탄 서방이 그리 급하랴구, 시방 곧 올 텐데,

호호. 미리서 반하셨구려! 호호호……. 올해 갓 스물이랍니다. 나이두 꼬옥 좋죠!"

마침 대문 소리가 삐그덕 나더니 자박자박,

"기세요?"

하고 삼가로운 목소리가 들립니다.

"왔군!"

어느 결에 일어서서 샛문으로 나가려던 노파가 종수를 돌려다보고 눈을 찌긋찌긋합니다.

종수는 저도 모르게 약간 긴장이 되어 바깥의 동정에 귀를 기울입니다. 그는 아까부터 노파가 하는 수작이 속이 빠안히 들여다보여, 역시 여학생이란 공연한 소리요 탈을 쓴 밀가루기 십상이려니 하는 속치부는 하고 있으면서도, 급기야 긴장이 되는 것은 화류계 계집은 많이 다뤘어도 명색이 여학생은 접해 보지 못한 그인지라, 얼마간 최면에 걸리지 않질 못한 탓이겠습니다.

노파는 밖으로 나가서 한참 소곤소곤하다가, 이윽고 샛문이 열립니다.

"자아, 내가 정말을 했는지, 거짓말을 했는지 보십시오! 이렇게 뻐젓한 여학생을 모셔 왔으니, 자아."

노파가 가려 서서 한바탕 장담을 치고 나더니,

"자아……. 어여 들어와요! 온 부꾸럽긴 무에 그리 부꾸럽담!

다 신식물 자신 양반들이, 자아…….”

하고 또 한바탕 너스레를 떨면서 모로 비껴섭니다.

십여 년 화류계에서 놀며 치어난 종수도, 어쩐지 압기가 되는 듯, 이 장면에서만은 단박 얼굴을 들고 쳐다볼 담이 나질 않고, 마침 문턱 안으로 한 발 들여놓는 비단 양말을 신은 다리로부터 천천히 씻어 올라갑니다.

비단 양말 속으로 통통하니 살진 두 다리, 그 중간께를 치렁거리는 엷은 보일의 검정 통치마, 연하게 물결치는 치마 주름을 사풋 누른 손길, 곱게 끊진 흰 저고리의 앞섶 끝, 볼록한 젖가슴에 맺어진 단정한 고름, 이렇게 보아 올라가는 종수는 어느덧 저를 잊어버리고, 과연 시방 순결을 의미하는 여학생을 맞느니라 싶은 일종의 엄숙한 기분에 잠겨 갑니다.

필경 종수의 시선이 여자의 동그스름한 턱으로부터 얼굴 전체로 퍼지려고 하는데, 마침 저편에서도 외면했던 고개를 이편으로 돌리고, 돌려서 얼굴과 얼굴이 딱 마주치는 순간! 그 순간입니다.

“어엇!”

“아이머닛!”

소리는 실상 지르지도 못하고, 남녀는 동시에 숨이 막히게 놀랍니다. 종수는 앉은 자리에서 뒤로 벌떡 자빠질 뻔하다가 겨우 몸을 가누어 고개를 푹 숙이고, 계집은 홱 몸을 날려 마루를 쿵쿵, 구두는 신었는지 어쨌는지 대문을 왈카닥 삐그덕, 그다음에는 이내 조용하고 맙니다.

계집이 달아나자 종수는 정신을 차려 쫓기듯 세계 사업사를 도망해 나왔습니다.

계집은 바로 창식이 윤 주사의(그러니까 즉 종수의 부친의) 둘째 첩 옥화였습니다.

종수는 사람이 밤에 불을 가진 것이 참으로 고맙고 다행스럽다는 것을 절절히 느끼면서, 자동차를 몰아 동소문 밖 ○○원 별장으로 나왔습니다.

병호는 아직 기생도 나오기 전이라 혼자 달랑하니 앉았다가, 종수가 뜻밖에 일찍 온 것을 의아해 자꾸만 캐고 묻습니다.

종수는 부르댈 데 없는 울화가 나는 깐으로는, 아무튼 여학생은 아니었으니 목을 베어 내라고 병호나마 잡도리를 해 주고 싶었으나 그것도 객쩍은 짓이라서, 그저 온다는 그 여학생이 갑자기 병이 나서 못 온다는 기별이 왔기에, 또 마침 내키지도 않던 참이라 차라리 다행스럽게 얼핏 일어섰노라고 역시 종수 그 사람답게 쓸어 덮고 말았습니다.

도끼 자루는 썩어도

동대문 밖 창식이 윤 주사의 큰첩네 집 사랑, 여기도 역시 같은 그날 밤 같은 시각, 아홉 시가량 해섭니다.

큰 대문, 안대문, 사랑 중문을 모조리 닫아걸고는 감때사납게 생긴 권투할 줄 안다는 행랑아범의 조카놈이 행랑방에 버티고 앉아 드나드는 사람을 일일이 단속합니다.

큼직하게 내기 마작판이 벌어진 것입니다. 벌어진 게 아니라 어젯밤부터 시작한 것을 시방까지 계속하고 있습니다.

십 전 내기로 오백 원 짱이니 큰 노름판이요, 대문을 단속하는 것도 괴이찮습니다. 그러나 암만해도 괄세할 수 없는 개평꾼은 역시 괄세를 못 하는 법이라 한 육칠 인이나 그중 서넛은 판

뒤에서 넘겨다보고 있고, 서넛은 밤새도록 온종일 지키느라 지쳤는지, 머리방인 서사의 방에 가서 곯아떨어졌습니다.

삼간 마루에는 빙 둘린 선반 위에 낡은 한서가 길길이 쌓였습니다. 한편 구석으로 고려자기를 넣어 둔 유리장에다가는 가야금을 기대 세운 게 더욱 운치가 있습니다.

추사의 글씨를 검정 판자에다가 각해서 흰 페인트로 획을 낸 주련이 군데군데 걸리고, 기둥에는 전통과 활…….

다시 그 한편 구석으로 지저분한 청요리 접시와 정종병들이 섭슬려 놓인 것은 이 집 차인꾼이 좀 게으른 풍경이겠습니다.

방은 양지 위에 백지를 덮어 발라 분을 먹인, 그야말로 분벽, 벽에는 미산의 사군자와 ○○의 주련이 알맞게 벌려 붙어 있고, 눈에 뜨이는 것은 연상 머리로 걸려 있는 소치의 모란 족자, 그리고 연상 위에는 한서가 서너 권.

소치의 모란을 걸어 놓고 볼 만하니, 이 방 주인의 교양이 그다지 상스럽지 않을 것 같으면서, 방금 노름에 골몰을 해 있으니 속한이라 하겠으나, 이 짓도 하고 저 짓도 하고, 맘 내키는 대로 무엇이든지 하는 게 이 사람 창식이 윤 주사의 취미랍니다. 심심한 세상살이의 취미…….

마작판에는 주인 윤 주사와, 그의 손위에 가서 부자요 마작 잘하기로 이름난 박뚱뚱이, 그리고 손아래에는 노름꾼 쨀보 이렇게 세 마작입니다.

모두들 얼굴에 개기름이 번질번질하고 눈곱 낀 눈이 벌겋게 충혈이 되었습니다.

윤 주사는 남풍 말에 시방 장가인데, 춘자 쓰거휘를 떠 놓고, 통스 청일색입니다.

팔 통이 마작두요 일이삼 육칠팔 해서 두 패가 맞고, 사오와 칠팔 두 멘스에 구만이 단짝입니다. 하니 통수는 웬만한 것이면 무얼 뜨든지 방이요, 만일 육 통을 뜨면 삼육구 통 석자 방인데, 게다가 구통으로 올라가면 일기통관까지 해 만지만관입니다.

윤 주사는 불가불 만관을 해야 할 형편인 것이, 오천을 다 잃고 백짜리가 한 개비 달랑 남았는데, 요행 이 패로 올라가면 사천이 들어와서 거의 본을 추겠지만, 만약 딴 집에서 예순 일백 스물로만 올라가도 바가지를 쓸 판입니다.

하기야 윤 주사는 그새 많이 져서 삼천 원 넘겨 펐고 하니, 한 바가지 더 쓴댔자 오백 원이요, 그게 아까운 게 아니라, 청일색으로 만관, 그놈을 놓치기가 싫어 이 패를 기어코 올리고 싶은 것입니다.

패는 모두 익었나 본데, 손 위에서 박뚱뚱이가 씨근씨근 쯔모를 하더니,

"헤헤, 뱀짝이루구나! 창식이 자네 요거 먹으면 방이지?"

하면서 쯔모한 육통을 보여 주고 놀립니다.

내려오기만 하면 단박 사오륙으로 치를 하고서 육구통 방인데, 귀신이 다 된 박뚱뚱이는 그 육통을 가져다가 꽂고 오팔만으로 방이 선 패를 헐어 칠만을 던집니다.

"안 주면 쯔모 하지……!"

윤 주사가 쯔모를 해다가 훑으니까 팔만입니다. 이게 어떨까 하고 만지작만지작하는데, 뒤에서 넘겨다보고 있던 개평꾼이 꾹꾹 찌릅니다. 그것은 육칠팔통을 헐어 사오륙으로 맞추고 칠통 두 장으로 작두를 세우고 팔통 넉 장을 앙깡으로 몰고, 팔구만에 칠만변 짱 방을 달고서 팔통 앙깡을 개깡하라는 뜻인 줄 윤 주사도 모르는 게 아닙니다.

그러나 그렇게 한다면 가령 올라간다고 하더라도 청일색도 아니요, 펑호도 아니요, 겨우 멘젱 한 판, 쓰거훠 한 판, 장가 한 판, 도합 세 판이니, 물론 백짜리 한 개비밖에 안 남은 터에 급한 화망은 면하겠지만, 윤 주사의 성미로 볼 때엔 그것은 치사한 짓이요 마작의 도도 취미도 아니던 것입니다.

윤 주사가 팔만을 아낌없이 내치니까, 손위의 박뚱뚱이가 펄쩍 뜁니다. 육칠만을 헐지 않았으면 그 팔만으로 올라갔을 테니까요.

"내가 먹지!"

손아래서 노름꾼 째보가 육칠팔로 팔만을 치하는 걸, 등 뒤에서 감독을 하는 그의 전주가, 아무럼 먹고 어서 올라가야지 하고 맞장구를 칩니다. 째보는 윤 주사가 만관을 겪는 줄 알기 때문에 부리나케 예순 일백 스물로 가고 있던 것입니다.

박뚱뚱이가 넉 장째 나오는 녹팔을 쓰모해 던지면서,

"옜네, 창식이……."

"그걸 아까워서 어떻게 내나?"

윤 주사는 그러면서 쓰모를 해다가 쓰윽 훑는데, 이번이야말로! 하고 벼른 보람이던지 과연 동그라미 세 개가 비스듬히 나간 삼통입니다.

삼사오통이 맞고, 인제는 육구통 방입니다.

윤 주사는 느긋해서 구만을 마악 내치려고 하는데, 마침 머릿방에 있던 서사 민 서방이 당황한 얼굴로 전보 한 장을 접어들고 건너옵니다. 마작판에서는들 몰랐지만 조금 아까 대문지기가 들여온 것을 민 서방이 받아 펴 보고서, 일변 놀라, 한문자를 섞어 번역을 해 가지고 왔던 것입니다.

"전보 왔습니다!"

"……."

윤 주사는 시방 아무 정신도 없어 알아듣지 못하고, 구만을 타패합니다.

노름꾼 째보가 날쌔게,

"펑!"

서사 민 서방이 연거푸,

"전보 왔어요!"

그러나 창식은 그저 겨우,

"응? 전보……? 구만 펑허구 무슨 자야? 어디 어디……?"

"동경서 전보 왔어요!"

"동경서? 으응!"

윤 주사는 손만 내밀어서 전보를 받아 아무렇게나 조끼 호주
머니에 넣고 박뚱뚱이의 타패가 더디다는 듯이 쯔모를 하려고
합니다.

"전보 보세요!"

"응, 보지. 번역했나?"

"네."

윤 주사는 쯔모를 해다가 만지면서 전보는 또 잊어버립니다.
사만인데 어려운 짝입니다. 손위의 박뚱뚱이는 패를 헐었지만
손아래 째보는 분명 일사만인 듯합니다.

"전보, 긴한 전본데요!"

민 서방이 초조히 재촉을 하는 것이나, 창식은 여전히,

"응? 응……. 이게 못 내는 짝이야……! 전보 무어라구 왔지?"

270

"펴 보세요, 저어."

"응, 보지……. 이걸 내면은 아랫집이 오르는데……. 왜? 종학이 앓는다구?"

"아녜요!"

"그럼……? 가만있자, 요놈의 짝을 어떡헌다……? 나, 전보 좀 보구서……! 이게 뱀짝이야! 뱀짝……."

전보를 보기 위해서가 아니라 쯔모해 온 사만을 타패하면 손아랫집이 올라가고, 올라가면 이 좋은 만관이 허사요, 그러니까 사만을 낼 수가 없고, 그래 전보라도 보는 동안에 좀 더 생각을 하자는 것입니다.

윤 주사는 종시 정신은 마작판의 바닥에다가 두고, 손만 꿈지럭꿈지럭 조끼 호주머니에서 전보를 꺼냅니다.

"이거 사만이 분명 일을 낼 테란 말이야, 으웅!"

"이 사람아, 마작판에 몬지 앉겠네!"

"가만있자……. 내, 이 전보 좀 보구우……."

윤 주사는 왼손에 든 전보를 손가락으로 만지작만지작, 접은 것을 펴 가지고는 또 한참이나 딴전을 하다가 겨우 눈을 돌립니다. 번역해 놓은 열석 자를 읽기에 그다지 시간과 수고가 들 건 없었습니다.

"빌어먹을 놈……."

잔뜩 이맛살을 찌푸리면서 전보를 아무렇게나 도로 우그려 넣고는,

　"에라, 모른다!"

하고 여태 어려워하던 사만을 집어 딱 소리 나게 내칩니다.

　"옳아! 바루 고자야!"

　아니나 다를까, 손아래 째보가 일사만 방이던 것입니다. 끝수래야 일흔 일백 서른!

　"빌어먹을 놈!"

　윤 주사는 아들 종학이더러, 전보 조건으로 또 한 번 욕을 합니다. 그러나 먼저 치는 옳게 그 전보 내용에다 욕을 한 것이지만, 이번 치는 만관을 놓친 화풀이로 절로 나온 욕입니다.

　"큰댁에 기별을 해야지요?"

　드디어 바가지를 쓰고, 그래서 필경 오백 원 하나가 또 날아갔고, 다시 새 판을 시작하느라 마작을 쌓고 있는 윤 주사더러, 민 서방이 걱정 삼아 묻는 소립니다.

　"큰댁에? 글쎄……."

　윤 주사는 주사위를 쳐 놓고 들여다보느라고 건성입니다.

　"제가 가까요?"

　"자네가? 몇이야? 넷이면 내가 장이군……. 자네가 가 본다?"

　"네."

"칠 잣구⋯⋯. 그래두 괜찮지⋯⋯. 아홉이라, 칠구 열여섯⋯⋯."

윤 주사는 패를 뚝뚝 떼어다가 골라 세웁니다.

"그럼 다녀오까요?"

"글쎄. 이건 첨부터 패가 엉망이루구나! 인제는 일곱 바가지나 쓴 본전 생각이 간절한걸⋯⋯. 가긴 내가 가 보아야겠네마는⋯⋯. 자네가 가더래두 내가 뒤미처 불려 가구 말 테니깐⋯⋯. 녹발 나가거라. 그놈이 어쩐지 눈치가 다르더라니! 빌어먹을!"

"차 부르까요?"

"응!"

"마작 시작해 놓구 어딜 가?"

박뚱뚱이가 핀잔을 줍니다.

"참, 그렇군⋯⋯. 그럼 어떡헌다? 남풍 나갑니다!"

"네, 여기 동풍 나가니, 펑 하십시오!"

"없습니다!"

윤 주사는 또다시 마작에 정신이 푹 파묻히고 맙니다.

민 서방은 질증이 나서 제 방으로 가 버립니다.

이렇게 해서 윤 직원 영감한테나, 그 며느리 고 씨한테나, 서울 아씨며 태식이한테나, 창식이 윤 주사며 옥화한테나, 누구한테나 제각기 크고 작은 생활을 준 이 정축년(丁丑年) 구월 열○○날인 오늘 하루는 마침내 깊은 밤으로 더불어 물러갑니다.

오래지 않아 새로운 날이 밝고, 밝은 그 새날은 그네들에게 다시 어떠한 생활을 주려는지, 더욱이 윤 주사가 조끼 호주머니 속에 우그려 넣고 만 동경서 온 전보가 매우 궁금합니다. 하나 밝는 날이면 그것도 자연 속을 알게 되겠지요.

해 저무는 만리장성

만일 오늘이 우리한테 새것을 가져다주지 않고 어제와 꼭 같은 것만 되풀이한다면, 참으로 우리는 숨이 막히고 모두 불행할 것입니다.

그러나 오늘은 어제와 같으면서도(어제 치면서도 더 자라난) 한 다른 오늘 치를 우리한테 가져다주고, 그러하기 때문에 그러하는 동안 인간은 늙어 백발로, 백발은 마침내 무덤으로……. 이렇게 하염없어도 인류는 하루하루 더 재미있어 간답니다.

그렇듯 반가운 새날이 시방 시작되느라고 먼동이 휘엿이 밝아 옵니다.

날이 밝으면서 뚜우 여섯 점 고동이 웁니다. 이 여섯 점 고동

에 맞추어 우리 낡은 윤 직원 영감도 새날을 맞느라고 기침을
했습니다.

대단 부지런하고, 이 첫새벽(여섯 점)에 일어나는 부지런은
춘하추동 구별 없이, 오십 년 이짝 지켜 오는 절대 습관입니다.

윤 직원 영감은 잠이 깨자 맨 먼저 머리맡의 놋요강을 집어
들고, 밤사이 피에서 걸러 놓은 독소를 뽑습니다. 신진대사라
니, 새날이 새것을 들여다가 새 생명을 떨치기 위하여 묵은 것
을 버리는 것입니다. 묵은 것의 배설! 그것은 참으로 좋은 일입
니다.

절절 절절, 쏟아져 나오는 액체를 윤 직원 영감은 연방 손바
닥으로 받아 올려다가는 눈을 씻고, 받아 올려다가는 눈을 씻고
합니다. 매일 아침 소변으로 눈을 씻으면 안력이 쇠하지 않는다
는 것은 전부터 일러 오던 말인데, 윤 직원 영감은 시방 그 보안
법을 행하고 있는 것입니다.

삼십 년을 두고 해 내려오는 것인데, 만일 꼬노리야라도 앓았
다면 장님이 되었기 십상이겠지만, 요행 그렇진 않았고, 소변
보안법의 덕인지 어떤지는 모르겠으나, 미상불 안력이 아직도
좋아서, 원체 잔글씨만 아니면 그대로 척 보는 건 사실입니다.

누구, 의학 박사의 학위 논문거리에 궁한 이가 있거들랑 이걸
연구해서 '뇨(尿)에 의한 시신경의 노쇠 방지와 및 그 원리에 관

하여'라는 것을 한 번 완성시킨다면 박사 하나는 받아 놓은 밥 상일 겝니다.

윤 직원 영감은 이윽고 안약 장사를 울릴 그 보안법을 행하고 나서는, 자리옷을 여느 옷으로 갈아입은 뒤에, 담뱃대에 담배를 붙여 뭅니다.

푸욱푹 피어오르는 담배 연기가 아직도 한밤중인 듯 전등불이 환히 켜져 있는 방 안으로 자욱이 찹니다. 말도 없고 소리도 없고, 인간이란 단 하나뿐, 사람이 심심하다기보다도 전등과 방 안의 정물들이 도리어 무료할 지경입니다.

담배가 반 대나 탔음 직해서는 삼남이 부룩송아지 같은 대가리를 모로 둘러, 사팔눈의 시점을 맞추면서 방으로 들어섭니다. 손에는 빨병을 조심조심 들고…….

아침마다 하는 일과라, 삼남은 들고 들어온 빨병을 말없이 내바치고, 윤 직원 영감 또한 말없이 그걸 받아 놓더니, 물었던 담뱃대를 뽑고 연상 서랍에서 소라껍데기로 만든 잔을 꺼냅니다.

졸졸 졸졸 놀면한 게, 또 김이 모락모락 오르는 게, 어쩌면 마침 데운 정종 비슷한 것을 잔에다가 그득 따릅니다.

이것이 역시 오줌입니다. 하나 여느 오줌은 아니고 동변(童便)이라고, 음양을 알기 전의 어린애들의 오줌입니다.

동변을 받아먹으면 몸에 좋다는 것도, 오줌으로 보안을 하는 것과 한가지로 옛날부터 일러 내려오던 말입니다. 그걸 보면 요새 오줌에서 호르몬이라든지 무어라든지 하는 약을 뽑는다는 것도 노상 허황한 소리는 아닌 듯싶고, 만일 그게 사실이라고 하면 오줌에 들어 있는 호르몬을 발견해 낸 명예는 아무리 해도 우리네 조선 사람의 조상이 차지를 해야 하겠습니다.

윤 직원 영감은 오줌을 그처럼 두루 이용하는데, 일찍이 삼십 년 전 오줌 보안법으로 더불어 이 오줌 장복도 시작했던 것입니다. 시골서는 동변쯤 받아먹기가 매우 편리했지만, 서울로 오니까는 그것도 대처(도시)의 인심이라, 윤 직원 영감 말마따나, 오줌도 사 먹어야 하게 되었습니다.

이웃의 가난한 집으로 어린애가 있는 데를 물색해서 그 어린애들이 아침에 자고 일어난 오줌을 받아 오기로 특약을 해 두었습니다. 그 대금이 매삭 이십 전……. 저편에서는 삼십 전은 주어야 한다는 것을, 대복이 십 전만 받으라고 낙가(落價)를 시키다 못해, 이십 전에 절충이 되었던 것입니다.

그렇게 오줌 특약을 해 두고는, 새벽이면 삼남이 빨병을 둘러메고 오줌을 걷어 오는 것이고, 시방도 바로 그 오줌입니다.

윤 직원 영감은 빨병에서 오줌을 따르는 동안, 삼남은 마침 생강을 한 뿌리 껍질을 벗깁니다.

이건 바로 쩍쩍 들러붙는 약주술로 해장이나 하는 듯, 쪽 소리가 나게 오줌 한 잔을 마시고, 이어서 두 잔, 다시 석 잔, 석 잔을 마시자 삼남이 생강 벗긴 것을 두 손으로 가져다 바칩니다.

"그년의 자식이 엊저녁으 짜게 처먹었넝개비다! 오줌이 이렇게 짠 걸 보닝개……."

윤 직원 영감은 상을 찌푸리면서 생강을 씹습니다.

오줌이란 본시 찝찔한 것이지만 사람의 신경의 세련이란 무서운 것이어서, 삼십 년이나 두고 매일 아침 먹어 온 윤 직원 영감은 그것이 조금 더 짜고, 덜 짜고 한 것까지도 알아맞힙니다.

"빌어먹을 년의 자식이 아마 간장을 한 종재기나 처먹었넝가부다!"

"오늘부터 간장 한 종재기씩 멕이지 말라구, 가서 말히라우?"

과연 간장을 한 종지씩 먹어서 오줌이 짜고, 그래서 영감님으로 하여금 더 짠 오줌을 자시게 한다는 것은, 삼남이로 앉아 볼 때에 그대로 묵인할 수가 없는 사건이었던 것입니다.

"야야, 구성 읎넌 소리 내지두 마라! 누가 너더러 그런 참견허라냐?"

"그럼 구성 읎넌 소리 안 히라우!"

"참, 너두 딱허다!"

"예."

삼남은 물에 행구어다 두려고 빨병과 소라잔을 집어 듭니다.

"약 대리냐!"

"예."

"약, 잘 부어서 대려! 어제 아침 치는 약이 너머 졸았더라!"

"예."

삼남이 나간 뒤에 윤 직원 영감은, 이번에는 보건 체조를 시작합니다.

두 다리를 쭉쭉 뻗고, 두 팔을 위로 꼿꼿 뻗쳐 올리는 게 준비 동작.

그다음에 발부리를 목표로, 그것을 붙잡으려는 듯이 허리 이상의 상체와 뻗쳐 올린 두 팔을 앞으로 와락 숙입니다. 그러나 이내 도로 폅니다. 그리고는 또 숙였다가, 도로 또 펴고…….

이렇게 계속해 숙였다가는 펴고 폈다가는 숙이고, 몸이 비대한데 배가 또한 커서 좀 힘이 드는 노릇이긴 하나, 하나, 둘, 셋 연해 세어 가면서 쉰 번을 채웁니다. 쉰 번을 채우니까, 아니나 다를까 맨 처음에는 어림도 없던 것이, 뻗은 발부리와 숙이는 손끝이 마침내 맞닿고라야 맙니다.

간단한 ○○강장술(强壯術) 비슷하다고 할는지. 하니 그럴 바이면 라디오 체조를 하는 게 좋지 않으냐고 하겠지만, 그거야 젊은 애들이나 할 것이지, 노인이 어디 점잖지 않게시리…….

후줄근하게 땀이 배고 약간 숨이 가쁜 것을, 앞미닫이를 열어 놓고 앉아서 서늘서늘한 아침 바람을 쏘입니다.

날은 훨씬 밝았고, 바람 끝이 소스라치게 싸늘합니다.

"허 날이 이렇기!"

혼자 걱정을 하는데, 마침 대복이 아침 문안 삼아, 오늘 하루의 일을 협의할 겸 건너왔습니다.

"이, 날이 이렇기 냉히여서 큰일 안 났넝가?"

"글씨올시다……!"

대복은 문안 인사도 할 사이가 없고, 공순히 꿇어앉습니다.

"이러다가 되내기(된서리)나 오는 날이면 큰일 나겠는디요."

"나두 허느니 말이네……! 하느님두 원, 무슨 심청이람 말이여. 서리두 서리지만, 우선 늦벼가 영글이 들 수가 있어야지! 그러잖이두 그놈의 수핸지 급살인지 때문에 도지를 감히여 달라고 생지랄덜을 허넌디!"

가을로 접어들면서, 윤 직원 영감과 대복이 노상 걱정을 하게 된 것이 금년 추숩니다. 농형(農形)이 대체로 풍년은 풍년이지만, 전라도에 수해가 약간 있었고, 윤 직원 영감네 논도 얼마간 해를 입었습니다. 어느 것은 겨우 반타작이나 되겠고, 어느 것은 사태와 물에 말끔하게 씻겨 내려가서, 벼 한 톨 추수는커녕 그 논을 다시 파 일구는 데 되레 물역이 먹게 생겼습니다.

이것은 지난 백중 무렵에 대복이 실지로 내려가서 보고 온 것이니까, 노상 소작인들의 엄살로만 돌릴 수는 없는 것입니다.

하기야 그렇다고 해도 윤 직원 영감은 내밀 배짱이 없는 것은 아닙니다.

'우리 논으로 말하면 죄다 도조를 선세(先稅)로 정했으니까 상관이 없다. 소작 계약에도 씌어 있지만, 흉년이 들어서 추수가 덜 났다거나 또 아주 없다거나 하더라도, 선세인 만큼 소작인은 정한 대로 도조를 물어야 경우가 옳지 않으냐. 만약 흉년이라고 도조를 감해 주기로 든다면, 그러면 그 반대로 풍년이 들어서 벼가 월등 많이 나는 해는 도조를 처음 정한 석수(石數)보다 더 받아도 된단 말이냐? 그때에 가서 도조를 더 물라면 물 테냐? 물론 싫다고 할 것이다. 거 보아라. 그러니까 흉년 핑계를 대고서 도조를 감해 달라고 하는 것은 공연한 떼다.'

매우 지당한 주장입니다. 그러나 경위는 빠질 게 없는데, 윤 직원 영감의 말대로 하면,

'세상이 다 개명을 해서 좋기는 좋아도, 그놈 개명이 지나치니까는 되레 나쁘다. 무언고 하니, 그 소위 농지령이야, 소작조정령이야 하는, 천하에 긴찮은 법이 마련되어 가지고서, 소작인 놈들이 건방지게 굴게 하기, 그래 흉년이 들든지 하면 도조를 감해 내라 어째라 하기, 도조를 올리지 못하게 하기, 소작을 떼어 옮기지 못하게 하기……'

이래서 모두 성가시고 뇌꼴스러워 볼 수가 없다는 것입니다.

'내 땅 가지고 내 맘대로 도조를 받고, 내 맘대로 소작을 옮기고 하는데, 어째서 도며 군이며 경찰이 간섭을 하느냐?'

이게 도무지 속을 알 수 없고, 해서 불평도 불평이려니와 윤 직원 영감한테는 커다란 수수께끼가 아닐 수 없던 것입니다.

아무튼 싹수가, 줄잡아야 천 석은 두웅둥 뜨게 되었고(물론 배 쨍대로야 버티어는 보겠지만 도나 군이나 경찰의 권유며 간섭에는 항거를 해서는 못쓰니까 말입니다.) 그러자니 생으로 배가 아파 요새 며칠 대복과 주종이 맞대고 앉으면 걱정이 그 걱정이요, 공론이 어떻게 하면 묘한 꾀를 써서 소작인들을 꼼짝 못하게 하여 옹근 도조를 받을까 하는 그 공론입니다.

그런데 우환 중에 날이 이렇게 조랭(早冷)을 해서, 벼의 결실을 부실하게까지 하려 드니 더욱 걱정이 안 될 수가 없습니다.

대복과 이런 이야기 저런 이야기를 하는 참에, 삼남이 약을 달여 짜 가지고 들여다 놓습니다. 삼과 용을 주재로 한 보약입니다.

오줌도 먹고 보건 체조도 하고, 좋은 보약도 먹고 해서 어떻게든지 몸을 충실히 하여 오래오래 살고 싶은 게 윤 직원 영감의 크고 큰 소원입니다.

만석의 부를 그대로 누리면서(아니, 자꾸자꾸 더 늘려 가면서)

오래오래 백 살, 이백 살, 백 살, 이백 살이라니, 천 살, 만 살(아니 천지가 무궁할 테니, 그 천지로 더불어 무궁토록) 영원히 살고 싶습니다. 이 가산을 남겨 두고, 이 좋은 세상을 백 살을 못 살고서 죽어 버리다니, 그건 도저히 원통하고 섭섭할 노릇입니다.

옛날의 진시황은 영생불사를 하고 싶어, 동남동녀 오천 명을 동해의 선경으로 보내어 불사약을 구하려고 했다지만, 우리 윤직원 영감도 진실로 그만 못지않게 영생의 수명을 누리고 싶습니다.

하기야 걸핏하면 머, 내가 앞으로 오십 년을 더 살겠느냐, 백년을 더 살겠느냐, 다직 한 십 년 더 살다가 죽을걸…… 어쩌구 육장 이런 소리를 하곤 하기는 합니다.

물론 그것이 천지의 공도요 하니까 사실도 사실이겠지만, 윤직원 영감은 비록 말은 그렇게 할 값에, 마음은 결단코 앞으로 한 십 년 그거나 더 살고서 죽고 싶진 않습니다.

절대로 영생불사……. 진시황과 같이, 간절하게 영생불사를 하고 싶습니다.

윤 직원 영감이 재산을 고이고이 지키면서 더욱더욱 늘리고, 일변 양반을 만들어 내고자 군수와 경찰서장을 양성하는 것은, 진시황으로 치면 오랑캐를 막아 진나라를 보전하기 위해 만리장성을 쌓던 역사적이요, 세계적인 그 토목 사업과 다름없는 역사적인 정신적 토목 사업입니다.

만리의 장성을 높이 쌓아, 나라를 천지로 더불어 길이길이 지키고, 나는 불사약을 먹어 이 나라의 주재자로 이 영광을 무궁토록 누리고 하자던 진시황과, 만석꾼의 가산을 더욱 늘려 가면서 천지로 더불어 길이길이 지키고, 양반을 만들어 가문을 빛내되, 나는 오줌을 먹고 보건 체조를 하고 보약을 먹고 하여, 이 집안의 가장으로 이 영광을 무궁토록 누리고 하자는 윤 직원 영감과, 그 둘은 조금도 서로 다를 바가 없는 것입니다.

그럭저럭 여덟 시가 되자 윤 직원 영감은 안으로 들어가서 조반을 자시고 나와, 다시 그럭저럭 아홉 시가 되었습니다.

하늘은 씻은 듯이 맑고 햇볕은 향기롭습니다. 정히 좋은 날이요, 윤 직원 영감한테는 그새와 마찬가지나, 새로이 행복된 오늘입니다. 오후쯤 해서는 올챙이와 말이 얼린 수형 조건으로 오천구백오십 원을 주고서 칠천 원짜리 수형을 받아, 일천오십 원의 이익을 볼 테니, 그중 일백오 원은 구문으로 올챙이를 주더라도 구백사십오 원이고 본즉, 오늘도 벌이가 쏠쏠하여 기쁘고.

그런데 오늘은 또 춘심과 다 이러쿵저러쿵하게 될 날이어서, 이를테면 특집 호화판입니다.

행복과 만족까지는 모르겠어도 윤 직원 영감 이외의 다른 식구들도 죄다 평온무사한 것만은 적실합니다.

태식은 골목 구멍가게에 나가서 맘껏 오마케(덤)를 뽑고 사 먹고 하니, 무사태평을 지나 오히려 행복이고.

경손은 간밤에 춘심과 랑데부를 하면서, 이 원 돈을 유흥하던 추억에 싸여 시방 학과에도 여념이 없는 중이고.

서울 아씨는 《추월색》을 일찌감치 들고 누웠으니, 오만 시름 다 잊었고…….

뒤채의 두 동서는 바느질에 여념이 없는 중, 박 씨는 남편 종 수가 오늘은 집에를 들어오겠지야고 안심코 기다리고…….

고 씨는 새벽 세 시가 지나 술이 얼큰해 들어오더니 여태 태 평몽이고…….

동소문 밖 ○○원 별장에서는 종수가 배반이 낭자한 요리상 앞에 기생들과 병호로 더불어 역시 태평몽이고…….

옥화는 간밤의 일이 좀 걸리기는 하지만, 집 한 채와 패물과 또 현금으로 이삼천 원 뭉뚱그렸으니, 발설이 되어 윤 주사와 떨어져도 그다지 섭섭할 건 없다고 안심이고.

윤 주사도 도합 사천오백 원을 마작으로 폈으나 오천 원도 채 못 되는 것, 술 사먹은 폭만 대면 그만이라고 새벽녘에야 든 잠 이 시방 한밤중이요, 자고 있으니까 동경서 온 그 전보의 사단 도 걱정을 잊었고…….

다 이렇습니다. 그렇고 다시 윤 직원 영감은…….

윤 직원 영감은 오정 때에 오라고 한 춘심을 어째 다뿍 늘어지게 오정 때에 오라고 했던고. 또 제 아범이 앓는다고 불려갔으니 혹시 못 오기나 하면 어찌 하노 해서, 바야흐로 등이 단 참인데, 웬걸 아홉 시 치는 소리가 때앵땡 나자 고년이 씨근버근 해뜩반뜩 달려들지를 않는다고요!

어떻게도 반가운지! 윤 직원 영감은 앞미닫이를 더럭 열면서 뛰어나오기라도 할 듯이 엉덩이를 떠들썩, 커다란 얼굴에다가 하나 가득 웃음을 흩트립니다.

"어서 오니라…… 아범은 앓넌다더니 인재 갱기찮어?"

"네, 인젠 다 나았어요……."

춘심은 (속으로 용용 하면서) 토방에 가 선 채, 방으로 들어가려고도 않습니다.

"어서 나오세요, 반지 사러 가게요……."

"헤헤헤! 그년이 이저빼리지두 안했네……! 그래라, 가자! 제엔장 맞일……."

"내가 그걸 잊어버려요? 밤새두룩 잠두 아니 잔걸! 아, 오정 때 오라구 허신 걸 아홉 점에 왔다면 고만이지 머어……. 어서 옷 입으세요!"

"오냐, 끙……."

윤 직원 영감은 뒤뚱거리고 일어서서 의관을 차립니다.

"반지 파넌 가게서 쬐깐헌 여학생이 반지 찐다구 숭보면 어쩔래?"

"남이 숭보는 게 무슨 상관 있나요? 나만 좋으면 고만이지……."

"으응, 그리여잉! 그렇다면 갱기찮지!"

"갠찮기만 해요? 머……."

"오냐 오냐!"

괜히 속이 굴져서 말이 하고 싶으니까 입을 놀리겠다요.

어제 오후 부민관의 명창대회에 가던 때처럼, 탕건 받쳐 통영 갓에, 윤이 치르르 흐르는 안팎 모시 진솔 것에, 하얀 큰 버선에다가 운두 새까마니 간드러진 가죽신에, 은으로 개대가리를 한 개화장에, 합죽선에 이렇게 차리고 척 나섭니다.

덜씬 큰 윤선 옆에 거룻배 하나가 붙어서 가는 격이라고나 할는지, 아무튼 이 애인네 한 쌍은 이윽고 진고개 어귀에 나타났습니다.

사람마다 모두들 윤 직원 영감을 한 번씩 짯짯이 보면서 지나갑니다. 더구나 때 묻은 무명 고의적삼에 지게를 짊어지고 붉은 다리를 추어 올린 요보가 아니면, 뒷짐 지고 흰 두루마기에, 어둔 얼굴에, 힘없이 벌린 입에, 어릿거리는 눈으로 가게를 끼웃끼웃, 가만히 들어와서는 물건마다 한참씩 뒤적뒤적하다가 슬며시 나가 버리는 센징들만이 조선 사람인 줄 알기를 십상으로 하던 본전통 주민들은, 시방 이 윤 직원 영감의 진고개 좁은 골목이 뿌듯하게시리 우람스런 몸집이며 위의 있고 점잖은 얼굴이며 신선 같은 차림새 하며가 풍기는 양반상의 위풍에 그만 압기라도 되는 듯, 제각기 눈을 흡뜨고서 하 입을 벌립니다.

좀 심한 천착인 것 같으나, 윤 직원 영감으로 해서 조선 사람에도 요보나 센징 말고 조센노 양반상이 있다는 것을 그야말로 재인식했다고 할 수가 있겠고, 따라서 윤 직원 영감 자신은 그 필요는커녕 도리어 긴찮은 일로 여기는 것이지만 (그렇기 때문에 애꿎이) 조선 사람을 위해 무언의 만장기염을 토한 셈이 되어 버렸습니다.

앞을 서서 가던 춘심이 초입을 조금 지나 어떤 귀금속상점 앞에 머무르더니, 진열장 속을 파고 들여다봅니다. 제가 눈 익혀 두었던 그 칠 원 오십 전짜리 반지를 찾는 속인데, 그러나 아무리 들여다보아야 보이질 않습니다.

낙심이 되어, 어쩔까 하다가 무슨 생각을 했는지 윤 직원 영감을 데리고 그대로 가게 안으로 들어섭니다.

"이랏샤이마세(어서 오세요.)."

구경도 할 겸, 점원들이 있는 대로 대여섯 일제히 합창을 하고 나섭니다.

춘심은 점원 하나를 상대로, 권번에서 배운 토막 일어를 이용하여, 문제의 칠 원 오십 전짜리 반지를 찾습니다.

"네! 그건입쇼……!"

답답히 듣고 있던 점원은 척 조선말로 대응을 합니다.

"그건 마침 다 팔렸습니다마는, 그거 비슷하구두……."

점원은 부지런히 진열장을 안에서 열고, 빨갱이, 파랭이, 노랭이, 깜쟁이, 모두 올망졸망 알룽달룽, 반지가 들어박힌 곽을 꺼내다 놓더니, 그중 빨갱이 한 놈을 뽑아 춘심을 줍니다.

"이것이 썩 좋습니다. 아까 말씀하시던 거보다는 훨씬 낫습니다. 뽄두 이뿌구, 돌두 빛깔이 곱구…… 네헤."

춘심이 받아 들고 보니, 아닌 게 아니라 요전 치보다 더 이쁘고 좋아 보입니다. 다시 왼쪽 무명지에다가 끼어 보니까는, 아주 맞춤으로 꼭 맞습니다.

"이거 사 주세요."

춘심은 정가표가 실 끝에서 아른거리는 반지를 손에 낀 채, 윤 직원 영감의 코밑에다가 들이댑니다.

"그게 칠 원 오십 전이라냐? 체 참, 손복허겄다!"

윤 직원 영감은 두루마기 자락을 젖히고 염낭끈을 풀려다가 점원을 돌아봅니다.

"이게 칠 원 오십 전이라먼 너머 과허니 조께 깎읍시다?"

"아니올시다! 이건 십 원입니다, 네헤."

"엉? 이게 십 원이여……? 아니, 너 머시냐, 칠 원 오십 전짜리 산다더니, 십 원짜리를 골르냐?"

"그래두 그건 죄다 팔리구 없다는 걸요, 머……."

"그럼 못 사겄다! 다런 디루 가던지, 이담 날 오던지 그러자!"

"난 싫여요! 이게 꼭 맘에 드니깐 이거 사 주세야지, 머……."

"에이! 안 될 말!"

윤 직원 영감은 조그만 걸상에서 커다란 엉덩이를 쳐듭니다.

"머, 이 원 오십 전 상관이올시다! 네헤……."

점원이 알심 있게 만류를 하던 것입니다.

"앉으십쇼. 이게 십 원이라두 칠 원 오십 전짜리보다 갑절이나 물건이 낫습니다. 몸두 훨씬 더 굵구요, 네헤."

"그리두 여보, 원……."

"아 그리구, 할아버지께서 손녀애기 반질 사 주시자면 좀 쓸 만한 걸루, 네헤."

죽일 놈입니다. 아무리 모르고 한 소리라지만, 글쎄 애인끼리를 할아버지요, 손녀아기라고 해 놓았으니, 욕치고는 이런 욕이 어디 있겠습니까?

윤 직원 영감은 그렇다고, 너 이놈! 그건 무슨 고연 소린고! 이렇게 나무랄 수도 없는 노릇, 속으로만 창피해 죽겠는데, 그러나 춘심은 되레 재미가 있다고 생글생글 웃습니다.

"난 머, 이거 꼭 사 주어예지 머, 난 싫여요!"

싫다고 하니 다 의미심장한 말입니다.

"허! 거 참……. 으음! 거 참!"

윤 직원 영감은 마지못해 도로 앉습니다. 그 두 마디의 탄성이 역시 의미가 심장합니다. 첫마디는 춘심이의 위협에 대한 항복이요, 다음 치는 할아버지와 손녀아기가 다시금 창피하다는 소리고요.

"그래서? 꼭 그놈만 사야 헌단 말이냐?"

"네, 헤헤……."

"여보, 쥔양반?"

"네, 헤."

"사기년 삽시다. 헌디, 즘 과허니 조깨만 드을 냅시다."

"에누린 없습니다. 네헤. 머, 십 원이라두 비싼 값이 아니올시다. 네."

"머얼 안 비싸다구 그리여! 잔말 말구서 팔 원만 받우!"

"하아, 건 안 되겠습니다. 이건 꼭 정가대루 받아두 이문이 별루 없습니다, 네……. 에 또 저어 기왕 점잖으신 어른께서 말씀하신 거니, 이십 전만 덜해서 구 원 팔십 전에 드리지요, 네헤."

"귀년시리 시방 우넌 소리 허니라구! 팔 원만 받어요, 팔 원."

"아, 이런 데 와선 그렇게 에누릴 않는 법이에요! 생선 장순 줄 아시나 봐!"

춘심이 핀잔을 주는 소립니다. 그러고 보니 윤 직원 영감도, 이년아 너는 잠자코 있지 않고서 무얼 초라니처럼 나서느냐고 한바탕 욕을 해야 할 텐데 억지 춘향이 아니라 애면 할아버지가 되었으니, 어떻게 손녀아기더러 쌍스런 입잣을 놀립니까.

"그런 소리 마라! 세상으 에누리 읎넌 홍정이 어디 있다데야? 나넌 나라에 바치넌 세전두 에누리를 허넌 사람이다!"

점원은 농담을 잘하는 재미있는 할아버지라고 빈들빈들 웃고만 있습니다.

윤 직원 영감은 꿈싯꿈싯, 염낭에서 돈을 암만큼 꺼내어 조심해서 세어 보고 만져 보고 또 들여다보고 하더니 별안간 남 깜짝 놀라게시리,

"옛소! 팔 원 오십 전이요. 나넌 인재넌 몰루……."

하고 말과 돈을 한꺼번에 내던지고 몸집까지 벌떡 일어섭니다.

"가자, 인재넌 다 되았다. 어서 가자!"

점원은 기가 막혀서 엉거주춤, 사뭇 붙들 듯, 안 된다고 날뜁니다.

다시 한 시간은 넘겨 승강을 했을 겝니다. 마구 싸우다시피 구 원 십 전에 그 반지를 뺏어 가지고 가게를 나오니까 열한 시

293

가 훨씬 넘었습니다.

진고개를 빠져나와 전차정류장으로 광장을 건너가면서, 춘심은 손에 낀 반지를 깨웃깨웃 못 견디게 좋아합니다.

"춘심아?"

"네?"

해뜩 돌려다보고 웃으면서 또 반지를 들여다봅니다.

"반지 사서 찌닝개 좋냐?"

"거저 그렇죠, 머……."

"저런 년 부았넝가! 이년아, 나넌 네 때민에 돈 쓰구 망신당 허구 그렸다!"

"망신은 왜요?"

"아, 그 녀석이 할아버지가 머? 손녀애기를 어쩌구 않더냐?"

"헤헤, 헤헤헤헤."

"아무튼지 인제넌 내 말 듣지?"

"네."

"흐음, 아무럼 그래야지. 저어 이따가 저녁에 에……."

"네."

"일찌감치 오니라, 응?"

"네!"

"날 돌르먼 안 되야?"

"네."

"꼬옥?"

"글쎄, 걱정 마세요!"

"으음."

"저어 참, 영감님?"

"왜야?"

"우리 저기 미쓰코시 가서, 난찌 먹구 가요?"

"난찌? 난찌란 건 또 무어다냐."

"난찌라구, 서양 즘심 말이에요."

"서양 즘심?"

"네, 퍽 맛이 있어요!"

"아서라! 그놈의 서양밥, 말두 내지 마라!"

"왜요?"

"내가 그년의 것이 좋다구 히여서, 그놈의 디 무어라더냐 허
넌 디를 가서, 한 번 사 먹다가 돈만 내버리구 죽을 뻔히였다!"

"하하하, 어떡허다가?"

"아, 그놈의 것 꼭 소시랑을 피여 논 것치름 생긴 것을 주면서
밥을 먹으라넌구나! 허 참……."

윤 직원 영감이 만약 전감이 없었다면 춘심이한테 끌려가서
그 서양 점심을 먹느라고 한바탕 진고개의 조선 정조를 착실히

나타냈을 것이지만, 요행 그 소위 쇠스랑 펴놓은 것, 포크에 대한 반감의 덕으로 작파가 되었습니다.

종로 네거리에서 춘심을 일단 작별하면서, 또다시 두 번 세 번 다진 뒤에 계동 자택으로 돌아오니까, 마침 뒤를 쫓듯 올챙이가 수형 할인을 해 쓴다는 철물교 다리의 강 씨를 데리고 왔습니다. 대복도 가타고 했고, 당장 칠천 원 수형을 받고 오천구백오십 원 소절수를 떼어 주었습니다. 따로 일백오 원짜리를 구문으로 올챙이한테 떼어 준 것은 물론이고요.

강 씨와 올챙이를 돌려보내고 나니까, 드디어 오늘도 구백사십오 원을 벌었다는 만족에 배는 불룩 일어섭니다.

간밤에 창식이 윤 주사가 마작으로 사천오백 원을 폈고, 종수가 이천 원짜리 수형을 병호한테 야바위당했고, 이백여 원어치 요리를 먹었고, 그리고도 오래잖아 돈 이천 원을 뺏으러 올 테고 하니, 윤 직원 영감이 벌었다고 좋아하는 구백여 원의 열 갑절 가까운 구천여 원이 날아갔고, 한즉 그것은 결국 옴팡장사요, 이를테면 만리장성의 한 귀퉁이가 좀이 먹는 것이겠는데, 그러나 윤 직원 영감이야 시방 그것을 알 턱이 없는 것입니다.

다시 그리고, 이따가 저녁에 춘심을 사랑하게 될 행복에 이르러서는 침이 흥건히 괴어 방금 뚜우 오정 소리를 듣고도 이어 점심을 먹으러 들어갈 여념이 없이, 술에 취하듯 푹신 취해 버렸습니다.

마침 그땝니다. 마당에서 별안간 뚜벅뚜벅 들리는 구두 소리에 무심코 미닫이의 유리쪽으로 내다보노라니까, 웬 양복 가랑이가 펄쩍거리고 달려들지를 않는다고요!

어떻게도 놀랐는지, 벌떡 일어서서 안으로 피해 들어갈 체세를 가집니다.

요마적 양복쟁이라고는 좀처럼 찾아오는 법이 없지만, 어찌하다가 더러 찾아온다 치면 세상 그거같이 싫고 겁나는 것은 없습니다.

사람은 누구 없이 뱀을 섬뻑 만나면 대개는 깜작 놀라 몸이 오싹해지고, 반사적으로 적의와 경계의 자세를 취합니다.

이것은 우리의 오래오랜 조상, 즉 사전 인류가 파충류의 전성시대에 그들의 위협 밑에서 수백만 년을 항상 공포와 투쟁과 경계를 하고 살아오는 동안, 그것이 어언간 한 개의 본능이 되었고, 그러한 조상의 피가 시방도 우리 인류의 몸에 흐르고 있는 때문이라고 말하는 학자가 있습니다.

그럴듯한 해석이고 한데 윤 직원 영감이 양복쟁이가 찾아오게 되면 우선 먼저 놀라 우선 먼저 피하려 드는 것도 그와 비슷한 것이라고 하겠습니다.

기미년 이후 한동안, 소위 양복 청년이라는 별명을 듣는 사람들한테 그놈 새까만 육혈포 부리 앞에 가슴패기를 겨냥대고 앉아 혼비백산, 돈을 뺏기던 일……. 그렇게 돈 뺏기고 혼이 나고 하고서도, 다시 경찰서의 사람들한테 이실고실 참고 심문을 당하느라고 땀을 뻘뻘 흘리던 일…….

지방의 유수한 명망가라고 해서 그네들과 무슨 연락이 있을 혐의는 아니었고, 범인 수사에 필요한 심문을 하던 것인데, 일당하던 당장 혼백이 나갔던 윤 직원 영감이라 대답이 자꾸만 외착이 나곤 해서 피차에 수고로웠습니다.

치가 떨리고 이가 갈리는 게, 언제고 섬뻑 찾아드는 양복쟁이던 것입니다.

그러한 위험객 말고도, 다시 생명보험회사의 외교원…….

누구나 돈냥 있는 사람은 다 겪어 본 시달림이지만, 윤 직원 영감도 많이 당했습니다.

하기야 윤 직원 영감 당자는 나이 많으니까 가입할 자격이 없기 때문에, 가로되 자제 몫으로, 가로되 손자 몫으로, 가로되 무슨 몫으로, 이렇게 조릅니다.

윤 직원 영감의 대답은 매우 신랄해서,

"게 여보! 원 아무런들 날더러 자식 손자 보험 걸어 놓구서, 그것 타 돈 먹자구 그것덜 죽기 배래구 앉었으란 말이오?"

이렇습니다. 그러나 그만 소리에 퇴각할 사람들이 아니요, 찰

거머리처럼 붙어 앉아서는 쫀득쫀득 졸라 댑니다.

이처럼 파기증을 생으로 내주는 게 역시, 불쑥 찾아오는 양복쟁이던 것입니다. 그리고 그다음이 기부를 받으러 오는 패…….

대개 민간의 교육 사업이나 또는 임시의 빈민 혹은 이재민의 구제 사업인데, 그들이 찾아와서는 사연을 죽 이야기한 후, 그러니 영감께서도……. 이렇게 청을 합니다.

윤 직원 영감은 다 듣고 나서는, 시침 뚝 따고 대답입니다.

"예! 거 다 존 일이지요. 히여야 허구 말구요……. 그런디 나넌 시방 나대루 수십 년지간 해마닥 수수백 명을 구제허구 있으닝개루, 그런 기부나 구제에넌 참예를 안 히여두 죄루 가던 안 헐 티닝개루 구만둘라우!"

"네! 거 참 매우 장하십니다! 사업은 무슨 사업이신지요?"

객은 듣던 바와는 다르다고 탄복해서, 아무튼 그 사업 내용을 수인사로라도 물어볼 밖에요.

"예……. 내가 시방 한 만 석가량 추수를 허우. 그러구 작인이 천 명 가까이 되지요. 그러닝개 천 명 가까운 작인덜한티다가 논을 주어서, 농사를 히여 먹구 살게 허닝게 구제허구넌 큰 구제 아니오?"

이 말에 웬만한 사람은 속으로 웃고 진작 말머리를 돌리겠지만, 좀 귀가 무딘 패는 더욱 탄복을 하여 묻습니다.

"네! 그러면 근 천 명 되는 소작인들한테 소작료를 받지 않으시구 논을 무료루 내주시는군요? 네! 허어!"

"아니, 안 받으면 나넌 어떻게 허구……? 원 참……. 여보 글씨, 제 논 갖구 앉어서 도지두 안 받구 그냥 지어 먹으라구 내주넌 그런 빙신천치두 있다우?"

윤 직원 영감은 이렇게 당당히 나무랍니다.

듣는 사람은 분반할 난센스나 또는 농담으로 돌리겠지만, 윤 직원 영감 당자는 절대로 엄숙합니다.

지주가 소작인에게 토지를 소작으로 주는 것은 큰 선심이요, 따라서 그들을 구제하는 적선이라는 것이 윤 직원 영감의 지론이던 것입니다. 윤 직원 영감의 신경으로는 결코 무리가 아닙니다. 논이 나의 소유라는 결정적 주장도 크지만 소작경쟁이 언제고 심하여, 논 한 자리를 두고서 김 서방, 최 서방, 이 서방, 채 서방 이렇게 여럿이, 제각기 서로 얻어 부치려고 청을 대다가는 필경 그중의 한 사람에게로 권리가 떨어지고 마는데, 김 서방이나 혹은 이 서방이나 또는 채 서방이 나에게로 줄 수 있는 논을 최 서방 너를 준 것은 지주 된 내 뜻이니까, 더욱이나 내가 네게 적선을 한 것이 아니냐……? 이것이 윤 직원 영감의 소작권에 의한 자선 사업의 방법론입니다.

윤 직원 영감은 그리하여 자기가 찬미하는, 가령 경찰행정 같은 그런 방면의 사업에다가 자진하여 무도장 건축비를 기부한다든지 하는 외에는 소위 민간 측의 사업이나 구제에는 절대로 피천 한 푼 내놓질 않는 주의요, 안 할 사람인데, 번번이들 찾아와서는 졸라 대고 성가시게 하고 하는 게 누군고 하면, 역시 양복쟁이던 것입니다.

이와 같이, 시골서 이래로 근 이십 년 각종 양복쟁이에게 위협과 폐해와 졸경을 치르던 윤 직원 영감인지라, 인류의 조상이 수백만 년 동안 파충류와 싸우고 사느라 그들을 대적하고 경계하고 하는 본능이 생겨 그 피가 시방 우리의 몸에까지 흐르고 있듯이, 윤 직원 영감도 양복쟁이라면 덮어놓고 적의가 솟고, 덮어놓고 싫어하는 제이의 본능이 생겼습니다.

윤 직원 영감은 그래서 방금 뚜벅거리고 달려드는 양복가래쟁이를 보자마자, 엇 뜨거라고 벌떡 일어서서 뒷문을 열고 안으로 피신을 하려는 참인데, 그러나 시기는 이미 늦어 양복쟁이가 앞미닫이를 연 것이 더 빨랐습니다.

화가 나서 휙 돌려다보니까, 요행으로 낯선 양복쟁이가 아닌 게 안심은 되었지만, 속아 놀란 것이 그담에는 속이 상합니다.

"야, 이 잡어 뽑을 놈아, 지침이나 좀 허구 댕기라!"

방금 동소문 밖 ○○원 별장의, 그야말로 주지육림(酒池肉林)으로부터 돌아오는 종숩니다.

욕은 담배 한 대 피우는 정도로 언제나 먹어 두는 것, 아무렇지도 않아 하고 조부에게 절을 한자리 꾸벅, 무릎을 꿇고 앉습니다.

"무엇허러 또 올라왔나?"

"볼일두 좀 있구, 그래서……."

"볼일이랑 게 별것 있간디? 매양 돈이나 뺏으러 쫓아왔지……? 괜시리 돈 소리 헐라거던 아예 내 눈앞으 뵈지두 말구 가삐리라!"

이렇게 발등걸이를 당하고 보니, 종수는 마치 생고니의 첫 구멍을 막힌 격이라 말문이 어디로 열릴 바를 몰라 잠시 고개만 숙이고 대답이 없습니다.

"대체 너넌 그년의 군순지 막걸린지넌 어떻게 되넌 심이냐? 심이!"

화가 아니 났더라도 짐짓 난 체해야 할 판, 이윽고 재떨이에 담뱃대를 땅따앙, 음성도 역정스럽던 그대로 딴 조목을 들어 지천을 합니다.

"응? 그놈의 군수 하나 바래다가 고손자 ○ 패겄다, 네엔장맞일!"

십 년 계획이라 속은 말짱하면서도, 주마가편이라니 재촉을 해, 십 년보다 더 속히 되면 속히 될수록 좋은 노릇이니까요. 그러나 이 말에서 종수는 언뜻 돈 발라 낼 꾀가 생각이 났습니다.

"그건 염려 없어요. 그러잖어두 이번에 그 일 때문에 겸사겸사해서……."

"응? 거 듣너니 반간 소리다……! 그래서? 다 되았냐?"

단박 풀어져서 좋아합니다. 참으로, 아기같이 천진난만한 할아버집니다.

"오라잖어서 본관 사령은 나올려나 봐요!"

"그리여? 참말이냐?"

"네."

"그렇다면 작히나 좋겄냐! 그런디 그담에, 참말루 군수는 은제 되냐?"

"그건 본관이 된 댐엔, 다 쉬어요!"

"그렇드래두 멫 해 있어야 될 것인디?"

"한 사오 년이……! 그런데 저어……."

"응?"

"이번에 계제에 한 이천 원 좀, 들여야 일이 수나롭겠어요!"

"그러면 그렇지! 그러면 그리여……!"

윤 직원 영감은 펄쩍 뜁니다. 마침 옛날의 그 혼란스럽던 판임관, 그리고 그 웃길 주임관, 그들의 금테 두른 양복, 금장식한 칼, 이런 것을 손자 종수에게 입혀 놓고 양반의 위풍을 떨치는 장면을 연상하면서, 비록 시방은 그러한 제복이 없어졌을망정 판임관이면 금테가 한 줄, 다시 주임관으로 군수가 되면 금테가 두 줄, 이렇대서 한참 좋아하는 판인데 밉살머리스럽게 돈 소리를 내놓고 앉았으니, 그만 정이 떨어지고, 또다시 부아가 버럭 나던 것입니다.

"잡어 뽑을 놈! 괜시리 돈이나 협잡질헐라닝개루, 시방 쫓아 올라와서넌, 씩둑꺽둑, 날 돌라 먹을라구 그러지야? 누가 네 속 모를 줄 아냐? 글씨 일 다 되았다면서 무슨 돈이 이천 원이나 드냐? 들기를……."

"지가 쓸려구 그러는 게 아니에요!"

"늬가 안 쓰구, 그러면 여산 중놈이 쓴다냐?"

"선삿감으루 금강석 반질 하나 살려구 그래요!"

"뭐어? 아니 세상에 이천 원짜리 반지가 어디 있으며, 또 있다구 치더래두, 그 사람은 그걸 손꾸락으다 찌구 베락을 맞이라구, 이천 원짜리 반지를 사다가 슨사를 헌담 말이냐? 죽으머넌 썩을 놈의 손꾸락으다가, 아무리 귀골이기루서니 이천 원짜리를 찌다께, 베락 맞일 짓이 아니여! 나넌 보닝개루 구 원 십 전짜리두 버젓허니 좋기만 허더라……. 대체 누가 조작이냐. 네 소견이냐? 누가 시켜서 그러냐?"

"군수 영감이 그러세요. 저 거시키, 요전번 올라왔을 때 마침 지전 씰 만났는데, 할아버지두 잘 아시잖아요? 왜 저 총독부 내무국에 있는 그 지전 씨!"

"그래서?"

"구경을 나온 길인지, 부인허구 아이들을 모두 데리구 미쓰코시루 들어오는 걸 만났더래요. 퍽 반가워하면서, 제 말두 묻구, 잊어버리던 아니했노라구……. 그러면서 같이 산볼 하자구 해서 미쓰코시 안을 여기저기 둘러보는데, 마침 귀금속부에 갔다가 지전 씨 부인이 이천 원짜리 금강석 반지를 내논 것을 보더니, 퍽 가지구퍼 하더래나요? 그러니깐 지전 씨가 웃으면서, 나두 사 주구는 싶어두 어디 돈이 있느냐구. 그러니깐 부인이 여간 섭섭해하는 기색이 아니더래요. 그런 때 군수 영감은 자기가 돈만 있었으면 단박 사서 선살 했으면, 다른 때 만 원을 들인 것보다두 생색이 더 나겠는데, 원체 자기한테는 지닌 게 없기두 했지만 큰돈이라 생심을 못 했다구……."

"그러닝개루 그걸 너더러 사서 지전 씨네 집으다가 슨사를 허라더란 말이여?"

"네, 마침 또 꼭지가 물러가는 눈치구 하니깐, 이 계제에 그래 됐으면 유리할 것 같다구요……."

윤 직원 영감은 말없이 담배만 빽빽 빨고 있습니다. 어떻게 생각하면 정말 같기도 합니다. 또 어떻게 생각하면 종수의 야바위 같기도 합니다. 그러나 거짓말이 아닌 것을 거짓말로 잘못 넘겨짚고서 그 벼락 맞을 선사를 않고 보면 일을 낭패시키는 것이 될 테니, 차라리 속는 셈 잡고 돈을 내느니만 같지 못하겠다는 생각이 마침내 들고 말았습니다.

"모르겠다! 나는 시방 돈이래야 톡톡 털어서 천 원밖으 읎으닝개, 그놈만 갖다가 무얼 사 주던지 말던지, 네 소견대루 힐라면 히여라. 나는 모른다!"

자기 말대로 나라에 바치는 세납도 에누리를 하거든, 종수가 청구하는 운동비를 어찌 깎지 않겠습니까.

그러나 종수는 조부의 그러한 성미를 잘 알기 때문에 한 자국 더 뛰어, 천 원 소용을 이천 원으로 불렀으니 종수가 선숩니다.

윤 직원 영감은 대복을 불러, 천 원 소절수를 씌어 도장을 찍어 아주 현금으로 찾아다가 종수를 주라고 시킵니다. 그러면서 속으로, 구백사십오 원 번 것이 오십오 원 새끼까지 치어 가지고 도로 나가는구나 생각하니, 매우 섭섭하고 허망했습니다.

망진자는 호야니라

일찍이 윤 직원 영감은 그의 소싯적 윤 두꺼비 시절에, 자기 부친 말대가리 윤용규가 화적의 손에 무참히 맞아 죽은 시체 옆에 서서, 노적이 불타느라고 화광이 충천한 하늘을 우러러,

"이놈의 세상, 언제나 망하려느냐?"

"우리만 빼놓고 어서 망해라!"

하고 부르짖은 적이 있겠다요.

이미 반세기 전, 그리고 그것은 당시의 나한테 불리한 세상에 대한 격분된 저주요, 겸하여 웅장한 투쟁의 선언이었습니다.

해서 윤 직원 영감은 과연 승리를 했겠다요. 그런데…….

식구들은 시아버지 윤 직원 영감이 보기가 싫은 건넌방 고 씨

만 빼놓고, 서울 아씨, 태식이, 뒤채의 두 동서, 모두 안방에 모여 종수를 맞이하는 예를 표하고, 그들의 옹위 아래 윤 직원 영감과 종수는 각기 아랫목과 뒷벽 앞으로 갈라 앉았습니다. 방금 점심 밥상을 받을 참입니다.

"너 경손 애비, 부디 정신 채리라……!"

윤 직원 영감이 종수더러 곰곰이 훈계를 하던 것입니다. 안식구가 있는 데라 점잖게 경손 애비지요.

"정신을 채리야 헐 것이 늬가 암만히여두 네 아우 종학이만 못히여! 종학은 그놈이 재주두 있고 착실히여서, 너치름 허랑 허지두 않고 그럴뿐더러 내년 내후년이머넌 대학교를 졸업허 잖냐? 내후년이지?"

"네."

"그렇지? 응, 그래, 내후년이먼 대학교 졸업을 허구 나와서, 삼 년이나 다직 사 년만 찌들어 나머넌 그놈은 지가 목적헌, 요새 그 목적이란 소리 잘 쓰더구나, 응? 목적……. 목적헌 경부가 되야 갖구서, 경찰서장이 된단 말이다! 응? 알겄어."

"네."

"그러닝개루 너두 정신을 바싹 채리 갖구서, 어서어서 군수가 되아야 않겠냐……? 아, 동생놈은 버젓한 경찰서장인디, 형놈은 게우 군서기를 댕기구 있담! 남부끄러서 어쩔 티여?

웅……? 아 글씨, 군수 되구 경찰서장 되구 허머넌, 느덜 좋구 느덜 호강이지 머, 그 호강 날 주냐? 내가 이렇기 아등아등 잔소리를 허넌 것두 다 느덜 위히여서 그러지, 나는 파리 족통만치두 상관읎어야! 알어듣냐?"

"네."

"그놈 종학은 참말루 쓰것어! 그놈이 어려서부터두 워너니 나를 자별허게 따르구, 재주두 있구 착실허구, 커서두 내 말을 잘 듣구……. 내가 그놈 하나넌 꼭 믿넌다, 꼭 믿어. 작년 올루 들어서 그놈이 돈을 어찌 좀 히피 쓰기는 허넝가 부더라마는, 그것두 허기사 네게다 대머는 안 쓰는 심이지. 사내자식이 너처럼 허랑허지만 말구서, 제 줏대만 실헐 양이면 돈을 좀 써두 괜찮언 법이여……. 그래서 지난달에두 오백 원 꼭 쓸 디가 있다구 핀지히였길래, 두말 않고 보내 주었다!"

마침 이때, 마당에서 헴헴, 점잖은 밭은기침 소리가 납니다. 창식이 윤 주사가 조금 아까야 일어나서, 간밤에 동경서 온 전보 때문에 억지로 큰댁 행보를 하던 것입니다.

윤 주사는 토방으로 내려서는 아들 종수더러, 언제 왔느냐고, 심상히 알은체를 하면서, 역시 토방으로 내려서는 두 며느리의 삼가로운 무언의 인사와, 마루까지만 나선 이복 누이동생 서울 아씨의 입인사를 받으면서, 방으로 들어가서는 부친 윤 직원 영

감한테 절을 한자리 꾸부리고서, 아들 종수한테 한자리 절과,
이복동생 태식이한테 경례를 받은 후, 비로소 한옆으로 꿇어앉
습니다.

"해가 서쪽으서 뜨겄구나?"

윤 직원 영감은 아들의 이렇듯 부르지도 않은 걸음을, 더욱이
나 안방에까지 들어온 것을 이상하다고 꼬집는 소립니다.

"멋 하러 오냐? 돈 달라러 오지?"

"동경서 전보가 왔는데요……."

지체를 바꾸어 윤 주사를 점잖고 너그러운 아버지로, 윤 직원
영감을 속 사납고 경망스런 어린 아들로 둘러놓았으면 꼬옥 맞
겠습니다.

"동경서? 전보?"

"종학이놈이 경시청에 붙잽혔다구요?"

"으엉?"

외치는 소리도 컸거니와 엉덩이를 꿍 찧는 바람에, 하마 방구
들이 내려앉을 뻔했습니다. 모여 선 온 식구가 제가끔 정도에
따라 제각기 놀란 것은 물론이구요.

윤 직원 영감은 마치 묵직한 몽치로 뒤통수를 얻어맞은 양,
정신이 멍해서 입을 벌리고 눈만 휘둥그렇지, 한동안 말을 못
하고 꼼짝도 않습니다.

그러다 이윽고 으르렁거리면서 잔뜩 쪼글뜨리고 앉습니다.

"거, 웬 소리냐? 으응? 으응……? 거 웬 소리여? 으응?"

"그놈 동무가 친 전본가 본데, 전보가 돼서 자세히는 모르겠습니다."

윤 주사는 조끼 호주머니에서 간밤의 그 전보를 꺼내어 부친한테 올립니다. 윤 직원 영감은 채듯 전보를 받아 쓰윽 들여다보더니 커다랗게 읽습니다. 물론 원문은 일문이니까 몰라보고, 윤 주사네 서사 민 서방이 번역한 그대로지요.

"종학, 사 – 상 관계 – 로, 경 – 시청에 피검……이라니? 이게 무슨 소리다냐?"

"종학이 사상 관계로 경시청에 붙잽혔다는 뜻일 테지요!"

"사상 관계라니?"

"그놈이 사회주의에 참예를……."

"으엉?"

아까보다 더 크게 외치면서 벌떡 뒤로 나동그라질 뻔하다가 겨우 몸을 가눕니다.

윤 직원 영감은 먼저에는 몽치로 뒤통수를 얻어맞은 것같이 멍했지만, 이번에는 앉아 있는 땅이 지함을 해서 수천 길 밑으로 꺼져 내려가는 듯 정신이 아찔했습니다.

그러나 그것은 결단코 자기가 믿고 사랑하는 종학의 신상을

311

여겨서가 아닙니다.

윤 직원 영감은 시방 종학이 사회주의를 한다는 그 한 가지 사실이 진실로 옛날의 드세던 부랑당패가 백길 천길로 침노하는 그것보다도 더 분하고, 무서웠던 것입니다.

진나라를 망할 자 호(胡, 오랑캐)라는 예언을 듣고서 변방을 막으려 만리장성을 쌓던 진시황, 그는 진나라를 망할 자 호가 아니요, 그의 자식 호해(胡亥)임을 눈으로 보지 못하고 죽었으니, 오히려 행복이라 하겠습니다.

"사회주의라니? 으응? 으응?"

윤 직원 영감은 사뭇 사람을 아무나 하나 잡아먹을 듯 집이 떠나게 큰소리로 포효를 합니다.

"으응? 그놈이 사회주의를 허다니! 으응? 그게, 참말이냐? 참말이여?"

"허긴 그놈이 작년 여름방학에 나왔을 때부터 그런 기미가 좀 뵈긴 했어요!"

"그러머넌 참말이구나! 그러머넌 참말이여, 으응……!"

윤 직원 영감은 이마로, 얼굴로 땀이 배어 오릅니다.

"그런 쳐 죽일 놈이, 깎어 죽여두 아깝잖을 놈이! 그놈이 경찰서장 허라닝개루, 생판 사회주의허다가 뎁다 경찰서에 잽혀? 으응……? 오사 시를 헐 놈이, 그놈이 그게 어디 당헌 것이라구

지가 사회주의를 히여? 부잣놈의 자식이 무엇이 대껴서 부랑당
패에 들어……?"

아무도 숨도 크게 쉬지 못하고, 고개를 떨어뜨리고 섰기 아니
면 앉았을 뿐, 윤 직원 영감이 잠깐 말을 그치자 방 안은 물을 친
듯이 조용합니다.

"오죽이나 좋은 세상이여? 오죽이나……."

윤 직원 영감은 팔을 부르걷은 주먹으로 방바닥을 땅 치면서
성난 황소가 영각을 하듯 고함을 지릅니다.

"화적패가 있너냐아? 부랑당 같은 수령들이 있더냐……? 재
산이 있대야 도적놈의 것이요, 목숨은 파리 목숨 같던 말세년
다 지내가고오……. 자 부아라, 거리거리 순사요, 골골마다 공
명헌 정사, 오죽이나 좋은 세상이여……. 남은 수십만 명 동병
을 히여서, 우리 조선놈 보호히여 주니, 오죽이나 고마운 세상
이여? 으응……? 제 것 지니고 앉아서 편안허게 살 태평세상,
이걸 태평천하라구 허는 것이여, 태평천하……! 그런디 이런
태평천하에 태어난 부잣놈의 자식이, 더군다나 왜 지가 떵떵거
리구 편안허게 살 것이지, 어찌서 지가 세상 망쳐 놀 부랑당패
에 참섭을 헌단 말이여, 으응?"

방바닥을 치면서 벌떡 일어섭니다. 그 몸짓이 어떻게나 요란
스럽고 괄괄한지, 방금 발광이 되는가 싶습니다. 아닌 게 아니

라 모여 선 가권들은 방바닥 치는 소리에도 놀랐지만, 이 어른이 혹시 상성이 되지나 않는가 하는 의구의 빛이 눈에 나타남을 가리지 못합니다.

"착착 깎어 죽일 놈……! 그놈을 내가 핀지히여서, 백 년 지녁을 살리라구 헐걸! 백 년 지녁 살리라구 헐 테여……. 오냐, 그놈을 삼천 석거리는 직분하여 줄라구 히였더니, 오냐, 그놈 삼천 석거리를 톡톡 팔어서, 경찰서으다가 사회주의허는 놈 잡어 가두는 경찰서으다가 주어 버릴걸! 으응, 죽일 놈!"

마지막의 죽일 놈 소리는 차라리 울음소리에 가깝습니다.

"이 태평천하에! 이 태평천하에……."

쿵쿵 발을 구르면서 마루로 나가고, 꿇어앉았던 윤 주사와 종수도 따라 일어섭니다.

"그놈이, 만석꾼의 집 자식이, 세상 망쳐 놀 사회주의 부랑당 패에 참섭을 히여. 으응, 죽일 놈! 죽일 놈!"

연해 부르짖는 죽일 놈 소리가 차차로 사랑께로 멀리 사라집니다. 그러나 몹시 사나운 그 포효가 뒤에 처져 있는 가권들의 귀에는 어쩐지 암담한 여운이 스며들어, 가뜩이나 어둔 얼굴들을 면면 상고, 말할 바를 잊고, 몸 둘 곳을 둘러보게 합니다. 마치 장수의 죽음을 만난 군졸들처럼…….

태평천하

채만식 [蔡萬植, 1902. 6. 17. ~ 1950. 6. 11.]

호는 백릉(白菱), 채옹(采翁). 전북 임피군 군내면 동상리(현 군산시 임피면 읍내리)에서 6남매 중 5남으로 출생했다. 1914년 임피보통 학교를 졸업한 뒤 1922년 경성에 있는 중앙고등보통학교를 졸업 하고 일본 와세다 대학 부속 제일와세다고등학원 문과에 입학하 였으나 이듬해 중퇴하였다.

1924년 경기도 강화의 사립학교 교원으로 취직,《조선문단》에 〈세 길로〉를 발표하며 문단에 등장했다.

초기 카프(KAPF, 조선 프롤레타리아 예술가 동맹) 성향의 작품을 발표하였으나, 카프의 일원은 아니었고, 풍자적 성향의 〈레디메이 드 인생〉으로 입지를 굳혔다. 풍자적 성향의 작품을 계속해서 발 표하다가 여수에서 일어난 학생 독립 투쟁 성격의 사건인 '독서회 사건(조선의 학생들이 일본인과의 인종 차별, 한글 사용 금지 등에 대 해 반발하며 일어난 사건)'으로 인하여 일제의 압력을 견디지 못해 친일의 길로 접어들게 된다.

친일 행위를 지우고 숨기기에 급급하던 다른 친일 문학가들과 달리 채만식은 광복 이후 〈민족의 죄인〉과 같은 작품을 통해 자신의 친일 행위를 시인하고 비판하는 모습을 보였다.

또한, 광복 이후에는 〈미스터 방〉이나 〈논 이야기〉 등과 같은 작품을 통해 미군 통치 하의 남한의 상황을 풍자한 소설을 남겼다. 1950년 폐결핵으로 사망했다.

주요 작품으로는 〈레디메이드 인생〉, 〈치숙〉, 〈패배자의 무덤〉, 〈맹순가〉 등의 단편 소설과 《인형의 집을 나와서》, 《탁류》, 《태평천하》, 《금의 정열》 등의 장편 소설, 《제향날》, 《당랑(螳螂)의 전설》 등이 희곡이 있다.

◆ 작품 개관

이 작품은 1938년 《조광》 1월호에서 9월호까지 《천하태평춘》이라는 제목으로 연재된 장편 소설이다.

5대에 걸친 한 가족의 이야기를 통해 1930년대 말 일제의 수탈과 착취에 의해 사회 전체가 빈궁화되는 가운데 민족과 역사를 도외시하고 개인적으로 부를 축적하고 방탕한 생활을 영위하던 지주 계층의 몰락을 그려 냈다.

작가는 일제가 조장한 상업 자본주의에 기생하여 부당한 방법으로 부를 축적하고도 부끄러운 줄 모르고 개인과 집안의 번영만을 도모하는 윤 직원과 그를 둘러싼 가족들의 군상을 보여 줌으로써 당대의 왜곡된 사회 현실과 그 시대를 태평천하라고 믿는 부정적 인물을 조롱했다.

◆ 주요 등장인물

윤 직원 미천한 신분 출신으로 부를 축적하는 데 성공한 인물. 만석지기 악덕 지주이자 고리대금업자로 개인적 치부와 만수무강에만 관심이 있다. 젊은 시절에 겪은 아버지의 죽음과 연관된 사건 때문에 사회에 대한 불신과 피해 의식이 강하다. 돈과 권력의 결탁을 통해 식민지 사회에 적응하는 처세술을 지녔다.

윤창식(윤 주사) 윤 직원의 장남으로 재산을 관리하는 데는 관심이 없으며 방탕한 생활을 일삼는 인물. 개화기에 교육을 받았지만 가치관을 상실하고 술과 노름, 기생집 드나드는 데만 주력한다.

종수 윤 직원의 맏손자이자 창식의 아들. 할아버지인 윤 직원의 강압에 못이겨 고향에서 군서기 노릇을 하고 있지만 출세에 뜻이 없으며 오로지 술과 노름, 계집에 빠져 산다.

종학 윤 직원의 둘째 손자. 동경에서 유학 중이다. 집안을 이끌어 나갈 인물로 기대를 받으나, 사회주의 운동을 하다가 체포된다.

경손 종수의 아들. 집안 어른들을 어려워하지 않는 건방지고 영악한 중학생이다.

서울 아씨 윤 직원의 딸. 20대 과부로 친정살이를 하고 있다.

춘심 윤 직원의 말벗 노릇을 하거나 나들이를 함께 다니는 동기(童伎). 경손과 연애 중이다.

1930년대 후반의 어느 늦가을, 서울 계동의 윤 직원 영감은 명창 대회를 구경하고 집으로 돌아온다. 소작료와 수형(어음) 장사로 1년에 십 수만 원을 챙기는 큰 부자이지만 윤 직원은 타고 온 인력거에서 내리자마자 인력거꾼과 요금 시비를 벌인다. 그는 30전을 달라는 인력거꾼에게 억지로 깎아서 25전을 내준다. 그는 버스를 탈 때 일부러 큰돈을 내밀어 무임승차를 하기도 한다.

윤 직원은 지금은 남부럽지 않은 부자이지만 가슴 아픈 과거가 있다. 노름꾼이었던 아버지가 한몫을 잡아 가산이 일게 되면서부터 윤 씨 부자는 화적떼로부터 무수한 약탈을 당했던 것이다. 어느날 밤 들이닥친 화적떼에게 아버지가 무참히 살해당하고 간신히 달아나 목숨을 부지한 윤 직원은 화적들이 돌아간 뒤에 "우리만 빼 놓고 어서 망해라."라고 외친다.

그 후 시골 치안의 허술함과 후손들의 교육을 핑계 삼아 서울로 올라 온 윤 직원은 이만큼 돈을 번 것은 자신의 수단이 좋았고 시운이 따라 가능했던 것이지 결코 남의 돈을 빼앗은 것이 아니라는 소신을 가진다. 또한 그에게는 든든한 경찰이 있어 도둑 걱정이 없고 자신의 고리대금업이 나날이 번창하고 있는 지금이야말로 '태평천하'라 믿는다. 따라서 그는 사회주의 운동을 운운하는 자들을 가장 경멸하면서도 두려워한다.

윤 직원에게 남은 소원이 있다면 두 손자, 즉 종수와 종학이가 하나는 군수, 하나는 경찰서장이 되어 집안의 지위와 명성을 보태어 주는 것뿐이다. 사실 그의 직원이라는 직함도 시골에 있을 무렵, 향교의 수장자리를 돈 주고 사들인 것이다.

윤 직원은 만수무강과 후손의 부귀영화를 위해 어린아이의 소변을 사서 마시는 등 갖은 방법을 동원하지만 사실 그의 집안은 엉망이다. 외아들 창식은 첩살림을 차려서 하는 일이라고는 노름과 주색잡기뿐이고, 외동딸은 20대에 과부가 되어 친정에서 살고 있다. 또 맏손자인 종수는 군수가 되리라는 명목으로 시골 군청의 고원으로 취직해 있으면서 역시 첩살림에 주색잡기로 가산을 탕진하고 있다. 둘째 손자인 종학은 일본 유학 중으로, 공부를 잘해서 윤 직원이 가장 기대하는 인물이지만 본부인과 이혼하겠다고 성화를 하는 중이다.

한편 윤 직원은 회춘을 하려고 여러 차례 동기(童伎, 어린 기생)를 바꿔 가며 동접을 시도하지만 번번이 망신만 당하다가 이번에 열다섯 살짜리 춘심을 반지까지 사 주면서 꼬드기고 있는 중이다. 그런데 실은 춘심은 윤 직원의 증손자 경손과 연애를 하는 중이다.

부자인 자신의 삶에 대단히 만족해하는 윤 직원에게 맏아들 창식이 동경에서부터 날아온 전보를 들고 온다. 거기에는 '종학

사상 관계로 경시청에 피검'이라는 내용이 찍혀 있다. 즉 종학이 사회주의 운동을 하다 경찰에 체포되었다는 것이다. 자신이 가장 증오하고 두려워하는 사회주의에 집안의 가장 큰 희망이었던 종학이 연루되었다는 것을 안 윤 직원은 격노하여 비틀거리며 이 태평천하에 부잣집 자식이 왜 사회주의에 가담하느냐고 소리를 지른 후 사랑으로 사라진다.

◆ 작가와 작품
판소리 사설 투를 계승한 풍자 문학
채만식은 초기에 소위 프롤레타리아 문학을 하는 카프(KAPF)와 이념적 경향이 유사한 '동반자 작가'로서 주로 노동자, 농민, 실직한 인텔리 등 가난한 이들의 궁핍한 현실을 묘사했다.

1935년 카프가 정식 해산한 후 문단에는 문학 위기론이 팽배했고 그 타개책의 하나로 풍자 문학이 논의되었다. 채만식이 《태평천하》를 연재하던 시기는 바로 풍자 문학의 성취도가 최고에 달한 시기였다.

이 작품은 구한말(윤 직원), 개화기(윤창식), 일제 강점기(종수, 종학) 세대로 구성된 가족의 모습을 통하여 각 세대별 가치관 및 현실 대응 방식의 차이를 드러내고, 부정적인 대상을 희화화하고 가족의 몰락을 예견하는 결말을 보여 주면서 일제 강점기 우리 삶에 대한 문제를 제기한다. 특히 일제의 부당함과 일부 조선인의 몽매함과 비열함을 공격하기 위하여 작가는 판소리 사설의 기법을 계승·변형시켜 한국 근대 소설의 한 형태를 완성했다.

우선 이 작품은 판소리의 광대(창자)의 경어법을 써서 작중 화자가 독자와 작중 인물의 중간에서 인물을 조롱하고 희화화하는 수법을 쓰고 있다. 화자는 경어체를 써서 독자에게 호감을 얻고 거리를 가깝게 하면서 부정적인 작중 인물에 대한 비판 의식을 공유한다.

판소리 사설에서 쓰였던 반어, 자기 폭로, 비유, 과장, 희화화 등의 표현법에 전라도 사투리의 어감까지 엮인 해설이 계속되기 때문에, 이 작품의 독자는 판소리 창자들의 아니리와 창을 들을 때와 유사한 느낌과 재미를 맛볼 수 있다. 즉 작가는 겉으로는 추켜세우는 듯하면서 실제로는 인물을 깎아내리고 비하하는 반어적 표현이나 과장된 희화화를 통해 인물을 웃음거리로 만드는 동시에 그들의 추악함을 폭로하는 수법을 사용한다. 부정적 인물일수록 더 극적으로 드러나는 풍자의 성격상 《태평천하》에서는 윤 직원이 최대의 풍자 대상이 되고 있다.

　자 부아라, 거리거리 순사요, 골골마다 공명헌 정사, 오죽이나 좋은 세상이여……. 남은 수십만 명 동병을 히여서, 우리 조선놈 보호히여 주니, 오죽이나 고마운 세상이여? 으응……? 제 것 지니고 앉아서 편안허게 살 태평세상, 이걸 태평천하라구 허는 것이여, 태평천하……!

이는 윤 직원이 부정적 현실을 예찬하는 부분이다. 일제 강점기 현실에 순응하고 협조하여 안정된 생활을 영위해 온 친일 지주인 윤 직원이 예찬한 '태평천하'가 실은 정상적인 인물에게는 무척 고단한 현실임을 폭로하는 것이다. 이를 통해 작자는 현실을 비꼬면서, 윤 직원과 일제 강점기의 세상을 동시에 비판하는 의도를 달성한다.

◆ 작품의 구조

연극적 구성에 담은 가족사

일제 강점기에는 장편 소설 자체가 적었거니와 그중 다수가 대중 오락물로서의 통속 소설이었다. 그런 상황에서 《태평천하》는 풍자로 일관한 유일한 장편 소설로서, 다른 작품들과 비교할 수 없는 개성적인 문체를 가진 독특한 작품이다.

《태평천하》와 같이 한 가족이 여러 대에 걸쳐 살아가는 모습을 그린 소설을 '가족사 소설'이라고 한다. 가족사 소설은 가족을 구성하는 각 성원들의 개인적 특징 등이 역사적, 사회적인 발전 속에서 변모해 나가는 모습을 그린다. 즉 가족의 변화를 통해서 역사의 변화를 조망하는 것이다. 현대 문학에서는 1930년대에 들어서 이러한 가족사 소설이 양산되기 시작하였다. 일제의 탄압이 극심해짐에 따라 우리 사회가 어떻게 변화할지 예측하기 어려운 상황에서, 작가들은 자신들이 살던 시대의 상황을 몇 대에 걸친 가족 구성원들의 삶의 변화와 관련지어 파악해 봄으로써 현실 문제에 어떻게 대응할 것인가를 모색했다.

이 작품은 전체 15장으로 구성되었다. 각 장마다 내용을 요약 혹은 상징(비유)하여 재미있게 표현한 제목이 붙어 있다. 이 제목들은 극적 흐름을 대변하는 역할을 하는데, 각 장은 마치 연극의 일부처럼 짧은 시간 안에 일어난 사건의 현장, 즉 하나의 장면으로 이루어져 있다. 여기에 각 장마다 작가가 적극적으로 개입해서 논평을 가한다. 이처럼 각 장이 마치 연극의 한 부분처럼 연출되기 때문에 이 글을 읽는 독자는 영화나 연극을 볼 때처럼 강한 현장감을 느낄 수 있다.

한편 문체 면에서 볼 때,《태평천하》는 객관적·사실적 묘사를 기본으로 하는 근대 사실주의 소설과는 다르다. 채만식은 투철한 역사·사회적 의식을 소설 창작의 기본 조건으로 생각했지만 이를 판소리 사설에서 이용되었던 문학적 표현법들을 계승·발전시켜 잘못된 역사, 추악한 현실의 부정적인 인물들을 천연덕스럽게 폭로하다가 마지막 장면을 통해 이런 것들이 모두 몰락하게 될 것이라는 전망을 암시한다.

◆ 작품의 감상과 수용

부정적 인물을 주인공으로 삼는 까닭

이 작품에서는 부정적 인물이 소설 전면에 드러나고, 긍정적 인물은 잘 드러나지 않거나 상대적으로 비중이 작다. 작가는 작품 전면에 강렬하게 드러나는 부정적인 인물을 표면적으로는 그럴 듯하게 묘사하면서 그들이 지니고 있는 모습들을 능청스럽고 의뭉스럽게 폭로하는데, 이 과정에서 아이러니가 발생한다.

예를 들면 윤 직원에 대한 다음과 같은 묘사는 이러한 아이러니가 두드러진다.

> 돈을 모으는 데 무얼 어떻게 해서 모았다는 거야 윤 직원 영감으로는 상관할 바 아닙니다. 사실 착취라는 문자를 가져다가 붙이려고 하면, 윤 직원 영감은 거 웬 소리냐고 홀홀 뛸 겝니다.

다 참, 내가 부지런하고 또 시운이 뻗쳐서 부자가 되었지, 작인이며 체곗돈 쓴 사람이며 장릿벼 얻어다 먹은 사람이며가 무슨 관계가 있느냐고 말입니다.

　작중 서술자는 표면적으로 윤 직원 영감의 목소리를 대변한다. 하지만 이 부분을 읽은 독자는 윤 직원이 부자이긴 해도 체곗돈이나 장릿벼 등 고리대금을 통해서 소작인들을 착취하고 부당한 방법으로 부를 축적한 인물임을 짐작하게 된다. 이런 식의 서술이 작품 전체에 걸쳐 드러난다.

　이처럼 채만식은 《태평천하》에서 윤 직원 영감으로 대표되는 부정적인 인물을 전면에 내세워 그의 행적을 낱낱이 드러내어 웃음거리로 만들거나 비판의 대상으로 삼는다.

　1930년대에 일제는 우리 민족에 대하여 극심한 경제적 수탈과 함께 사상 통제를 진행하면서 신문이나 잡지, 동인지 등 모든 종류의 글에 대한 검열을 철저하게 하였다. 따라서 당대 현실에 대한 이야기를 하기 위해서는 풍자 등을 통한 우회적인 현실 비판만이 가능하였다. 이때 작가가 일제의 강력한 검열을 피해 채택한 역설적인 방법은 결국 작가의 강력한 비판 정신의 결과로 볼 수 있다.

◆ **작품에 반영된 현실**

　　부패하고 무능한 역사에 대한 혐오와 부정

이 작품 속의 시간은 1937년 9월 어느 날 석양 무렵부터 다음 날 점심때까지이다. 중일 전쟁(1937년 7월 7일)이 발발하고 조선 총독부의 전시 체제령(1937년 7월 27일)이 내려진 직후인 살벌한 시기이다. 작품 속에서 일본군의 진격과 승리를 기원하는 윤 직원과 올챙이(석 서방)의 대화 속에 이때의 상황이 나온다.

　이 작품에서 채만식이 부정하는 것은 잘못된 역사의 현장인 구한말과 일제 강점기 그 자체이다. 구한말에 대한 혐오는 윤 씨 부자가 탐관오리와 화적패에 의해 수탈당하고 살해당하는 장면에서 잘 나타난다. 화적떼에게 부당하게 재산을 약탈당한 윤용규가 자신의 집에 소작을 붙이는 소작농을 한패거리로 신고하자 이를 핑계로 고을 사또가 오히려 피해자인 윤용규를 감옥에 가두고 뇌물을 요구하는 점은 당시 지방 관리들의 극에 달한 부패상을 단적으로 보여 주는 예이다.

　또한 재산가인 윤용규의 집에 여러 차례 화적떼가 들이닥치는데도 전혀 관가에서 보호해 주지 못한 점, 이 때문에 백성이 자다 말고 밤중에 도망을 가거나 화적에게 저항하다 비참하게 죽음을 당하는 모습을 보면 무법천지였던 사회상이 적나라하게 드러난다. 이런 사회가 당시 민중으로 하여금 국가의 존재에 대한 불신, 나아가 "우리만 빼놓고 어서 망해라."는 저주를 낳게 했고, 일제 강점기를 거치면서 윤 직원처럼 내 가족과 재산을 지켜 주기만 한다면 그게 누구든 상관없다는 반역사적·반사회적·반민중적 의식을 가진 인물을 양산한 것이라고 지적한다.

게다가 이러한 시대에 민족의 앞길을 이끌어 나가야 할 지식인들의 모습은 무력하기 짝이 없다. 《태평천하》에 등장하는 인물 중에서 개화기의 신교육을 받은 세대인 창식과 종수의 방탕한 생활을 보면, 당시에 신교육을 받은 이들 중 다수가 민족의 앞날을 위한 일을 도모하기보다는 개인적인 쾌락을 위해 방탕한 생활을 하는 등 부도덕한 모습이 만연해 있는 것을 알 수 있다.

이는 민족의 앞날이 보이지 않는 암울한 상황에서 신교육을 받은 지식인들이 자포자기의 심정으로 사회를 등지고 개인적인 쾌락에만 치중했던 단면을 보여 주는 것이다.

실제로 일제 강점기의 많은 지식인은 일제의 식민 통치에 저항하고 조국의 독립을 위한 투쟁에 나서기보다는 오히려 일제에 협조하여 개인적인 이익만을 도모하는 일이 적지 않았다.

이런 점에서 작품 속에 등장하는 남자 중에서 유일하게 방탕한 생활을 하지 않는 인물로 그려지는 종학이 일본 유학 중에 사회주의 운동에 가담했다가 체포되었다는 점은 의미심장하다.

종학과 같이 뜻있는 젊은이들은 사회주의 운동을 통해 윤 직원과 같이 부당한 방법으로 부를 축적한 친일 지주 및 자산가 계급을 척결하고 노동자, 농민 중심의 계급 혁명을 통해 민족을 구하고 나라를 구하겠다는 노력을 하고 있었음을 짐작할 수 있다.